바람에 떨어진 고금

바람에 떨어진 고금 | 연암어록평설 |

초판 1쇄 인쇄 2009년 2월 20일 | 초판 1쇄 발행 2009년 2월 25일 | 지은이 김주수 | 펴낸이 조윤숙
펴낸곳 문자향 | 신고번호 제300-2001-48호 | 주소 서울 양천구 목동 성우네트빌 201호
전화 02-303-3491 | 팩스 02-303-3492 | 이메일 munjahyang@korea.com
ISBN 978-89-90535-39-9 04810

값 11,000원   ※잘못된 책은 본사나 구입하신 서점에서 교환해 드립니다.

연암어록평설

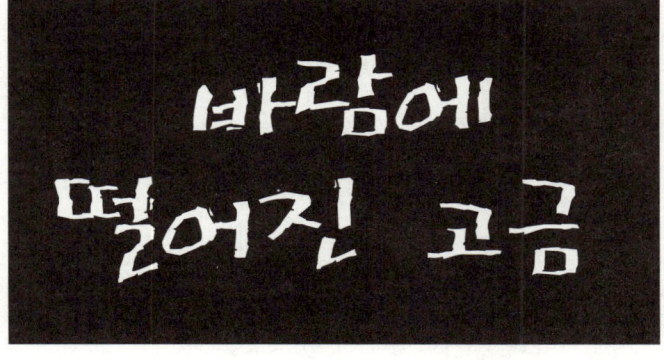

바람에
떨어진 고금

김주수

燕巖語錄評說

문자향

서문

대하大河의 문장가 연암

연암 박지원은 한문 시대 우리나라 최고 문장가의 한 사람으로서, 한문학을 전공하는 학인이라면 누구나 관심을 가지는 중요한 인물이다. 내게도 연암은 특별한 관심과 궁금증의 대상이었는데, 무엇보다 그의 명성이 워낙 컸기에 그가 펼쳐 놓은 문장의 향연이 얼마나 웅대하고 깊은지 몹시 궁금했기 때문이다. 그러니 내 탐색의 촉수를 어찌 그에게 깊이 드리우지 않을 수 있으랴.

양기陽氣 가득한 태양인이라 그러했던가. 카리스마 넘치는 그의 곧고 엄정한 성품처럼, 그의 글도 기운이 넘치고 날카롭고 이지적이며 기이한 이채異彩들을 많이 가지고 있다. 반면 그런 만큼 그의 글엔 부드러운 감성이나 낭만적 운치, 순후한 기미는 다소 적은 편이다. 요컨대 다양한 관심사를 표방하는 그의 글은, 치열한 문제의식으로 특유의 남성적인 기개와 예리한 통찰력을 보여 준다. 나아가 그것을 토대로 한 풍부한 상상력과 절묘한 비유를 통해 다층적인 의미로 확장되는 강한 메시지를 담아 낸다. 아울러 이것은 경세와 이용후생利用厚生에 깊은 관심을 가졌던 그의 삶과 문학이 지향한 엄정한 탐구 정신에 기반해 있는 것임을 보여 준다.

연암에게도 인간적 약점이나 시대의 한계가 다소 없지는 않다. 그러나 그럼에도 연암의 위상이 지금껏 빛나는 것은, 그는 대책 없이 고지식한 엄숙주의와 매너리즘에 빠진 조선의 유가적 패러다임에 사유와 문예 양 방면에서 주체적이고 생명력 있는 새로운 기운을 불어넣었으며, 예리한 식견과 통찰로써 시대의 문제를 간파하고서 사화士禍의 억압에도 굴하지 않고 그것을 혁신코자 하는 뜨거운 열망으로 분투했으며, 누구보다 당대를 아파하고 고뇌하며 현실의 문제점을 풀어내고자 열과 성을 다해 살았던 실천적 지성이었다는 데 있을 것이다. 연암이 여전히 꺼지지 않는 하나의 빛일 수 있는 까닭은 여기에 있을 것이니, 연암은 폭포 같은 열정으로 대하大河처럼 살았던 문장가라 할 것이다. 어쩜 그가 아니었더라면 조선의 문풍은 마무리가 참으로 빈약하고 쓸쓸한 것이 되었을지도 모른다.

이 글을 쓰는 내내, 나는 연암의 사유와 문학의 정수를 정확히 꿰뚫고자 했거니, 오직 그 길만이 그를 진실하게 이야기할 수 있는 바탕이 될 것이기 때문이다. 그러나 그 깊이와 폭을 가늠하는 것은 쉬운 일이 아니었거니와, 누구나 오직 자신이 가진 촉수의 길이와 감촉만큼만 그 깊이에 닿을 것이다. 내 작은 지식과 삶의 경륜으로 그를 얼마나 소화했으랴만, 그의 글 속에는 일관된 정신의 맥이 있었으며, 그것은 내용의 다양한 굴절 속에서도 하나의 유기성으로 긴밀하게 조응하고 있었다. 이에 나는 그 맥을 따라 내가 느끼고 본 작은 진실들로써, 내가 진솔하게 이야기할 수 있는 것들만으로 이 글을 꾸미고자 하였다.

기실 연암의 사유와 문장을 떠받치는 핵심적인 기둥은 『장자莊子』에서 나온 것이니, 소금물을 먹어 보면 그 안에 소금이 들어 있음을 알 수 있듯, 연암을 읽어 보면 『장자』가 잔뜩 들어 있음은 금방 알 수 있다. 송나라 문호 소동파蘇東坡는 "나는 글 쓰는 법을 『장자』에서 얻었다"고 했거니와 이 말은 그대로 연암에게도 적용되는 말일 것이다. 비단 그의 글에 그런 속성만 있는 것은 아닐 테지만, 그만큼 연암에게서『장자』의 영향은 깊고도 근원적이다. 무릇 글은 껍데기뿐 아니라 그 속의 흐름을 보아야 하거니, 연암은『장자』를 자신만의 것으로 다시 소화해서 사유의 뇌간과 상상력의 날개를 활짝 펼쳐 문장의 묘체를 이루었다. 단언컨대『장자』가 아니었더라면 지금의 연암은 없을 것이다. 연암의 글 중 최고 명문의 하나로 꼽히는「일야구도하기一夜九渡河記」도『장자』「달생편」의 '수망水忘 모티브'를 자신의 체험에 접목시킨 것이다.

그에게 장자적 사유는 유가의 중국중심주의 획일적 구도에서, 탈중심주의로 환원할 수 있는 동력을 제공한다. 지구는 둥근데 하늘 아래 중심은 어디인가? 모든 곳이 중심일 수 있다는 사유는 문화적 종속이 아닌, 자아의 주체 확립을 가능케 한다. 하여 그것은 무엇보다 '지금 여기' 우리의 현실 속에 삶의 중심을 세워 놓고자 한다. 이것은 연암과 홍대용 등의 일련의 '연암 그룹'에서도 공통적으로 드러나는 현상으로, 홍대용의 천기론天機論이나「의산문답醫山問答」의 우화적 글쓰기 방식과 철학적 속성도『장자』에 힘입은 바 크다.

아울러 장자적 사유는 인간중심주의에서도 벗어난다. 인간중심주의는 천지 만물에 대한 인간의 이기적이고 폭력적인 입장일 뿐이다. 제물론齊物論의 시각에서는 만물은 인간과 동일한 생명적 가치와 우주적 질서를 지닌다. 이는 만물과의 조화와 교감을 낳는 생태 사상의 뇌수가 될 수 있는 것들로, 연암의 사상적 지형도 또한 이에서 깊은 자양을 얻고 있다.

연암에게서 다채롭게 변주되는 '사이'의 미학 또한 이러한 사유의 자장에서 나온 것으로, 사이란 어느 쪽에 치우침 없는 양자에 대한 균등한 이해이자 조화와 초월의 포지션이라고 할 수 있다. 그것은 또 중심/변두리, 극소/극대, 옛날/지금, 양반/천민 등 양자적 가치에 대한 이해와 소통을 지향한다. 이러한 '사이'의 일원적 사유는 연암의 실학 정신과 문예 창작 모두에 깊이 포진되어 있는 속성일 것이다.

연암의 글은 일상의 하찮거나 범박한 대상에서도 깊은 의미를 읽어 내고, 매우 작고 사소한 것들도 좋은 소재가 되어 절묘한 조합들로 다층적인 의미로 조직되는 것이 많다. 또 중국의 유명한 전고典故뿐 아니라 우리나라의 속담이나 야담이 절묘한 비유로 사용되는 것을 볼 수 있다. 성리학의 영향으로 조선의 전傳 문학은 주로 감계鑑戒의 대상이 되는 절의節義와 도학道學의 인물이 주인공으로 등장하는 경우가 많은데, 연암의 『방경각외전放璚閣外傳』에 전하는 8편의 전傳은 그런 인물들과는 사뭇 다른 인물 유형으로 모두 최고의 아웃사이드에 대한 것들이다.

연암은 분명 반골의 기질이 다분한 인물이었으며, 그 반골의 열정으로 문文의 경세로써 시대를 혁파하고 싶어했다. 조선이라는 역사의 물길 끝자락엔 연암이라는 대하大河의 문장가가 있었으니, 그 물줄기를 바라보며 잠시 우리 마음을 띄워 보는 것도 나쁘지 않으리라.

고古는 오래된 미래

"하늘과 땅이 비록 오래되었다 하지만 끊임없이 새로운 법이며, 해와 달이 비록 오래되었다 하지만 그 빛은 날로 새롭다. 그리고 세상의 책이 비록 많다고 하나 그 내용은 저마다 다르다.(天地雖久, 不斷生生, 日月雖久, 光輝日新. 載籍雖博, 旨意各殊.)"
　　　　　　　　　　　　　　　　　　　　　　　　　　　　　　－「초정집서楚亭集序」

연암의 시대는 유교의 지나친 상고주의 때문에 과도하게 옛것에만 얽매이는 심각한 병통이 있었다. 하여 연암은 그 미몽迷夢을 깨우느라 일생이 바빴거니, 정작 우리 시대는 그와는 정반대로 우리의 옛것에 대해서는 너무나 무지하고 무관심한 채로, 속도와 편리에만 매몰되어 정신없이 미래로만 달려가고 있다.

  그러나 뿌리 없는 나무가 어디 있으며, 샘이 없이 흘러가는 시내가 어디 있으랴. 뿌리가 끊어지고서도 크는 나무, 젖줄이 끊기고도 흐름이 융성한 시내는 없거니, 옛것을 배우는 것이 어찌 단지 옛것만을 배우는 것이랴. 하나의 '고古' 속에는 늘 오래된 미래가 담겨 있는 법이니, 하늘과 땅, 해와 달이 아무리 오래되었어도 우리 삶의 터전은 늘 그 안의 새로움 속에 있음을 누구나 잘 알고 있지 아니한가? 뿌리가 실하지 않는 나무는 쓰러지거나 마르며, 근원에 깊이 닿아 있지 않은 물줄기는 마르거나 흘러가지 못하거니, 오래된 미래인 고古는 곧 시원적 생명력의 다른 이름인 것이다.

  연암의 시대나 우리의 시대나 저마다 당대의 문제점들을 안고 있다는 점에서는 동일한 시대라고 할 수 있을 것이다. 그러니 그의 고뇌와 통찰, 그리고 열렬한 실천의 정신 속에서 우리는 지금 여기의 삶을 비춰볼 수 있는 또 하나의 눈을 얻을 수 있을 것이다. 너무 가까이에 있어 거리가 없는 것은 볼 수가 없다. 역사와 시간의 축도 이와 마찬가지이거니, 옛것은 지금을 볼 수 있는 거리를 주고, 지금은 옛것을 볼 수 있는 거리를 제공하는 법이다! 하여 시간의 거리는 관조와 자각의 거울이 될 수 있는 것이다.

  여기 묶인 글들은 연암의 글을 읽다가 내가 밑줄을 그은 것들이다. 허나 막상 그것을 하나로 모아 평설을 닮에 있어서는 어느 것을 빼고 어느 것을 넣을까, 어디에서 얼마큼 자를까를 두고서 상당한 고심이 필요했다. 그의 특유한 개성을 볼 수 있고 지금 우리에게도 여전히 의미 있는 말들을 가려 뽑고자 했으니, 혹여 진주를 빠뜨리듯 좋은 글귀가 한둘 빠졌을 수도 있겠으나, 그의 사유와 문체의 진수들은 대체로 담겨 있지 않는가 한다. 아울러 어록으로 묶은 것이기에 단장취의斷章取義가 불가피했는데, 그 때문에 전체의 문맥 이해는 약해지겠지만, 또 그 대신 '조각'들이 발하는 이채와 새로운 의미의 접속을 느낄 수 있을 것이다.

나의 글은 연암의 글 위에 앉아 있던 먼지 묻은 시간들을 털어 내고서 지금 여기의 이야기들로 데려오기 위해 쓴 평설이지만, 그의 글에 기대어 쓴 짧은 산문으로 봐도 무방할 터이다. 연암의 글은 저기 옛날에 쓰인 것이나, 나의 글로 지금 여기로 옮겨 놓는 것은 묵은 음식으로 새로운 요리를 하는 것과도 같을 것이니, 연암의 말처럼 묵은 장이라도 새로운 그릇에 담으면 그 빛과 맛이 틀려질 수 있으렷다. 다른 이의 글귀를 많이 인용해서 연결한 것도, 그런 다채로운 접촉을 통해 의미의 빛깔을 새롭고 다양하게 발산하고 싶었기 때문이었다.

옛글이란 옛사람의 마음 발자국이요, 그 속엔 그들의 느낌과 생각과 의식이 담겨 있다. 그러므로 그 발자국을 따라가면 그들의 삶과 영혼을 만나 볼 수 있을 것이니, 나는 단지 그 글의 오솔길에 좋은 교량 하나를 만들고 싶었을 뿐이다. 이 글들 속엔 연암의 마음 위에 내 마음이 포개져 있고, 다시 그 위로 독자들의 마음이 수없이 포개져서 숙성될 것이니, 무릇 장도 사람도 그리고 독서도 깊이 익어 발효가 되어야 제 맛이 날 터이다.

직관적 읽기와 직관적 글쓰기

내가 연암을 읽고 또 이 글을 쓰는 데는 또 하나의 관점과 방식이 있었으니, 그것은 '직관적 읽기'와 '직관적 글쓰기'에 관한 것이었다. 기실 연암이 사물과 세상을 읽는 방식이 직관적인 것이었으며, 그의 글쓰기 또한 직관적 글쓰기의 미학을 지향한다. 그렇다면 직관적 읽기와 쓰기란 어떤 것일까?

> 사람들은 꿀이 달다고 말한다. 꿀을 먹어 보지 않은 사람도 꿀이 달다고 말하면 꿀맛을 아는 사람으로 간주한다. 그러나 꿀맛을 음미해 보면 단맛과 신맛과 매운맛과 쓴맛이 모두 포함되어 있다. 그 중 대표적인 맛이 단맛일 뿐이다. 글도 마찬가지다. 어떤 글이든지 깊이 음미해 보면 여러 가지 맛이 내포되어 있다. 독자가 어떤 맛을 대표적인 맛으로 받아들이느냐에 따라 해석이 달라지고 감정이 달라진다. 음식은 육체적인 건강을 좌우하지만 글은 정신적인 건강을 좌우한다. ─이외수, 『바보 바보』

이 글은 전혀 다른 두 대상인 '꿀'과 '글'에서 동일한 특성을 읽어 낸다. 꿀에는 여러 맛이 있지만 그 대표적인 맛은 단맛이듯이, 한 편의 글에서도 여러 맛이 내포되어 있지만 그것엔 대표적 맛이 있다. '맛의 중심과 부분'이라는 점에서 꿀과 글은 하나의 이미지와 특성으로 연결되고 있는 것이다. 이처럼 작자는 직관력을 통해 전혀 다른 대상 속에서 '동일한 속성(象)'을 읽어 내고 그것을 연결시켜 통찰하고 생각하며 또 표현하고 있다. 아울러 이러한 연결 속에는 비유적 기능이 더해져 글의 맛과 깊이를 더한다. 무릇 고금의 좋은 비유란 이처럼 필히 사물의 내면을 읽을 줄 아는 직관력의 힘을 전제로 한 것이 아닌가 한다.

글이란 쌀이다. 썰로 오해하지 않기 바란다. 쌀은 주식에 해당한다. 그러나 글은 육신의 쌀이 아니라 정신의 쌀이다. 그것으로 떡을 빚어서 독자들을 배부르게 만들거나 술을 빚어서 독자들을 취하게 만드는 것은 그대의 자유다. 그러나 어떤 음식을 만들든지 부패시키지 말고 발효시키는 일에 유념하라. 부패는 썩는 것이고 발효는 익는 것이다. 어느 쪽을 선택하든지 그대의 인품이 그대로 드러난다는 사실을 명심하라.

-이외수, 『글쓰기 공중부양』

여기서도 글과 쌀의 두 대상에서 동일하게 읽을 수 있는 내재적 속성을 전제로 인상적인 비유가 만들어지고 있음을 볼 수 있다. 쌀은 육신을 살찌우지만 글은 영혼을 살찌운다. 아울러 '쌀로 빚은 좋은 술'이나 '정신으로 빚는 좋은 글'도 모두 발효가 잘 되어야만 좋은 맛을 낼 수가 있다. 직관력은 이처럼 사물의 속성을 깊이 읽을 수 있는 눈에서부터 나오며, 다른 것에서 같은 것을 볼 수 있는 '깨어 있는 연계적 통찰'과, 그것의 가치와 의미 혹은 원리를 찾을 수 있는 진지한 문제의식과 사유의 적극성에서 그 동력을 얻는다.

그렇기에 직관력이란 통찰의 샘에 닿는 밧줄이며, 그 밧줄은 진리와 진실의 물결에 닿는다. 문학적 직관력과 예술적 직관력, 역사적 직관력, 과학적 직관력, 사업적 직관력, 정치적 직관력 등, 직관력에도 다양한 종류가 있겠지만 그 어느 분야를 막론하고 동서고금의 대가들은 모두 직관이 뛰어난 인물이었다. 창조적 가치란, 이 직관의 도관을 거치지 않고서 탄생한 것이 없기 때문이다. 그러므로 어떤 분야든 아름답고 높은 성취를 이루고자 꿈꾸는 이들은 첫째도 둘째도 이 직관력을 기르기 위해 더욱 노력해야 것이다.

이 책은 그런 점에서 연암의 직관력과 창조적 특성에 대한 읽기였다고 할 수 있을 것이며, 이 글을 쓰는 나의 방식 또한 직관적인 글쓰기를 지향하고자 하였다. 저기 옛사람의 말씀이지만, 이것이 현재 여기의 우리에게도 여전히 의미 있는 내용이라는 것, 그것을 고금古今을 관통하는 직관의 바늘에 꿰고 싶었으며, 평설에서 다른 이의 글을 많이 인용해서 연결하고자 한 것도 그런 다채로운 접촉을 통해 '지금 여기 우리의 이야기'로 의미의 빛깔을 다양하게 발산하고 싶었기 때문이었다. ―사실 이것은 연암 글의 한 장점이기도 하다. 연암은 다른 것들을 절묘하게 결합시켜서 의미의 층위를 복합적이고 심오하게 만든다.― 아울러 이 책은 '어록'이라는 형식 속에서 단장취의와 재편집이라는 특성을 가지고 있다. 한 편의 전체 글이 아니어서 글의 일부만 다루어지는 아쉬운 면도 없지 않지만, '어록'이라는 단장취의의 짧은 글과 새로운 조합이 주는 매력 또한 있지 않은가 한다.

마음 연못에 비친 천 개의 연암

근래에 나는 어느 독자 서평에서 이런 구절을 읽은 적이 있다.

"좀더 자극적이고 스피디한 문장 속에 점점 더 눈이 매료되어 한 호흡을 가다듬고, 한 템포씩 쉬어 가면서 읽어야 할 문장들을 대하면 왠지 불안하고 안절부절못하게 되어 버렸다. 내 입맛이 어느새 맛깔스러운 맛에 길들어져 버린 것처럼 내 눈이, 그리고 내 몸이 어느새 그러한 책들에 길들어져 버린 것을 알게 되어 조금은 씁쓸했다."

쉽고 가벼운 글만 읽는 시대요, 자꾸 그런 글로써 상업성만 부추기는 세상이다. 깊이 음미하고 반복해서 읽으며 자신에게 반추해 보는 진지한 독서의 멋과 아름다움은 다 어디로 갔는가? 책을 너무 안 읽는 우리의 독서 문화도 문제지만, 가벼운 책들만 널리 읽히는 것 또한 심각한 병폐가 아닐 수 없다. 이 또한 속도와 편리와 잇속만을 추구하는 들뜸과 가벼움의 문화적 한 줄기이거니, 나이테처럼 안으로 깊어지지 않는 독서는 결코 내 영혼의 살이 되지 못할 것이다.

"그대들 가운데 기름과 심지를 얼마쯤이라도 지니고 있는 사람만이 나의 성냥으로 자기 등에 불을 밝힐 수 있으리라. 자기 속에 무엇인가를 지니고 있는 사람만이 이 강의에서 뭔가 얻는 게 있을 것이다."

간디가 자신이 주석을 단 『바가바드기타』의 서문에서 한 말이다. 제 아무리 잘 담겨진 장이라도 그것을 맛볼 준비가 되어 있지 않으면, 그는 끝내 그 맛의 깊이와 의미를 느끼지 못할 것이다. 서양 고전은 그토록 널리 읽히지만, 정작 우리 고전에 대해선 마음속 관심의 농도나 지적 소양에 있어 기름과 심지가 너무나 부족한 것이 지금 우리의 현실이 아니던가. 이 모든 것은 관심과 교육의 부재 때문이거니와, 언제까지 눈과 마음이 밖으로만 쏠린 그런 절름발이 현상을 계속 지켜보아야 할 것인가. 그러나 나는 부족한 재주를 돌아보지 않고서, 이 글로써 그 작은 기름과 심지에 희망의 불씨 하나를 붙여 보고자 했다.

연암의 날카로운 직관력과 다채로운 인식들은 삶과 사물을 더욱 깊이 사유할 수 있게 도와줄 것이며, 치열하고 섬세한 문제의식은 굳어 있던 우리 의식의 장에 작은 파문을 일으킬 것이요, 수양과 덕행에 대한 좋은 말들은 생각과 언행에 스미는 영혼의 거름이 되어 줄 것이며, 목민관으로서의 곧은 자세는 뭇 관료들에게 좋은 귀감이 될 것이며, 웅숭깊은 그의 우정의 철학은 사귐의 도를 알게 해 줄 것이며, 독특한 읽기 이론은 삶과 사물을 자기 안에서 읽어 만물의 생기를 마음속에 펼칠 수 있게 할 것이며, 그의 탁월한 글쓰기 미학은 논술을 준비하는 학생뿐 아니라 그 외에 글쓰기에 종사하는 모든 이들이 한번쯤 읽어 볼 만한 의미심장한 성장의 받침목이 될 수 있을 것이다.

문장에도 어떤 빛깔이 있으며, 소리에도 빛깔이 있고, 사람의 말과 눈빛에도 빛깔은 있다. 그러나 그 빛깔은 그것을 알아보는 사람에게만 보이는 빛이라고 할 수 있다. 나는 결코 내가 본 연암이 진짜라고 말하려 하지 않는다. 연암은 한 사람이지만 사람의 마음속에 담긴 연암은 수없이 많듯, 내 마음에 담긴 연암도 그 하나일 뿐이기 때문이다. 마치 저 하늘의 '달'은 하나이지만, 그 그림자는 수없이 많은 물에 비치는 것처럼.

그러나 또한 바다, 강, 연못 등 저마다의 물결 위에 비친 달은 분명 진짜 달은 아니지만 허공에 떠 있는 진짜 달에겐 없는 또 다른 멋과 운치가 있는 법이니, 내 글은 어쩌면 그 달빛을 담아 놓은 한 물결인지도 모르겠다.

이 글 중에도 사람마다 마음에 드는 편이 다를 것이고, 마음에 드는 구절이 다를 것이다. 저자인 나 또한 그렇거니 다시 일러 무엇하랴. 그러므로 어느 한 가지 시선이 옳다고 말할 수 없을 것이니, 공감의 진실은 그 모든 시선들 사이에 있을 것이다. "한 잎의 낙엽도 떨어져 내리면서 우주의 가장 큰 법칙 하나를 채운다"(릴케) 했거니와, 이 글이 독자의 마음에 닿는 자리는 샘물 위에 떨어지는 작은 낙엽과도 같을 것이다.

옛사람들이 책을 쓰고 나면 으레 자신의 스승이나 지우知友에게 찾아가 서문을 구했던 것처럼, 나 또한 이 책의 서문을 누구보다 연암 선생께 가서

받고 싶었다. 그러나 정녕 그럴 수는 없는 것이니, 그 받지 못한 좋은 서문은 독자들의 가슴에서 고요히 씌어졌으면 한다. 저 나뭇잎 하나가 떨어져 만든 샘물 속 동심원의 마음으로….

2009년 1월

취루재聚婁齋에서 김주수

차례

서문 4

1장 **진리의 눈**

하나의 고금 21 | 산사와 하계下界 24 | 심사心似의 의미 26 | 코끼리와 이미지 29 | 대동소이大同小異 32 | 까마귀의 빛 35 | 말똥과 여의주 37 | 지렁이 책 읽는 소리 39 | 조물의 마음 42 | 달세계 44 | 관조觀照의 미학 46 | 도와 길 49 | 사이의 미학 52 | 이해의 중심 55 | 굴신의 도 58

2장 **깨달음의 빗장**

잊음의 미학 63 | 산중의 물소리 66 | 물 위에서의 좌망坐忘 68 | 맹인과 서경덕 70 | 평등의 눈 73 | 지황탕과 거품 76

3장 **행복과 지혜의 길**

행복의 자리 81 | 골짜기와 바람 83 | 꽃과 열매 사이 85 | 가도家道 87 | 모아진 빛 89 | 이름의 진실 91 | 발 붙은 거문고 94 | 선행과 행복 96 | 점술과 운명 98 | 풍수와 묘역 100 | 숨는 비결 102 | 식견의 차이 105 | 관우상 107 | 호곡장好哭場 110

4장 **수양과 배움**

객기客氣와 정기正氣 115 | 촛불의 미학 117 | 성性과 가슴 120 | 종鍾과 소리 122 | 공空에서 중中까지 124 | 귓속말 126 | 길을 가는 법 128 | 학문의 일단 131 | 학문의 방법 133 | 도끼와 바늘 135 | 사람의 그릇 137 | 신독愼獨의 의미 140 | 경험의 의미 142 | 노

인과 젊은이 144 | 씨앗의 덕과 도 147 | 이름의 중력 149 | 까마귀가 숨겨 둔 고기 152 | 시련과 연륜 154 | 의리라는 그릇 156 | 지사의 절개 158

5장 목민관의 길

이용과 후생 163 | 소소笑笑 선생 165 | 어머니와 목민관 168 | 목민관의 자세 170 | 인습과 미봉 172 | 곤장 뒤쪽의 마음 174 | 화폐의 조절 176 | 하풍荷風과 죽로竹露 178 | 자중自重과 불굴不屈 181

6장 우정의 향연

벗이라는 날개 185 | 벗을 사귀는 방법 187 | 벗과 눈높이 189 | 세태世態와 진실한 벗 191 | 벗 사귀는 법 193 | 세상의 끈 195 | 눈물이란 무엇인가 197 | 틈의 미학 199 | 바로 그때 201

7장 읽기의 미학

무자지서無字之書 205 | 살아 있는 글자 208 | 푸른 글자 210 | 물고기와 물 212 | 마음의 여백 215 | 정情과 경境 217 | 문심文心과 시정詩情 219 | 사서史書 읽기 222 | 독서궁리 225 | 독서와 한열寒熱 227 | 선비와 독서 230 | 독서의 문맹 232 | 독서와 천하 234 | 독서와 인생 236 | 독서의 효용 238 | 독서의 자세 240 | 독서와 실천 242

8장 글쓰기 미학

문장이란 무엇인가 247 | 법고와 창신 249 | 글쓰기 병법 1 251 | 글쓰기 병법 2 254 | 빛은 살아 있다 257 | 옛날은 없다 259 | 옛날은 지금부터 262 | 비슷한 것 265 | 조선의 국풍國風 268 | 자기 자신의 글 271 | 살아 있는 글쓰기 273 | 결구와 울림 275 | 마음을 긁어 주는 글 277 | 참된 저술 279 | 좋은 글감 281 | 담는 그릇에 따라 283 | 이명耳鳴과 코골기 286 | 글의 후광 288 | 집 짓는 마음 291

후기 293

1장 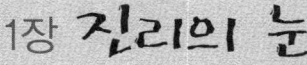 진리의 눈

마음의 눈을 뜨고,

직관의 화살을 쏘아라.

그것은 날아가 진리의 과녁에 꽂히리니,

같은 것 속에서 다름을 보고

다른 것 속에서 같음을 보라.

하나의 고금

아! 성인이 240년간의 역사를 필삭筆削하여 『춘추春秋』라 했으나, 이 240년간의 옥백玉帛과 병거兵車[1]의 모든 일은 곧 하나의 꽃 피고 잎 지는 삽시의 광경에 지나지 않을 것이다. 아아, 내가 지금 글을 빨리 써서 여기에 이르렀으니, 이 한 점의 먹을 찍을 사이는 하나의 순瞬과 식息에 지나지 않는 것이건만, 눈 한 번 감고 숨 한 번 쉬는 사이에 벌써 소고小古·소금小今이 이룩되었으니, '하나의 옛날'이라는 것이나, '하나의 지금'이라는 것 역시 대순大瞬, 대식大息이라 할 수 있겠다. 그럼에도 그 사이에서 이름과 사업을 세우고자 한다면 어찌 슬프지 않으리오!

噫, 聖人筆削二百四十年之間, 而名之曰春秋, 是二百四十年之頃, 玉帛兵車之事, 直一花開木落耳. 嗚呼, 吾今疾書至此, 而一墨之頃, 不過瞬息, 一瞬一息之頃, 奄成小古小今, 則一古一今, 亦可謂大瞬大息矣. 乃欲立名立事於其間, 豈不哀哉!

「馹迅隨筆序」

이 글은 연암의 직관력이 가장 눈부시게 발현된 부분의 하나가 아닌가 한다. 연암은 무엇보다 뛰어난 직관력의 소유자였으며, 날카로운 직관의 바늘에 다양한 비유의 실을 엮어 문체의 빛깔과 결을 빚어 낼 줄 아는 이였다.

직관은 다른 것들 속에서 같은 것을 볼 수 있는 눈, 그 눈을 통해 외형 너머의 어떤 내적 진실들과 속성들을 들여다볼 수 있는 힘이다. 그 눈이 깊어지는 폭만큼 사물도 더욱 깊이 볼 수 있는 법이다. 그래서 직관이란 통찰력을 캐는 호미이며, 진리로 날아가는 화살이 된다.

모든 사물에는 하나의 '속과 겉(음과 양)'이 있다. 형상形象이라는 단어 속에도 하나의 음과 양이 있다. 겉으로 드러난 형形이 양陽이라면 속에 숨어 있는 상象은 음陰이다. 연암의 호미는 춘추시대 흥망의 250년 역사와 하나의 꽃이 피고 잎이 지는 것, 종이에 한 점 먹물이 찍히는 것, 한 번 눈 감고 숨 쉬는 것, 이 여러 다른 대상들 사이에서 똑같은 '하나의 상象(이미지)' [2]을 캐낸다.

그 캐진 상象이란, 길거나 짧거나 '어떤 시간' 속에는 반드시 하나의 고금古今이 들어 있다는 것이다. 교류도 하고 전쟁도 했던 숱한 사연의 수백 년 수천 년의 역사만이 하나의 고금이 되는 것이 아니라, 종이 위 먹물 한 점에도 글자 한 자를 쓰기 전과 쓴 후의 작은 고금이 생성되고, 눈 한 번 감았다 뜨는 사이에도 일순一瞬이라는 작은 고금이 생성된다.

이처럼 그의 눈빛은 '부분이 전체의 속성을 간직하고 있음(프랙털 구조)' [3]을 볼 줄 아는 역리易理적 인식으로, 화살촉처럼 사물의 틈새를 비집고 날카롭게 살아 있다. 무한대의 관점에서 본다면 파란만장한 몇백 년의 역사도 크게 한 번 숨 쉬고 눈 감는 사이일 것이며, 짧다는 관점에서 본다면 풀잎에 맺힌 이슬처럼 사람의 일생도 눈 한 번 떴다 감는 일순一瞬의 사이가 아니겠는가. 조물이 한 번 숨 쉬는 사이에 끝나는 짧은 생으로 우리는 무엇을 쥐려 그토록 아등바등하는 것일까. 어쩌면 신선이나 조물이 놓는 작은 바둑돌 하나의 고와 금 사이에 우리의 몇 생이 놓여 있지 않겠는가. 혹 우리는 판이 끝나는 대로 곧 흩어 없어질 바둑돌의 공명功名과 승패勝敗를 위해 부질없이 우리 생의 가치를 다 탕진하고 있지는 아니한가.

　하나의 들숨과 날숨 사이에 우리의 생명이 존재하고, 눈 떴다 감는 것 사
이에 우리 삶의 시작과 끝이 있듯, 우리의 생은 언제나 하나의 고古와 하나
의 금今 사이에 놓여 있을 것이다. 그 사이에서 생의 바람은 늘 쉼 없이 불
어오고 또 불어온다. 잎새에 이는 바람에도 흔들리는 하나의 고금이 있거니
와, 바람이 한 번 불 때마다 우리의 생 위에 나뭇잎(꽃잎)처럼 하나의 고금이
떨어져 내리는 것이다.

1)『춘추』는 공자가 저술했다고 전하는 노魯나라 역사서이고, 옥백玉帛은 제사나 회맹會盟 때 쓰던 귀한
　예물이던 옥과 비단이니 평화 시기를 의미하며, 병거兵車는 전쟁 시기를 의미한다.
2)상象은 심상心象, 상징象徵, 표상表象, 추상抽象, 인상印象 등을 포괄하는 말로, 이 단어들 속에서는
　'어떤 사물이나 현상 속'에 내재되어 있는 어떠한 속성(느낌)이나 유사성에 의한 연상 작용이 담겨
　있음을 볼 수 있다.
3)부분이 전체의 패턴을 계속 반복하는 것을 '프랙털fractal'이라 한다. 개체들은 개체마다 공통적인 패
　턴이 있고, 이 패턴은 개체들이 합하여 이루는 상위 단계의 패턴과 같다. 역易의 괘의 분화나 컴퓨터
　의 2진법은 전형적인 프랙털 구조로 이루어져 있다. 예컨대 『장자』, 「산목」편엔 이런 이야기가 있다.
　장자가 큰 까치를 탄궁彈弓으로 잡으려고 숨을 죽이고 다가서면서 자신을 잊고 있었다. 그런데 그
　까치는 한 마리 사마귀를 잡으려고 자신을 잊고 있었다. 그리고 그 사마귀는 나무에 붙은 매미를 잡
　으려고 자신을 잊고 있었다. 장자-까치, 까치-사마귀, 사마귀-매미로 이어지는 '잡고/잡히는' 관계의
　상象이 하나의 구조 안에서 계속 반복되고 있음을 볼 수 있다.

1-2 산사와 하계下界

내가 일찍이 묘향산에 올라 상원암에 묵었을 때, 밤이 다하도록 달 밝은 것이 낮과 같았다. 창문을 열고 동쪽을 바라보면 암자 앞으로 흰 안개 가득하고 위로 달빛을 받아 마치 '수은 바다'를 보는 듯했거니와, 그 바다 아래에선 은은히 코 고는 소리 같은 것이 들려 왔다. 절의 승들이 서로 이르길,

"저 하계下界에 바야흐로 큰 우레와 비가 내리는 게야."

했다. 수일 후에 산을 나와 안주安州에 이르렀는데, 전일 밤에 과연 폭우와 우레가 있어 평지에 물이 한 장 높이나 흘러 민가들이 표류했다. 내가 고삐를 쥐고 놀라서 말했다.

"어젯밤 나는 비구름 밖에 있어 밝은 달을 안고서 잠들었다. 묘향산은 태산에 비하면 겨우 둔덕에 지나지 않을 뿐이거늘 그 높고 낮음의 다른 세계가 이와 같으니, 하물며 성인이 천하를 봄에서랴!"

❋

余嘗登妙香山, 宿上元庵, 盡夜月明如晝. 拓窓東望, 庵前白霧漫漫, 上承月光, 如水銀海, 海底殷殷有聲如齁鼻. 寺僧相語曰, "下界方大雷雨矣." 旣數日出山, 至安州, 前夜果暴雨震電, 平地水行一丈, 漂民廬舍. 余攬轡憤然曰, "曩夜, 吾在雲雨之外, 抱明月而宿矣. 妙香之於泰山, 纔岵嶁耳, 其高下異界如此, 而況聖人之觀天下哉!"

「馴迅隨筆序」

이 글은 묘향산과 하계下界의 사이, 흰 안개로 수은 바다와 같았던 낭만적인 달밤과 민가를 덮친 폭우와 우레의 살벌한 밤 사이, 이 두 개의 '사이'에서 발생한 기이한 체험을 담고 있다. 어찌해서 그리 높지도 않은 묘향산이건만, '같은 밤'을 사이에 두고 하계와 산사의 시간은 이토록 다른 것일까? 높고 낮음의 사이에서 이렇듯 커다란 차이가 생겨났거니, 그것은 전혀 다른 삶의 체험을 잉태했다. 산사와 하계라는 공간의 높고 낮음의 차이가 이와 같이 현격하게 다른 삶의 체험을 낳았듯, 우리 마음이나 의식, 식견에도 이처럼 높고 낮음의 폭이 있으리니 그것은 또 얼마나 다른 삶의 인식과 체험들을 배태할 것인가!

  바둑이나 장기를 둘 때, 하수의 눈에는 상수의 수가 보이지 않지만 상수의 눈에는 하수의 수가 훤히 다 읽힌다. 작은 산에선 높은 산을 올려다보아야 하지만, 높은 산에선 작은 산이 편히 내려다보인다. 속인의 좁은 시야로 산 아래에서의 삶만을 바라보다가 성인聖人이라는 산, 그 높고 높은 산에 올라 삶을 바라보면 세상은 또 어떻게 달라질 것인가. 한 눈에 온 천하가 다 들어올 것인가. 한 시야에 만인의 삶의 풍경, 그 숱한 인생살이가 다 들어올 것인가?

  "이 천지간에는 그대의 지혜로 상상할 수 있는 것보다 더 많은 것들이 있다네"(셰익스피어)라 했던가. 내 발이 딛고 있는 땅은 내가 디디지 않은 땅의 지극히 작은 일부일 뿐이고, 내가 아는 것은 내가 모르는 것의 지극히 작은 부분일 뿐이며, 내가 사는 생이란 내가 살지 못하는 저 무한한 시간에 비하면 정말이지 찰나에 지나지 않을 것이다. 우물에 깃드는 한 방울의 물과 같은 우리의 생일지니, 아 저 조물의 마음으로 또한 하계를 바라본다면 그 풍광이 과연 어쩌할 것인고…!

1-3 심사心似의 의미

천하에 서로 비슷한 것이 있으면 꼭 칭하기를 '혹초酷肖(꼭 닮았다)' 라고 하며, 구별하기 어려운 것은 또한 '핍진逼眞(진짜 같다)' 하다고 한다. 무릇 '핍집하다' 고 하거나 '혹초하다' 고 말하는 사이엔, '가짜' 와 '다름' 이 그 속에 있는 법이다. 그러므로 천하엔 이해하기 어려운 듯해도 배울 수 있는 게 있고, 완전히 다른 듯한데도 비슷한 게 있다. 통역과 번역을 거치면 뜻을 통할 수 있고, 전서篆書와 주문籀文, 예서隸書와 해서楷書로도 모두 문장을 이룰 수가 있다. 어떤 까닭인가? 다른 것은 형체이나 같은 것은 마음(심상)인 까닭이다. 이로써 보건대 마음이 비슷한 것은 뜻이요, 형체가 비슷한 것은 피모皮毛인 것이다.

天下之所謂相同者, 必稱 '酷肖', 難辨者, 亦曰 '逼眞'. 夫語眞語肖之際, 假與異在其中矣. 故天下有難解而可學, 絶異而相似者. 鞮象寄譯, 可以通意, 篆籀隸楷, 皆能成文. 何則? 所異者形, 所同者心故耳. 繇是觀之, 心似者, 志意也, 形似者, 皮毛也. 「綠天館集序」

연암이 말하는 겉으로 같은 형사形似와 속으로 같은 심사心似란 무엇인가? 형사는 겉모습이 같은 것이라면 심사는 내적 속성이 같은 것이다. 즉 심사는 사물에 내재된 어떤 속성이 같은 것을 이르며, 그것은 사물의 형形보다

26 · 바람에 떨어진 고금

상象에 관심을 두는 미학이라 할 수 있다. 그런 점에서 이 글은 사물에서 어떠한 상을 읽어 내는, '심상心象'의 본질적 의미를 이야기하고 있다.

붓글씨로 착할 선善 자를 쓰는 데, 초기 한자 자형인 전서篆書로 쓰거나 정자로 쓰거나 초서草書로 썼다고 했을 때, 이들의 모양은 서로 다르지만 모두 선善 자를 썼다는 점에서는 같다. 즉 형체는 다르지만 내재되어 있는 속성 혹은 가리키는 바는 같은 것이다. "난 널 사랑해"와 "I love you"가 같은 이치이다. 다른 것은 껍데기일 뿐 이 둘은 속성 상 하나인 것이다.

마음이 우리 몸 안에 있는 것이듯, 이처럼 사물 속에 내재되어 있어 마음의 눈으로 읽어야 하는 어떤 속성이 바로 상象이며, 이것이 연암이 말하는 '속으로 닮기'인 심사心似의 요체이다.

"내 님의 눈썹은 5월 밤의 초승달!"이라고 했을 때, '눈썹'과 '초승달'은 다른 형체의 다른 대상이지만 그의 마음속에선 '같은 이미지'로 연결되는 것이다. 병든 부모를 위해 형은 약초를 캐 오고, 아우는 자신의 손가락을 베어 피를 수혈했을 경우, 이 둘의 행위 그리고 '약초'와 '피'라는 사물은 다르지만 효성을 표상하는 같은 상을 지니고 있다. 바로 형形은 달랐지만 심상은 같았던 것이다. 마주보며 커피를 마시는 두 쌍의 커플을 있을 경우, 한쪽은 오늘 처음 만난 커플이요, 다른 한쪽은 헤어지기 위해 만난 커플일 때, 겉으로 드러난 모습은 같지만 안의 속성 즉 이미지는 전혀 다르다.

이처럼 겉으로 보긴 다른데 속으론 같은 게 있고, 겉으로는 비슷한 듯한데 속으론 전혀 다른 게 있다. 이것이 바로 심상과 겉모습 사이에 놓인 삶과 존재의 비밀인 것이다. 우리는 다른 것들 속에서 같은 것을 볼 수 있고, 같은 것들 속에서 다름을 볼 수 있는 눈을 키워야 한다. 무릇 뭇 존재들과 우리 삶이란 이 사이에 있기 때문이다.

그런데 겉모습인 형체는 눈으로 볼 수 있는 것이지만, 심상은 다른 눈이 필요하다. 심상을 보려면 마음의 눈이 있어야 한다. 그것은 겉을 보는 눈이 아니라 '속'을 보는 눈이며, 사실이 아니라 사실 속에 있는 '진실'을 보는 눈이기 때문이다.

코끼리와 이미지

코끼리가 범을 만나면 코로 쳐서 이를 죽이니, 그 코는 천하에 무적이다. 그러나 쥐를 만나면 코를 둘 데가 없어 하늘을 우러르며 서 있거니, 그렇다고 장차 쥐가 범보다 무섭다고 말한다면 앞서 말한 바의 이치는 아닐 것이다. 무릇 코끼리는 직접 눈으로 보는데도 그 이치를 다 알 수 없는 것이 이와 같거늘, 하물며 천하 사물은 코끼리보다 만 배나 됨에랴! 그런 까닭에 성인께서 『주역』을 지으실 때, '상象'을 취하여 이를 드러냈던 것은 만물의 변화를 궁구窮究하려 했던 것일 터이다.

象遇虎則鼻擊而斃之, 其鼻也天下無敵也. 遇鼠則置鼻無地, 仰天而立, 將謂鼠嚴於虎, 則非向所謂理也. 夫象猶目見, 而其理之不可知者如此, 則又況天下之物萬倍於象者乎! 故聖人作易, 取象而著之者, 所以窮萬物之變也歟! 「象記」

코끼리는 덩치는 왜 그리 크며, 코는 또 왜 그리 길까? 어금니인 상아象牙는 왜 그렇게 붙어 있으며 귀는 왜 또 그리 넓을까? 조물이 부여한 그 섭리를 우리가 어찌 다 알 수 있으랴! 청나라 강희康熙 때, 실제로 코끼리가 호랑이를 죽인 일이 있었다고 한다. '그런데도 코끼리가 쥐는 잡지 못한다!'는 내용은 연암이 『장자』「소요유逍遙遊」에 "리우犛牛라는 큰 소가 능히 큰 일은 할 수 있지만, 쥐는 잡지 못한다"는 내용을 코끼리에 옮겨 접목시킨 것이다.

『장자』「추수秋水」편에는 이에 대한 보다 상세한 내용이 나온다.

"요堯임금은 순舜에게 천자를 선양禪讓해서 황제가 되었으나 연燕나라 임금 쾌噲는 재상 자지子之에게 임금자리를 물려주었다가 3년 만에 나라가 멸망했으며, 은殷나라 탕湯임금과 주周나라 무武왕은 전쟁을 통해 왕이 되었지만 초楚나라 백공白公은 전쟁을 통하여 멸망했다. 이로써 본다면, '선양하거나 전쟁하는 범절凡節'이나 '요임금(성군)과 걸왕(폭군) 같은 행동'도, 때에 따라 귀하게도 되고 천하게도 되는 것이어서 일정한 표준에 의하여 생각할 수 없는 것이다. 들보 같은 큰 재목은 성벽을 무너뜨리는 데는 유용하지만 작은 구멍을 막는 데는 불편하며, 천리마는 하루에 천리를 달릴 수 있지만 쥐를 잡는 데는 살쾡이만 못하다. 그것은 재주가 다르기 때문이다. 올빼미는 밤에는 벼룩을 잡고 터럭 끝도 볼 수 있지만, 낮에 나와서는 눈을 뜨고도 큰 산조차 보지 못한다. 그것은 본성이 다르기 때문이다."

왕위를 신하에게 선양한 것은 아름다운 일이었으나, 누구는 성군이 되고 누구는 곧 멸망해서 죽었다. 옳고 그름의 추이란 고정되어 있지 않기 때문이다. 그 좋은 천리마도 쥐를 잡는 데는 고양이만 못할 뿐 아니라 무능하기 짝이 없다. 어느 쪽에서 바라보느냐와 어떻게 쓰이느냐에 따라 사물의 이미지나 작용은 엄청나게 달라지기 때문이다.

그렇다면 천지天地와 건곤乾坤은 어떻게 다른 것인가? '하늘(天)'이나 '땅(地)'은 겉모습과 구체적인 하나의 대상을 지칭하지만, '건'이나 '곤'은 내적 속성과 상징적 의미들을 함유한다. 그래서 전자는 형形이고, 후자는 상象(상징, 이미지)이 된다. 사물의 모습은 하나지만, 그것의 상징성(의미)이나 이미지는 무수한 변수를 지니고 있다. 그래서 역易에선 한 대상의 단일한 의미로 말하지 않고, 다양한 속성이 담긴 '상징의 괘卦'로써 의미를 표현하는 것이다. 예컨대 한시에서 '구름'은 해(임금)를 가리는 '간신'의 이미지를 띠기도 하지만, 청산靑山 곁의 탈속적이고 초연한 '삶'의 이미지를 지니기도 한다. 마음의 눈이 사물에서 어떤 속성을 읽어 내느냐에 따라, 그 겉모습(形)은 하나지만 그것이 가질 수 있는 이미지(象)는 다양하게 변주되는 것이다!

힘의 새로운 관계를 보여 주는 재미있는 이야기가 하나 있다. 개미가 바늘 하나로 코끼리를 죽이는 세 가지 방법이 있는데, 첫째 한 번 찌르고 죽을 때까지 기다리는 것. 둘째 죽을 때까지 계속해서 찌르는 것. 셋째 코끼리가 죽기 일보 직전에 살짝 한 번 콕 찌르는 것! 이 이야기가 웃음을 만들어 내는 건 예상치 못했던 이미지의 전복顚覆이 들어 있기 때문이다. 코끼리의 이미지가 하나에만 있는 게 아니듯, 무릇 이미지나 사물의 의미는 하나로만 고정되어 있지 않다. 천지의 이치와 만물의 정상情狀이란 바로 그 고정되어 있지 않음에 있는 것이다.

대동소이 大同小異

지금 저 코끼리가 서면 집채만 하고, 움직이면 비바람이 몰아치는 듯하고, 귀는 구름이 드리운 듯하고, 눈은 초승달과 비슷한데, 발가락 사이에 낀 진흙이 언덕과 같아 개미가 그 속에서 집을 짓지요. 개미가 그 속에 비가 오나 싶어 줄지어 나와 두 눈을 부릅뜨고 보아도 코끼리를 보지 못하니 어째서일까요? 보이는 바가 너무 멀기 때문이지요. 또 코끼리가 한쪽 눈을 찡그리고 보아도 개미를 보지 못하니, 이는 다름 아니라 보이는 바가 너무 가까운 탓이지요. 만약 안목이 좀더 큰 사람으로 하여금 다시 백리 밖 멀리에서 바라보게 한다면 아득하고 가물가물해서 아무것도 보이는 바가 없을 것이니, 어찌 사슴과 파리, 개미와 코끼리를 족히 구별할 수 있겠습니까?

今夫象立如室屋, 行若風雨, 耳若垂雲, 眼如初月, 趾間有泥, 墳若邱壟, 蟻穴其中. 占雨出陣, 瞋雙眼而不見象, 何也? 所見者遠故耳. 象瞚一目而不見蟻, 此無他, 所見者近故耳. 若使稍大眼目者, 復自百里之遠而望之, 則窅窅玄玄, 都無所見矣, 安有所謂麋蠅蟻象之足辨哉?　　　「答某」

"산에서 멀리 떠나오면 산은 보이지 않는다. 이게 어찌 산이 없어져서이겠는가. 멀리 떠나온 때문이다."(『장자』, 「천운天運」) 높은 산에 올라 아래를 내려다 보면 사람들은 개미 같고 지나는 자동차는 장난감 같다. 그렇다면 머리 위에서 이(蝨)가 바라보는 사람은 또 어떨 것인가? 대상을 인식하는 것은 그 대상을 바라보는 저마다의 위치와 관점에 따라 달라진다. 그래서 객관적 대상이란 늘 내 안으로 들어오면서 주관화된다.

『장자』엔 '대동소이大同小異'라는 유명한 말이 있다. 크다는 관점에서 본다면 모든 것이 클 수 있고, 작다는 관점에서 보면 모든 것이 작을 수 있다는 말이다. 파리가 작다 하지만, 개미보다는 크고 이(蝨)보다는 훨씬 크다. 코끼리가 크다 하지만 산보다는 작고, 바다보다는 훨씬 작다. 멀리 떠나오면 산도 안 보이는 것처럼, 사슴과 파리, 개미와 코끼리도 똑같이 구분할 수 없는 작고 미미한 존재가 된다. '세계도 한 송이 꽃(世界一花)'이라고 하거니와, 밤하늘을 수놓는 저 무수한 별들도 아주 작은 보석 같지 않던가. 조물의 눈과 천지의 마음으로 본다면 우리가 사는 지구도 달팽이 눈과 같이 작은 것인지 어찌 알 수 있으랴.

그래서 '저 눈' 속에서는 천자의 부귀도 티끌 같을 수 있고, 농부의 소박한 삶도 태산 같을 수 있다. 개미의 집도 그에게 충분히 안락하고 넓은 집일 수 있고, 코끼리에겐 큰 우리도 비좁을 수 있다. 무릇 모든 거리란 원遠과 근近 사이에 있고, 모든 관점이란 내 안과 내 바깥 사이에 있다. 10리를 같이 가도 아이와 어른, 여자와 남자가 느끼는 거리는 다르고, 한 닢의 금화도 백만장자가 가지고 있는 것과 거지가 가지고 있는 것은 그 가치의 정도가 완전히 다르다. 공원의 흔한 벤치도 그곳에서 첫 키스를 나눈 이에게는 특별한 장소가 된다. 「기기碁記」를 썼던 고려 문인 이색李穡처럼 아버지의 유일한 유품으로 남겨진 낡은 바둑돌은 그에겐 소중한 것이 된다.

이처럼 삶은 늘 저마다의 관점과 거리를 지니면서 있다. 그러니 무엇이 옳다 그르다는 것도, 무엇이 뛰어나다 못하다는 것도, 무엇이 소중하다 하찮다는 것도, 아름다움과 추함도, 성공과 실패도, 사랑과 미움도, 나와 너도 모두 다 멀리에서 보면 희미해져서 구별하기 어렵다. 그래서 저 조물의 눈 속으로 들어가서, 삶을 바라본다면 모든 것이 하나가 될 터이다. 그러나 우리는 그 하나의 마음이 없어, 그 눈 속으로 들어가지 못한 채 늘 작은 눈으로 작은 것들만 아등바등 재고 사는 것은 아닌지!

1-6 까마귀의 빛

아! 저 까마귀를 보라. 그 깃털보다 더 검은 게 없건만, 홀연
유금乳金빛이 번지기도 하고 다시 석록石綠빛을 반짝이기
도 하며, 해가 비추면 자줏빛이 튀어 올라 눈이 어른거리다가 비취
빛으로 바뀐다. 그렇다면 내가 그 새를 '푸른 까마귀' 라 불러도 될
것이고, '붉은 까마귀' 라 불러도 될 것이다. 그 새에게는 본래 고정
된 색깔이 없거늘, 내가 눈으로 먼저 그 빛깔을 정한 것이다. 어찌 단
지 눈으로만 정했으랴! 보지 않고서 먼저 그 마음으로 정한 것이다.

噫, 瞻彼烏矣. 莫黑其羽, 忽暈乳金, 復耀石綠, 日映之而騰紫, 目閃閃而轉翠.
然則吾雖謂之 '蒼烏', 可也, 復謂之 '赤烏', 亦可也. 彼旣本無定色, 而我乃以
目先定. 奚特定於其目! 不觀而先定於其心. 　　　　　　　　　　「菱洋詩集序」

우리는 기호로 소통한다. 하지만 때때로 그 기호에 붙잡혀 있다. 실제의 까
마귀란 수없이 다양한 이미지를 가지고 있고 그 색이나 빛깔에도 숱한 변화
가 있지만, 까마귀 오烏 자 안에는 인간에 의해 인습적이고 획일적으로 고
정된 이미지가 일방적으로 투영되어 있어, 하나의 빛깔에 붙박여 있는 죽은
기호로 존재한다.

하나의 색은 여러 가지 빛깔(光)을 만나 다양한 색채로 변주된다. 까마귀
를 아무런 사심 없이 찬찬히 떠올려 보라. 강물에 들어갔다 나와 물결에 젖

은 깃털이 햇살에 반짝일 때와, 대밭 속 흰 눈이 살짝 어깻죽지에 얹혀 있을 때와, 무리들과 숲 위로 저녁 하늘을 날아갈 때와, 홀로 들판의 눈밭 위에 앉아 있을 때, 이때의 까마귀의 색과 빛은 똑같은 것이겠는가? 그러나 우리는 까마귀 오烏 자 안에 갇혀서 까마귀의 생의生意를 다 죽인다. 그러나 진짜 죽은 것은 까마귀가 아니라, 우리의 굳어진 의식과 감각이다.

바람소리 더 잘 들으려고 눈을 감는다
어둠 속을 더 잘 보려고 눈을 감는다

눈은 얼마나 많이 보아 버렸는가

사는 것에 대해 말하려다 눈을 감는다
사람인 것에 대하여 말하려다 눈을 감는다

눈은 얼마나 많이 잘못 보아 버렸는가

−천양희, 「눈」

더 잘 듣기 위해, 더 잘 보기 위해 때로 우리는 눈을 감아야 하지만, 그 눈은 육신의 눈이 아니다. 기호에 붙잡혀 화석화된 관념의 눈을 감고 살아 있는 새로운 눈을 떠야 하거니, 그 눈이란 기호 너머에 있는 생의로운 천지만물의 빛과 영혼을 있는 그대로 받아들일 수 있는 눈, 그리고 그것으로 만물의 언어는 고정되어 있지 않고 끊임없이 살아 움직이는 생명임을 알아보는 마음의 눈이다. 사람의 '눈빛' 하나도 마음의 흐름에 따라 수없이 변하고 또 변하는 게 아니던가.

무릇 세상의 모든 빛과 색이란, 그것을 알아보는 진정한 눈을 만났을 때에만 빛을 발하는 법이다. 그래서 '마음'은 늘 깊고 밝게 눈뜨고 있어야 하거니….

1-7 말똥과 여의주

말똥구리는 스스로 말똥을 사랑하므로 용의 구슬을 부러워
하지 않고, 용 또한 제 구슬을 가지고서 저 말똥구리의 말똥
을 비웃지 않는다.

蜣蜋自愛滾丸, 不羨驪龍之珠, 驪龍亦不以其珠, 笑彼蜣丸.　　「蜣丸集序」

장자는 물오리의 다리가 비록 짧지만 길게 이어 주면 근심할 것이며, 학의
다리가 비록 길지만 짧게 잘라 주면 슬퍼할 것이라 했다. 또 비록 높은 누대
와 화려한 궁전이라도 말에게는 아무런 의미가 없는 것이라 했다.(『장자』「변
무騈拇」) 이는 저마다 누려야 할 본연의 성품이 다른 까닭일 것이다.

만약 크기가 다른 세 자루의 도끼가 있는 경우, 각각의 쇳날에서 도끼자
루를 빼어 다른 것에 맞춘다면 세 자루의 도끼는 모두 쓸 수 없는 도끼가
될 것이다. 과연 어느 쇳날과 어느 도끼자루가 더 좋은 것인가?

지렁이처럼 다리가 없어야 좋은 것인가, 아니면 지네처럼 다리가 많아야
좋은 것인가? 호랑이의 이빨이 비록 날카롭다 하나 토끼에게 준다면 거추장
스러운 것일 뿐이며, 토끼의 코가 비록 납작하다고 하나 토끼는 코끼리의
코를 결코 부러워하지 않을 것이다. 독수리의 눈이 비록 시력이 좋다고 하
나 두더지는 이를 부러워하지 않을 것이며, 두더지의 눈이 비록 어둠 속에

서 밝다고 하나 독수리가 그의 눈을 빌려 땅속으로 들어가려 하지는 않을 것이다.

아무리 신고 싶은 유리구두라 할지라도 신데렐라가 아니면 그 구두는 발에 맞지 않을 것이며, 아무리 좋은 옷이라도 자신에게 맞지 않으면 무용지물일 것이다. 혀는 스스로의 부드러움을 사랑하여 이의 단단함을 부러워하지 않고, 이 또한 자신의 단단함으로써 혀의 부드러움을 비웃지 않는다. 자연의 섭리 속에서 어느 것에나 늘 있을 것이나, 우리가 잊고 있는 '스스로 그러한 본연의 성품과 자태'를 찾아 그 속에서 삶의 자존을 누리려면 우리는 먼저 '비교의 잣대'와 '획일적 기준'부터 접어야 할 것이다.

아, 나에게 소중한 것은 무엇인가? 또 정녕 내가 소중한 까닭은 무엇인가? 우리가 찾아야 할 것은 말똥인가, 여의주인가….

1-8　지렁이 책 읽는 소리

그 대는 행여 신령한 지각과 기민한 깨달음이 있다 하여, 남에게 교만하거나 다른 생물을 업신여기지 마시게. 저들에게도 만약 약간의 신령한 깨달음이 있다면 어찌 스스로 부끄럽지 않겠으며, 만약 저들에게 신령한 지각이 없다면 교만하고 업신여긴들 무슨 소용이 있겠는가? 우리들은 냄새나는 가죽부대 속에 몇 개의 문자를 지니고 있는 게 남들보다 조금 많은 데 불과할 따름이네. 그러니 저 나무에서 매미가 울음 울고 땅 구멍에서 지렁이가 울음 우는게, 시를 읊고 책을 읽는 소리가 아니라고 어찌 장담할 수 있겠는가?

足下無以靈覺機悟, 驕人而蔑物. 彼若亦有一部靈悟, 豈不自羞, 若無靈覺, 驕蔑何益? 吾輩臭皮帒中, 裹得幾箇字, 不過稍多於人耳. 彼蟬噪於樹, 蚓鳴於竅, 亦安知非誦詩讀書之聲耶?　　　　　　　　　　　　　　　　「與楚幘」

『장자』「제물론齊物論」에는 '올바른 견해(正見)'에 대해 다음과 같은 이야기가 나온다.

　"내 시험 삼아 그대에게 묻거니, 사람이 습지에서 자면 허리에 병이 나고 말라 죽게 되는데 미꾸라지도 그러한가? 나무 위에서는 사람은 두려워 덜덜 떠는데 원숭이들도 그러한가? 이 세 가지 것들 중에서 어느 것이

'바른 거처(正處)'를 알고 있는가? 사람들은 소, 양, 개, 돼지를 잡아먹고, 고라니와 사슴은 부드러운 풀을 먹고, 지네는 뱀을 잘 먹고, 솔개와 까마 귀는 쥐를 좋아하네. 이 네 가지 중에서 어느 것이 '올바른 맛(正味)'을 알고 있는가? 모장毛嬙과 여희麗姬는 사람들이 미인이라 하지만 물고기는 그들을 보면 물 속 깊이 들어가고, 새는 그들을 보면 높이 날아가고, 고라 니와 사슴은 그들을 보면 황급히 달아난다. 이 네 가지 것들 중에 무엇이 천하의 '올바른 아름다움(正色)'을 알고 있는가? 내가 보건대 어짊과 의로 움의 실마리나 옳고 그름의 길은 어지럽게 뒤섞여 있거니, 내 어찌 능히 이의 판별을 알 수 있겠는가?'

나 밖의 시선으로 사물을 본 적이 있는가? 외부의 시선으로 스스로를 본 적이 있는가? 세상의 그 어떤 아름다운 시구詩句일지라도 매미나 지렁이가 이를 즐길 것이며, 천자의 부귀나 절세가인의 아름다움일지라도 미꾸라지나 지네가 과연 부러워하겠는가? 매미가 자신의 소리를 천하게 여길 것이며, 지렁이가 자신의 모습을 추하게 여길 것인가? 한쪽의 기준으로 무엇이 옳다 그르다 할 수 있으며, 무엇이 소중하다 하찮다 할 수 있겠는가? 사람의 입 장이 있는 것처럼 물物의 입장이 있고, 나의 처지가 있는 것처럼 타인의 처 지가 있다. 천지만물의 가치는 어느 쪽으로도 치우침 없이 고루 나누어져 있고(遍在), 누구나 스스로는 소중하며, 저마다 자신의 입장이 있는 법이다.

"경치가 좋은 산은 사람들이 많아 하루도 편할 날이 없다. 그러나 골이 깊 은 산은 사람이 지나지 않아 종일 물 흐르는 소리가 들린다."(서옹 스님) 산의 그윽한 선정禪定을 산산이 깨뜨리는 이들이여, 그대는 산을 사랑하는 이인 가, 아니면 그 반대인가? 때로 좋아하고 사랑하는 것이 오히려 그것에 피해를 줄 수도 있다. 인간의 입장, 자신의 이해만을 내세우는 것은 이처럼 늘 한쪽으로 치우친 일방적인 시선이나 폭력을 동반하는 경우가 많다. 소통은 이해의 무게가 비슷할 때, 상대의 입장을 인정할 때 이루어진다. 작은 표주박으로 바다를 다 잴 수 없듯, 인간만의 혹은 자신만의 작은 이해로 어찌 하늘과 우주 만물의 깊은 뜻을 다 헤아릴 수 있으리오.

사흘간이나 비가 계속 내리는 바람에 흐드러졌던 예쁜 살구꽃들이 죄다 떨어져 땅을 분홍빛으로 물들였다네. 긴 봄날 우두커니 앉아 혼자 쌍륙놀이를 했지. 오른손은 갑이 되고 왼손은 을이 되어 '다섯이야, 여섯이야!' 하고 소리치는 중에, 나와 네가 있어 이기고 짐에 마음을 쓰게 되니 문득 상대편이 적敵으로 느껴졌네. 알지 못하겠네, 내가 나의 두 손에 대해서도 사사로움을 두고 있는 것인지! 내 두 손이 이미 갑과 을로 나뉘어 있으니 이 역시 물物이라 할 수 있을 터이고, 나는 그 두 손에 대해 조물의 위치에 해당한다 할 수 있지 않겠는가. 그런데도 사사로움을 이기지 못하여 한쪽을 편들고 다른 한쪽을 억누름이 이와 같네. 어제 비에 살구꽃은 죄다 떨어졌지만, 복사꽃은 한창 어여쁘니 나는 또 모르겠네, 저 위대한 조물주가 복사꽃을 편들고 살구꽃을 억누르는 것 역시 사사로움을 두어서인지!

雨雨三晝, 可憐繁杏, 銷作紅泥. 永日悄坐, 獨弄雙陸. 右手爲甲, 左手爲乙, 呼五呼六之際, 猶有物我之間, 勝負關心, 翻成對頭. 吾未知吾, 於吾兩手, 亦有所私歟! 彼兩手者, 旣分彼此, 則可以謂物, 而吾於彼, 亦可謂造物. 猶不勝私, 扶抑如此. 昨日之雨, 杏雖衰落, 桃則夭好, 吾又未知, 彼大造物者, 扶桃抑杏, 亦有所私者歟!   「答南壽」

족손族孫에게 보낸 편지의 일부인데, 일부러 심장한 화두 하나를 재미있는 비유에 담아서 발산하고 있다. 연암이 엮어 놓은 '꽃'과 '쌍륙' 사이의 비유의 끈은 매우 절묘하고 매끄럽다. 쌍륙은 편을 갈라서 차례로 주사위 둘을 던져 나오는 사위대로 판에 말을 써서 먼저 궁에 들여보내는 내기이다. 이 놀이를 짝 없이 혼자서 하게 되니, 일부러 왼손과 오른손으로 상대를 맞추어 놀아 본 것이다. 그러나 사실 왼손이 이기든 오른손이 이기든 두 손 모두 내 안에 있는 것이니, 승패에 조금도 슬퍼하거나 기뻐할 게 없는 것이다. 우리는 오른손이 왼손을 꼬집었다고, 왼손이 그 오른손을 미워하지 않는다. 다 내 손이기 때문이요, 마음이 어느 한쪽으로 전혀 기울지 않기 때문이다.

비가 연일 잔뜩 와서는 마당의 그 예쁘던 살구꽃을 다 떨구었다. 그런데 그 봄비에 복사꽃은 도리어 흐드러지게 피었으니, 저 위대한 조물도 사사로이 편드는 마음이 있는 것일까? 혹 장자가 그의 곁에서 이 글을 읽었다면 혹 이렇게 이야기하지 않았을까. "달팽이의 두 눈 중에 한쪽은 내가 되고 한쪽은 자네가 되어 있다면, 달팽이는 눈 뜨거나 감을 때에 어느 쪽 눈을 더 사랑하겠는가? 자네가 달팽이의 마음을 안다면 저 위대한 조물의 마음도 함께 알 수 있을 것이네" 하고….

사실 연암은 혼자 하는 쌍륙놀이로, 조물의 위치에 잠시 앉아 보고서는 문득 조물의 깊은 마음을 살짝 엿보았던 것이다. 만물 속에서 전혀 기울지 않는 하나의 마음! 그것을 왼손과 오른손 사이, 지는 꽃과 피는 꽃 사이에서 본 것이다. 지는 것 없이 피는 것이 어찌 있으랴? 조물의 마음은 언제나 편재遍在와 순환의 질서 속에서 조금도 치우침이 없을 것이나, 우리 마음이 사사로이 어느 한쪽으로 기울어 희비喜悲 사이에서 울고 웃는 건 아닐는지!

1-10 달세계

(기공^{奇公}과 함께 달을 구경하는데 내가)

"얼음 속에는 누에가 살고, 불 속에는 쥐가 살고, 물 속에는 고기가 살아서, 저들 각종 생물들도 저마다 사는 곳을 모두 '땅'이라 여깁니다. 만약 달 속에도 세계가 있다고 한다면, 어찌 알리오, 오늘 이 밤에 어떤 두 명의 달세계 사람이 난간머리에 기대어 서서 땅빛(지구)의 차고 기우는 이야기를 속삭이지 아니한다고."

했더니, 기공은 껄껄 웃으며 말했다.

"기이한 말이다, 기이한 말이야!"

"氷有蠶焉, 火有鼠焉, 水有魚焉, 彼諸蟲者, 皆以所處各爲其地. 若謂月中亦有世界, 安知今夜不有兩人同倚欄頭, 對此地光論盈虛乎." 奇公大笑曰, "奇論, 奇論."　　　　　「太學留館錄」

중국 선비 기공^{奇公}이라는 이와 자전이니 공전이니, 온갖 천체의 설에 대해서 한참을 논하다 연암이 한 말이다. 전설 속, 얼음 속에 산다는 빙잠氷蠶¹⁾과 불 속에서 산다는 화서火鼠²⁾. 그들은 자기 삶의 터전인 얼음이나 불 속을 땅이라 여길 것이다. 얼음이나 불이 생존의 터전이 될 수 없다는 것은 단지 사람의 시각에 기준을 둔 것일 뿐이다. 물고기에겐 물 속이 땅이고, 매미에겐 나무가 땅이며, 벼룩에겐 사람의 피부가 땅이고, 기생충에겐 사람의 몸

44 · 바람에 떨어진 고금

속이 땅이지 아니한가?

우리가 저 달을 보며 쉼 없이 기울고 차는 '영허盈虛의 빛과 그림자'의 순환과 천체의 신비를 생각하듯, 저쪽 달세계에서도 이처럼 누의 난간에 기대어 이쪽 지구를 보며 그러한 논의를 하지 않는다고 어찌 말할 수 있으리오? 저쪽 입장에서 보면, 지구가 곧 달이 되고 우리가 외계의 사람이 된다. 기지既知의 '나' 중심주의를 탈피하면, 지구별에 생명이 살듯 우주의 무수히 많은 다른 별에도 생명이 살 것이라고 상상해 보는 건 그리 어려운 일이 아니다. 우리는 이것을 거대한 천체라 생각하나, 또 어찌 알겠는가, 우리 사는 땅이 고작 조물의 몸 속에 있는 조그만 세포 하나에 지나지 않을 수도 있다는 것을! 언제나 우리의 기지 너머엔 그 기지로는 상상조차 할 수 없을 만큼의 광활한 더 큰 미지未知가 깊게 포진하고 있는 법이니.

1)빙잠(氷蠶) : 『습유기拾遺記』에, "원교산에 길이가 7촌이고 뿔과 비늘이 달린 빙잠이 사는데, 그것을 서리와 눈으로 덮어 주면 1척 길이의 오색 고치(繭)를 지으며, 이것으로 무늬 비단을 짜면 물에 넣어도 젖지 않고 불에 던져도 타지 않는다" 하였다.

2)화서(火鼠) : 『신이경神異經』에, "남황 밖에는 밤낮으로 불타는 화산火山이 있으며, 그 불 속에는 무게가 백 근이나 되는 쥐가 사는데, 털의 길이가 2척이고 가늘기가 실과 같아 베를 짤 수 있다" 하였다. 그 베를 '화완포火浣布'라 하는데 불에 넣어도 타지 않는다 한다.

관조觀照의 미학

(아버지는)

기실 타고난 성품이 물욕에 담박하시어, 한가롭게 지내며 고요히 앉아 이치를 궁구하고 관찰하기를 가장 좋아하셨다. 연암골에 계실 적에 혹 하루 종일 대청에서 내려오지 않기도 하셨고, 간혹 사물을 응시하며 한참 동안 묵묵히 말이 없으시기도 했다. 일찍이 이런 말씀을 하셨다.

"비록 풀, 꽃, 새, 벌레와 같은 지극히 작은 미물들도 모두 지극한 경지를 지니고 있다. 그러므로 이들에게서 조물이 부여한 자연의 현묘함을 엿볼 수 있다."

✿〜

天稟實澹泊於物, 最喜閑居靜坐, 究觀理致. 其在燕峽也, 或終日不下堂, 或遇物注目, 瞪默不言者移時. 嘗言, "雖物之至微, 如草卉禽蟲, 皆有至境. 可見造物自然之妙." 『過庭錄』

『과정록過庭錄』은 연암의 차남인 박종채朴宗采가 아버지의 일화들을 기록한 책이다. 아들에게도 연암은 '관觀'의 철학자로 비쳤던 듯하다. 그는 대상의 미세한 떨림과 속내도 읽어 낼 수 있는 예리한 촉수를 지니고서, 늘 뭇 사물의 내면을 깊이 응시하고자 했다. 그리고 무엇보다 사물의 비의秘意를 캐려 하는 그 깊은 응시를 통해, 하나의 이치에 깊이 닿고자 했다. 그래서 그의 관觀과 관觀들은 끊임없이 이어져 결국 사물의 틈새를 비집고 들어가 하나의 또렷한 '관貫'의 자장磁場을 이루었다. 하여 일이관지一以貫之로 점철되는 '관觀의 미학'은 그의 사유와 문장의 한가운데를 떠받치는 핵심 기둥이 되었다.

그가 보고자 했던, 풀과 꽃과 새와 벌레 같은 이런 작은 것들 속에도 들어 있는 '지극한 경지至境'란 무엇일까? 또 그것에서 볼 수 있는 조물이 부어 놓은 자연의 현묘함이란 무엇일까?

한 알의 모래 속에서 우주를 보고
한 송이 들꽃 속에서 천국을 본다.
손바닥 안에 무한을 거머쥐고
순간 속에서 영원을 붙잡는다.　　　　-윌리엄 블레이크, 「순수를 꿈꾸며」

블레이크가 그러했던 것처럼, 아마도 그가 궁극적으로 보고자 했던 것은 단순한 겉모양이 아니라 그 안에 내재되어 있는 보편의 어떤 '이치'일 것이다. 그런 이치를 볼 수 있는 눈이 살아 있다면, 생은 만물 속에 숨겨진 '하나의 언어'들과 조우하는 눈부신 순금의 시간들이 되지 않겠는가. 그것은 만물과 통하는 조물(자연)의 언어를 꿰뚫어 '지극한 경지'로 접어드는 길일 것이기 때문이다.

연암은 이런 관찰의 기록을 통해 하나의 책을 엮으려 했으나, 아쉽게도 그 자료는 유실되었다. 그러나 우리가 더 주목해야 할 것은 찾아볼 수 없는 그 '관'의 기록이기보다는, 연암이 풀, 꽃, 새, 벌레 속에서도 깊은 감성의 자양과 함께 하나의 현묘한 이치를 읽을 수 있었던 관조의 마음이며, 그 마음의 지향과 자세일 터이다.

삶이란 많이 느낄수록 깊은 내면을 갖게 된다. 그리고 '깊이 있는 눈'은 주의 깊은 관찰 속에서 잉태된다. 한 가지 시선도 저마다 질감이 다른 것이니, '관'의 물결은 마음에 들뜬 것들이 가라앉은 고요의 정결한 집중 없이는 찾아오지 않을 것이다. 무릇 '관'의 깊이와 폭은 그 내면의 깊이와 폭으로 이어지고, 또 그 길은 하나로 이어져 삶의 등불이 될 것이다. 우리가 어떤 눈을 뜨고 사느냐에 따라 삶에 닿는 불빛의 질감과 깊이는 현저히 틀려지는 것이다.

1-12 도와 길

내가 수역首譯(역관의 우두머리) 홍명복에게,

"자네, '도道'가 무엇인지 아는가?"

하니,

"아, 그게 무슨 말씀입니까?"

한다. 내가 다시 이르길,

"도가 무엇인지 아는 건 어렵지 않네. 단지 저 언덕에 있을 뿐이지."

하니,

"이른바 '탄선등안誕先登岸'[1]을 말씀하시는 건지요?"

한다.

"그걸 말하는 게 아니네. 이 강이란 바로 저와 나의 접점으로서, 언덕이 아니면 물이지. 무릇 천지 만물과 사람의 이치가 '물이 언덕에 닿아 있음'과 같으니, 도란 다른 데서 찾을 게 아니라 바로 그 '사이(닿음)'에 있다네."

余謂洪君命福首譯曰, "君知道乎?" 洪拱曰, "惡是何言也?" 余曰, "道不難知. 惟在彼岸." 洪曰, "所謂 '誕先登岸' 耶?" 余曰, "非此之謂也, 此江乃彼我交界處也, 非岸則水. 凡天下民彝物則, 如水之際岸, 道不他求, 卽在其際."

「渡江錄」

연암이 배를 타고 강을 건너다, 역관 홍명복에게 무심코 던진 '도'에 대한 화두다. 그의 직관의 촉수는 침묵하고 있던 사물의 비의를 캐내어 살아 있는 생생한 삶의 물음으로 세워 놓았다. 그만큼 그는 여정 중에도 사물 하나를 예사로이 보지 않고 도저한 사유의 장으로 끌어들인다.

'물'이 '언덕'에 닿아 있는 것처럼 모든 '길'은 서로 등을 맞대고 닿아 있다. 동전의 앞면과 뒷면, 들숨과 날숨, 손등과 손바닥, 밀물과 썰물, 빛과 어둠, 선과 악, 기쁨과 슬픔, 아름다움과 추함, 이쪽과 저쪽, 있음과 없음, 색과 공, 음과 양, 시작과 끝, 생과 사, 일—과 다多, 순간과 영원, 너와 나…. 이것이 없으면 저것도 없다. 반대되는 양단兩端은 태극 문양의 양쪽처럼 늘 붙어 있거니, '닿음'의 축으로 보면 모든 것은 '여기/저기', '물/언덕'인 것이다. 그래서 노자는 "유무有無는 서로 생生한다"했고, "성인은 그 사이인 무위無爲에 처한다"했다. 결국 세상의 모든 길은 '사이'로써 만나고 '사이'로써 존재하고 또 이어져 있다.

그런데 '제際'라는 글자에는 '사이'라는 뜻과 '닿음'이라는 뜻이 함께 있다. 연암은 여기서 간間 자를 쓰지 않고 제際 자를 거듭 썼거니, '사이'란 곧 접점接點임을 강조하기 위한 것일 터이다. 그는 이어 "그 '사이際'에 잘 머무를 수 있는 것은 오직 도를 아는 자라야 가능할 것이다(善處其際, 惟知道者能之)"했다. 길이란 여기에서 저기로, 저기에서 여기로 오는 것이듯, 도 또한 모든 이원성이 조화되는 자리에 있을 것이기 때문이다. 그래서 '물/언덕'처럼 삶이 걸어갈 모든 길은 오직 어떤 '사이'와 어떤 '닿음'에만 있을 것이다.

돌과 물이 서로 부딪치니   石與水相激

만 골짜기에 맑은 소리 울리네	萬壑淸雷鳴
설의 상인에 묻거니	借問衣上人
저것은 물 소리인가 돌 소리인가	水聲還石聲
그대가 만약 한마디 답한다면	爾若下一語
곧 물아物我의 정을 알았다 하리	便了物我情

-이이, 「산인 설의에게 주다(贈山人雪衣)」

　골짜기를 흐르는 저 물 소리는 물이 만드는 소리인가 돌이 만드는 소리인가? 아니면 그 둘의 사이와 닿음이 만드는 소리인가?

1)『시경』「황의皇矣」에, "크게 먼저 언덕에 오르라(誕先登于岸)" 하였는데, 여기서 언덕(岸)은 '도道가 지극한 곳'을 비유하는 말이다.

1-13 사이의 미학

포근히 잠이 엉기고 아롱아롱 꿈이 짙어 지극한 즐거움(樂)이 그 사이에 스미는 듯, 마음이 섬세하고 맑아져 묘경妙境이 비할 바 없는 것이 취리醉裏의 건곤乾坤이요, 몽중夢中의 산하이며, 가을매미 소리는 실을 뽑는 듯하고, 하늘에선 꽃들이 숱하게 떨어진다. 고요한 마음은 도가의 내관內觀(묵상)과 같고, 깰 때는 선가禪家의 돈오頓悟와 같아 경각에 81가지 어려움[1]을 지나고 문득 404가지 병[2]을 훌쩍 지나간다. 아, 이런 때엔 비록 추녀가 몇 자나 되는 고대광실에 잘 차려진 큰 상을 받고 시첩侍妾이 수백 명이 있다 해도, '차지도 않고 덥지도 않은 아랫목에, 높지도 않고 낮지도 않은 베개를 베고, 두껍지도 않고 얇지도 않은 이불을 덮고, 깊지도 않고 얕지도 않은 술잔을 받으면서, 장주莊周도 아니고 호접胡蝶도 아닌 사이에 노닒'과 바꾸지 않으리라.

❀〜

或旖旎婀娜, 至樂存焉, 或廉纖巧慧, 妙境無比, 所謂醉裡乾坤, 夢中山河, 秋蟬曳緒, 空花亂落. 其冥心如丹家內觀, 其警醒如禪牀頓悟, 八十一難, 頃刻而過, 四百四病, 倏忽以經. 當是時也, 雖榱題數尺, 食前方丈, 侍妾數百, 不與易不冷不溫之堗, 不高不低之枕, 不厚不薄之衾, 不深不淺之杯, 不周不蝶之間矣.　　　　　　　　　　　　　　　　　　　　　「漠北行程錄」

여행 중 여러 날 잠을 못 자, 너무나 자고 싶은 바람과 꿈결 속에서 쏟아져 나온 말들이다. 연암의 재치가 빚은 '몽설夢說'이라 할 글, 그러나 이 글 속에는 연암 특유의 '사이'의 수사학이 새겨져 있다. 그는 넘치지도 부족하지도 않는 사이와 중中의 조화로써 잠의 미학의 절정을 노래하고 있는 것이다.

그에게 자주 보이는 이 같은 화려한 '사이의 미학'은 『장자』에서 배태된 것이다. '사이'에 대한 인식과 사유, 그리고 수사학은 사실 『장자』 전체를 관류하는 기저음이다. 이 '사이'란 중中이요, 하나(一)이며, 통通이요, 균均이요, 평平을 지향하는 정신이며, 이것은 또한 제물론齊物論의 다른 이름이거나 또는 그것이 펼쳐지는 세계의 장일 터이다. 제물론의 사유는 근본적으로, '편재遍在'라는 우주의 신성한 태반으로 귀의하려는 마음이다. 사이로써 '치우치지 않음'이란 어느 하나에만 머물려 하지 않는 것이며, 무엇보다 생과 우주의 양면적 진실을 이해하는 것이요, 그 이해 속에서 양자를 끌어안는 조화의 자리를 얻으려 하는 욕구다. 하여 '이렇지도 저렇지도 않다'는 이중 부정의 '사이'엔 언제나 '이중 긍정'이 좌정하고 있다. 연암의 사이의 미학이 보여 주는 다양한 변주들 또한 이러한 사유의 젖줄에 닿아 있는 것이다.

이런 '사이'의 철학은 일상의 쉬운 일화로도 얼마든지 치환된다. 인도의 어느 구두닦이가 말하는 순박한 사이의 미학을 들어 보자.

"구두를 애지중지 모셔 놓기만 하면 곰팡이가 피거나 좀이 슬지. 구두를 함부로 신고 다니면 어느새 닳아 낡아 버리게 되지. 구두끈을 꽉 묶으면 풀기도 힘들고 걸어 다녀도 편하지 않지. 구두끈을 느슨하게 묶으면 어느새 풀려 질질 끌리는 것도 모르고 신고 다니다가 신발이 벗겨져 버리지. 구두약을 많이 바르면 광이 무뎌지고, 구두약을 조금 바르면 광이 나지 않지. 힘들다고 약하게만 닦으면 때가 빠지질 않고, 정신없이 너무 세게만 닦다 보면 껍질이 벗겨져 구두가 상처를 입지. 깨끗한 수건으로 닦다 보면 수건이 더러워지고, 더러운 수건으로 닦다 보면 구두가 더러워지지. 내가 살아가는 방식도 이러한 중도에 따른다네."   −원성, 『시선』

우리 모두가 신고 다니는 '삶'과 '마음'이라는 구두, 이것을 다루는 방법도 이와 크게 다르지 않을 것이다. 아, 이렇듯 우리 삶이란 사이에서 꾸는 다채로운 꿈이 아닐런가.

---

1)불가에서 이르는 중생이 도를 통하는 데 장애가 되는 81가지.

2)불교에서는 사람이 지수화풍地水火風 사대四大의 조화를 얻지 못하였을 때 발생하는 각 101종의 병이 있다 하는데, 곧 지地·화火로 인한 열병熱病 202종과, 풍風·수水로 인한 냉병冷病 202종을 말한다.

1-14 이해의 중심

백호 임제林悌가 말을 타려 하는데 노복이 나아가 이르길,

“나리께서 취하셨군요. 한쪽에는 가죽신을 신고, 다른 한쪽에는 짚신을 신으셨습니다.”

하니, 백호가 꾸짖으며 말했다.

“길 오른쪽으로 지나가는 사람들은 나를 보고 짚신을 신었다 할 것이고, 길 왼쪽으로 지나가는 사람들은 나를 보고 가죽신을 신었다 할 것이니, 내가 뭘 걱정하겠느냐!”

이로써 논한다면, 천하에서 가장 쉽게 볼 수 있는 것으로 발만 한 것이 없는데도, 보는 방향이 다르면 그 사람이 짚신을 신었는지 가죽신을 신었는지 분간하기가 어렵다. 그러므로 참되고 올바른 식견은 진실로 옳다고 여기는 것과 그르다고 여기는 것 그 중간에 있다.

林白湖將乘馬, 僕夫進曰, “夫子醉矣. 隻履鞾鞋.” 白湖叱曰, “由道而右者, 謂我履鞋, 由道而左者, 謂我履鞋, 我何病哉!” 由是論之, 天下之易見者莫如足, 而所見者不同, 則鞾鞋難辨矣. 故眞正之見, 固在於是非之中. 「蜋丸集序」

연암에게 사이 혹은 중中이란 미학적 숙고가 싹터 나오는 곳이요, 세계 인식의 궁극적 장이 되는 곳이다. 그것은 그의 사유 뇌간이기도 하지만, 문장

의 심장부이기도 하다. 연암의 글은 흔히 심오한 거대 담론과 하찮은 일상의 이야기가 절묘하게 만난다. 극대와 극소 사이, 성과 속 사이, 고와 금 사이, 인人과 물物 사이…! 양면적 진실의 소통과 통합을 꿈꾸는 연암의 글쓰기는 바로 그 사이에서 진동하고 있는 것이다.

오른쪽이 있으면 왼쪽이 있고, 옳음이 있으면 그름이 있다. 존재는 언제나 그 안에 반대되는 것들을 지니고 있다. 그것은 한 과정의 양면으로 이어져 있거니, 음과 양은 한 원의 양쪽, 한 바퀴의 두 부분이다. 그렇기에 늘 그것엔 '이해의 중심'이 필요한 것이다. 그것은 한쪽만 보는 눈이 아니라, 이쪽저쪽 모두의 진실을 보는 눈이다. 나만 보는 게 아니라 타인도 보고, 인간만 보는 게 아니라 물物도 보고, 옳음만 보는 게 아니라 그름도 보고, 행복만 보는 게 아니라 불행도 보고, 생生만 보는 게 아니라 사死도 보아, 그 둘의 동시적 존재성을 보는 눈이다. 나뭇잎의 앞면이 먼저 생겼겠는가, 뒷면이 먼저 생겼겠는가? 색色이 먼저이겠는가, 공空이 먼저이겠는가? 신이 인간에게 두 눈을 준 까닭은 아마도 이 둘을 동시에 보라고 그런 것일 터이다.

장자 제물론의 사유나, '하나도 아니요 둘도 아니다'라는 불교의 연기설緣起說도 결국 이 사이의 관계와 존엄을 말하는 것이니, 불교나 도가는 사실 동일한 사유의 뇌간을 가지고 있다 할 터이다. 그것이 만고불변의 진리의 심연인 까닭에 연암은 사유의 닻을 늘 '사이'에 내리고자 한 것이다. 오쇼 라즈니쉬가 『장자』를 해설하며 '절반의 움직임'을 넘어서는 것에 '존재의 조화로움'이 있다고 한 말도 한쪽으로 치우지지 않는 '상대성에 대한 포괄적 이해'에 존재의 본질이 있음을 갈파한 것이다.

피에르 신부는 『단순한 기쁨』에서 인간의 양면적 진실을 이렇게 표현한 바 있다.

"그림자와 빛으로 짜여져, 영웅적인 행동과 지독히도 비겁한 행동 둘 다를 할 수 있는 게 인간의 마음이요, 광대한 지평을 갈망하지만 끊임없이 온갖 장애물에, 대개의 경우 내면적인 장애물에 부딪히는 게 바로 인간의 마음인 것이다."

빛 속의 영웅적 행동은 임제의 비단신이요, 그림자 속의 비겁한 행동은 임제의 짚신과 같을 것이다. 조화로운 이해 없이, 늘 반쪽만 보는 '반푼이'가 될 것인가? 아니면 두 눈을 모두 떠 이해의 중심에 서서 조화의 불꽃을 볼 것인가? 중심을 잡지 못하는 배는 침몰하듯이 절반의 눈과 마음으로만 기우는 이는 끝내 조화의 중심에 서지 못할 것이다.

1-15 굴신의 도

굴신屈伸(굽힘과 폄)은 자연의 이치다. 넷째 손가락이 굽혀졌다가 펴지지 않으면 진실로 병이거니와, 펴졌다가 굽혀지지 않는다면 이 또한 어찌 병이 아니겠는가! 사람이 능히 이 이치를 깨달아 안다면 자신의 운명에 편안하고 하늘의 이치를 즐거워하게 될 것이다.

屈伸, 常理也. 無名之指, 屈而不伸, 固病也, 伸而不屈, 獨非病乎! 人能識得此理, 可以安命而樂天矣.　　　　　　　　　　　　　　　『過庭錄』

펴지지 않는 손도 병이나 굽혀지지 않는 손도 병이다. 고개가 돌아가지 않는 것도 병이나 돌아가서 돌아오지 않는 것도 병이다. 먹지 못하는 것도 병이나 배설하지 못하는 것도 병이다. 호르몬이 분비되지 않는 것도 병이나 억제되지 않는 것도 병이며, 못 잊는 것도 병이나 기억 못 하는 것도 병이다. 기뻐하지 못하는 것도 병이나 슬퍼하지 못하는 것도 병이다. 해가 뜨지 않는 것도 변고이나 해가 지지 않는 것도 변고이고, 비가 오지 않는 것도 변고이나 비가 그치지 않는 것도 변고이다. 우주의 모든 것에는 이것과 저것의 상호 작용이 있다. 아마도 이 사이에 우주와 생의 비의가 있을 것이다.

　손등이 있으면 손바닥이 있듯, 음이 있으면 양이 있고, 빛이 있으면 그림자가 있고, 좋음이 있으면 싫음이 있고, 태어남이 있으면 죽음이 있고, 만남이 있으면 이별이 있고, 행복이 있으면 불행이 있고, 선이 있으면 악이 있고, 사랑과 조화가 있으면 미움과 갈등이 있고, 앎이 있으면 무지가 있고, 오르막이 있으면 내리막이 있고, 가파른 길이 있으면 평탄한 길이 있고, 기쁨이 있으면 슬픔이 있고, 잃는 게 있으면 얻는 게 있다. 작은 풀잎 하나에도 앞면과 뒷면이 있거니, 존재는 그 사이에 있는 것이다.

손이 '굽힘과 폄'이 다 있어야 '정상'이듯, 우리네 삶에는 굽힘과 펴짐 등이 모든 이원성이 다 있는 게 하늘이 부여한 질서요 온전함일 터이다. 이것이 모든 생이 안고 있는 지극히 '정상'적인 명命의 표정이다.

그래서 '안명安命'이란 삶의 빛과 그림자를 다 받아들이고 껴안는다는 의미일 것이며, '낙천樂天'은 그 순리의 흐름에서 자족할 줄 아는 슬기를 말할 것이다. 그래서 옛말에 지인至人은 모든 이원성을 늘 하나로 보고 그 하나에 머문다고 했다. 정녕, 이 둘을 늘 하나로 볼 수 있다면 언제 어디서나 자적自適하지 않음이 없을 것이다.

청산은 나를 보고 말 없이 살라 하고
창공은 나를 보고 티 없이 살라 하네.
사랑도 벗어 놓고 미움도 벗어 놓고
물같이 바람같이 살다가 가라 하네.   ─(傳)나옹선사

허나 설사 우리가 둘을 하나로 보지 못하고 또 자적도 하지 못한다 할지라도, 둘은 늘 하나이며 '자적'은 자적하지 못함 뒤편에서 언제까지나 우리를 편히 기다려 줄 것이다.

2장 깨달음의 빗장

깨달음의 빗장은

나를 잊은 마음의 고요 속에 있거니,

그 문을 열고서

있지도 않고 없지도 않는

늘 그대로인 하나인 세상을 보라.

2-1 잊음의 미학

비록 작은 기예라 할지라도 '잊는(忘)' 바가 있은 연후에 이룰 수 있거니, 하물며 대도大道이랴?

최흥효崔興孝는 나라를 통틀어 글씨를 잘 쓰는 자였다. 일찍이 과거 답안지를 쓰다 한 글자를 얻었는데 왕희지王羲之의 글씨와 비슷했다. 앉아서 종일 살펴보다가 차마 버릴 수 없어 답안지를 품고서 돌아왔으니, 이는 마음속에 '득실'을 두지 않았다고 이를 만하다.

이징李澄은 어린 시절 누대에 올라 그림을 익히고 있었는데, 집에서 그가 있는 곳을 몰라 사흘이나 지나서야 찾았다. 그 부친이 노하여 매질을 하였는데, 울면서도 눈물을 끌어다 새를 그렸으니, 이는 그림에서 영욕을 잊었다고 이를 만하다.

학산수鶴山守는 나라를 통틀어 노래를 잘하는 자였다. 산속으로 들어가 매양 한 가락을 마치면 모래를 주워 나막신에 넣어 그 모래가 나막신에 가득 차야만 돌아왔다. 일찍이 도적을 만나 장차 그를 죽이려 하니 바람에 기대어 노래를 불렀다. 도적들이 감격하여 눈물을 흘리지 않는 자가 없었다. 이는 생사生死가 마음에 들어오지 않았다고 이를 만하다.

雖小技有所忘, 然後能成, 而況大道乎? 崔興孝, 通國之善書者也. 嘗赴擧書
卷, 得一字, 類王羲之. 坐視終日, 忍不能捨, 懷卷而歸, 是可謂得失不存於心
耳. 李澄, 幼登樓而習畵, 家失其所在, 三日乃得. 父怒而笞之, 泣引淚而成鳥,
此可謂忘榮辱於畵者也. 鶴山守, 通國之善歌者也. 入山肆, 每一闋, 拾沙投履,
滿屨乃歸. 嘗遇盜將殺之, 倚風而歌. 群盜莫不感激泣下者. 此所謂死生不入於
心.
　　　　　　　　　　　　　　　　　　　　　　　　　　　　　「炯言挑筆帖序」

글씨와 그림과 노래에서 자신을 잊어 무아지경, 무심지경에 이른 세 사람의
이야기다. 그들은 좋아하는 것에 자신을 잊고, 시간을 잊고, 득실과 영욕과
생사까지 잊었으니, 정녕 잊음의 달인이라 할 것이다. 그 잊음은 기예에 크
게 통通했고, 그 통함은 깊은 득得을 이루었다. 그렇다면 잊음이란 '터득과
성취'의 입구이던가.

『장자』「달생」편은 '잊음(忘)'의 모티브로 되어 있다. ―잊음으로 기예에 경지
를 이룬 재경梓慶과 공수工倕의 이야기도 나온다.― 자신을 잊고 마음을 고요히 하
여, 뭇 산란함이 소멸하면 사물에 동화되어 혼연히 하나가 된다. 수영을 못
하는 이는 물이 두려우나, 수영을 잘하는 이는 두려움을 잊고 물과 하나가
된다. 나와 저를 '잊어야 하나가 되는 것이다'.

세 사람처럼 기예에서 자신을 잊은 자가 있을 것이며, 사랑에서 자신을
잊은 자가 있을 것이고, 자연의 도에서 자신을 잊은 자가 있을 것이다. 우리
는 어디서 무엇을 잊을 것인가? 발이 편안하면 신발을 잊고, 몸이 편안하면
몸을 잊고, 시비是非에 편안하면 시비의 분별을 잊고, 도와 덕에 편안하면
도와 덕의 향방을 잊고, 마음과 삶이 편안하면 마음과 삶을 하나로 잊는다.
잊음의 깊이는 곧 무위와 하나됨의 깊이이기 때문이다.

나와 너 사이를 잊으면 나와 네가 하나가 될지니, '잊음에 편안해지는 것, 그것으로 하나가 되는 것', 이것이 도의 중추中樞일 것이니, 잊음이란 정녕 도의 문을 여는 문고리라 하리라.

2-2 산중의 물소리

산중의 내 집 문 앞에는 큰 시내가 있는데, 매양 여름철마다 폭우가 한번 지나가면, 시냇물이 사납게 불어나 항상 거기 車騎와 포고砲鼓 소리를 들려와 마침내 귀가 먹먹할 지경이었다. 내가 일찍이 문을 닫고 누워서 소리 종류를 비교해 보니, 깊숙한 소나무에서 나는 듯한 통소 소리는 청아한 마음으로 들은 탓이요, 산이 찢어지고 언덕이 무너지는 듯한 것은 성난 마음으로 들은 탓이요, 뭇 개구리들이 다투어 우는 듯한 것은 교만한 마음으로 들은 탓이요, 수많은 축筑이 번갈아 울리는 듯한 것은 분노하는 마음으로 들은 탓이요, 천둥이 날리고 우레가 내리치는 듯한 것은 놀란 마음으로 들은 탓이요, 찻물이 보글보글 끓는 듯한 것은 운치 있는 마음으로 들은 탓이요, 거문고의 높은 음과 낮은 음이 어우러지는 듯한 것은 슬픈 마음으로 들은 탓이요, 문풍지가 바람에 우는 듯한 것은 의심하는 마음으로 들은 탓이었다. 이 모두가 똑바로 듣지 못한 것이니, 단지 흉중에 '어떤 뜻'이 있어, 귀에 들리는 대로 소리를 만든 것일 따름이다.

余家山中, 門前有大溪, 每夏月急雨一過, 溪水暴漲, 常聞車騎砲鼓之聲, 遂爲耳崇焉. 余嘗閉戶而臥, 比類而聽之, 深松發籟, 此聽雅也, 裂山崩崖, 此聽奮也, 群蛙爭吹, 此聽驕也, 萬筑迭響, 此聽怒也, 飛霆急雷, 此聽驚也, 茶沸文武, 此聽趣也, 琴諧宮羽, 此聽哀也, 紙牕風鳴, 此聽疑也. 皆聽不得其正, 特胸中所意設, 而耳爲之聲焉爾.　　　　　　　　　　　「一夜九渡河記」

폭우가 한바탕 지나간, 산중의 큰 시냇가의 물소리는 여러 가지로 변주된다. 깊은 소나무에서 나는 퉁소 소리인 듯하다가, 산과 언덕이 무너지는 듯도 하다가, 뭇 개구리가 우는 듯도 하다가, 만 개의 축筑이 번갈아 우는 듯도 하고, 천둥과 우레가 울리는 듯도 하고, 찻물이 끓는 듯도 하고, 거문고 소리가 오르락내리락하는 듯도 하고, 문풍지가 바람에 떠는 듯도 하다. 어찌 이 소리이기만 할 뿐이랴. 어디서 도망쳐 온 사람은 자기를 잡으러 온 소리로 들릴 것이요, 비로 집이라도 떠내려간 사람은 하늘 무너지는 소리로 들릴 것이다.

　폭우로 불어난 산중의 시내도 하나요, 그 시내에서 울리는 소리도 하나일 것이나, 그것을 듣는 이의 '마음 길'을 따라 소리는 저마다 다르게 변주되는 것이다. 모든 것은 자기 마음으로 보이고 자기 마음으로 들리거니, 그 보고 들음에 따라 자연스레 하나의 '삶'이 놓이고 '내'가 놓인다. 그렇다면 내 마음이 보고 들은 것을 걷어 낸 '있는 그대로의 모습'이란 무엇인가? 보이는 것, 들리는 것 너머에 또 다른 진실이 있기에, 연암의 시선은 사물의 있는 그대로의 모습을 직시하여 '움직이는 마음' 너머의 본래 자리를 말하려 한다. 불어난 시냇물 소리는 하나일 뿐이요, 뭇 소리들은 다 우리 마음의 결이 빚은 변주곡이 아니던가. 이제 그 소리 너머를 보라. 아, 그때나 지금이나 시냇물 소리도 그대로요, 나도 그대로일지니!

2-3 물 위에서의 좌망坐忘

나는 이제야 도를 알았다. 마음을 고요히 하는 자는 이목耳目이 누가 되지 않으나, 이목만을 믿는 자는 보고 듣는 것이 자세할수록 더욱 병통이 되는 것임. 내 마부가 말에게 발을 밟히어 뒤 수레에 실렸으므로, 나는 드디어 고삐를 풀고 강물에 뜬 채 안장 위에서 무릎을 구부려 발을 모으니, 한번 떨어지면 그대로 강물이었다. 강물로 땅을 삼고 강물로 옷을 삼고 강물로 몸을 삼고 강물로 성정性情을 삼아 한번 떨어질 것을 마음속에 각오하자, 내 귀에는 마침내 강물 소리가 없어지고 무릇 아홉 번이나 강을 건너는데도 걱정이 없어 마치 안석案席 위에서 좌와기거坐臥起居(앉거나 누워 지내는)하는 것과 같았다.

吾乃今知夫道矣. 冥心者, 耳目不爲之累, 信耳目者, 視聽彌審而彌爲之病焉. 今吾控夫, 足爲馬所踐, 則載之後車, 遂縱鞚浮河, 攣膝聚足於鞍上, 一墜則河也. 以河爲地, 以河爲衣, 以河爲身, 以河爲性情, 於是心判一墜, 吾耳中遂無河聲, 凡九渡無虞, 如坐臥起居於几席之上.　　　　　　　　　「一夜九渡河記」

연암은 이제야 도를 알았다고 했거니와, 그는 생사존망의 황하의 거친 물살 위에서 홀연히 '좌망坐忘'을 터득했다. 좌망이란 무엇인가? 『장자』는 좌망을 이렇게 정의했다.

"자신의 신체나 손발의 존재를 잊어버리고, 눈이나 귀의 이끌림을 멈추고, 형체를 떠나고 마음의 지각을 버리어 대도大道에 동화되는 것, 이것이 좌망坐忘이다."

보고 듣는 눈과 귀의 감각이 외물外物에 이끌리는 까닭은 마음이 그것에 부합하여 '어떤 판단'을 일으키기 때문이다. 마음을 고요히 하여(명심冥心) 그러한 판단과 두려움을 멈추고 '있는 그대로'의 흐름을 받아들이면, 이목耳目은 더 이상 누가 되지 않을 것이다. 나를 잊은 마음속 고요의 자리에는 물物과 아我가 하나가 된다. 물과 내가 하나가 되었으니, 어찌 다만 강물이 땅이 되고 내 옷이 되고 내 몸이 되고 내 성정이 됨에 그치겠는가. 천지는 나의 옷이 되고, 타인은 나의 살이 되며, 만물은 나의 피와 숨이 되어 하나로 돌아갈 것이다.

그렇게 나를 잊고, 마음을 놓아 물살의 흐름과 하나가 되면, 거세게 일렁이는 물결 위에서도 마치 안석 위에서 움직이는 듯 편안히 좌망을 이루니, 물결 위에서 이룬 좌망이란 얼마나 멋지고 놀라운가. 열자列子가 바람을 타듯 그는 이제 외물에 이끌리지 않은 담담한 마음으로 황하의 거친 물살을 타고, 저 유유히 흘러가는 삶의 물살을 탄다.

황하의 물살보다 더 일렁이는 우리네 생의 마음이란, 좌망의 혼연함이 아니고서야 어찌 저 깊은 세월의 강과 험난한 인생의 물살을 건널 수 있으랴. 그러나 물 위에서 이룬 그의 독특한 좌망을 배우려 우리는 굳이 연암처럼 황하의 거친 물살을 탈 필요는 없을 것이다. 지금 여기 우리에겐 누구나 자신에게 놓인 삶이라는 유장하고 거대한 물살이 있는 까닭에…!

2-4 맹인과 서경덕

본분으로 돌아가야 스스로를 지키는 게 어찌 비단 문장뿐이겠는가! 일체 모든 일들이 다 그렇다네. 화담 선생이 밖에 나갔다가 집을 잃고 길에서 우는 이를 만났거니,

"자네는 왜 우는가?"

하자,

"제가 다섯 살 때 눈이 멀어 앞을 못 본 지가 20년째입니다. 그런데 오늘 아침에 집을 나왔다가 문득 눈이 떠져 천지만물을 환하게 볼 수 있게 되었습니다. 기뻐하며 집으로 돌아가려 하는데 길은 여러 갈래이고 집들도 비슷비슷해 어느 게 제 집인지 알 수 없습니다. 그래서 이렇게 울고 있습니다."

선생이 말했다.

"내가 자네에게 돌아가는 법을 가르쳐 주겠네. 자네 눈을 도로 감으면 곧 그대 집을 찾을 수 있을 것이네."

이에 그 젊은이는 눈을 감고 지팡이를 두드려 발이 가는 대로 걸어 제 집에 이를 수 있었네. 이는 다른 이유 때문이 아니라 빛과 형체가 뒤바뀌고 기쁨과 슬픔이 작용했기 때문이니, 이것이 곧 망상인 것이네. 지팡이를 두드려 발길 가는 대로 걷는 것, 이것이 바로 우리들이 분수를 지킬 수 있는 요체이며, 집을 찾아가는 비결일 것이네.

還守本分, 豈惟文章! 一切種種萬事摠然. 花潭出, 遇失家而泣於塗者曰, "爾奚泣?" 對曰, "我五歲而瞽, 今二十年矣. 朝日出往, 忽見天地萬物淸明. 喜而欲歸, 阡陌多歧, 門戶相同, 不辨我家. 是以泣耳." 先生曰, "我誨若歸. 還閉汝眼, 卽便爾家." 於是, 閉眼扣相, 信步卽到. 此無他, 色相顚倒, 悲喜爲用, 是爲妄想. 扣相信步, 乃爲吾輩守分之詮諦, 歸家之證印.　　　　「答蒼厓之二」

걸음에 대한 철학적 비유는 그의 글 「답임형오논원도서答任亨五論原道書」에도 여러 번 나오는데, 그 글에 "신보안행信步安行(걸음에 맡기어 편히 걷는 것)"이라는 말이 있다. 우리는 걸을 때 오른발이 먼저였는지, 왼발이 먼저였는지 생각지 않는다. 또 발 둘 데를 생각하여 걸음마다 안배한다면, 하루 종일 가더라도 몇 리를 가지 못할 것이다. 걸음에서 중요한 것은 '걸음'을 잊고 그냥 걸음에 모든 걸 맡기는 데 있다! 그것이 우리가 편히 걸을 수 있는 비결이니, 무릇 걸음을 의식하지 않는 것에 바로 '걸음의 도'가 있는 것이다.

『장자』「인간세」에는 이런 내용이 나온다.

"그대는 뜻을 한가지로 하여 귀로 듣지 말고 마음으로 들으며, 마음으로 듣지 말고 기氣로 들어라. 듣는 것은 귀에서 그치고 마음은 부합符合되는 데서 그칠 뿐이지만, 기는 텅 빈 채 사물에 응대한다. 오직 도는 텅 빈 곳에 모이는 것이니 텅 비게 하는 것이 마음의 재계(心齋)다."

맹인이 문득 길을 찾을 수 없었던 것은, 20년 만에 떠진 눈 때문에 마음이 거기에 부합되어 현상과 희비 속에서 평소의 자연스런 흐름을 놓쳤기 때문이었다. 그 자연스런 흐름이란 바로, 평소의 지팡이와 걸음에 그냥 몸을 맡기는 것이다. '맹인 귀가歸家'의 비유는, 현상에 현혹되는 눈과 귀 혹은 마음을 닫고 자연스런 흐름 속에 있어야 한다는 것을 의미한다.

그는 「일야구도하기—夜九渡河記」에서도 마지막에 이렇게 얘기했다.

"소리와 색은 외물外物(바깥 사물)이나, 그 외물에 항상 눈과 귀가 누가 되어 사람으로 하여금 보고 들음의 바름을 잃게 함이 이와 같다. 하물며 사람이 인생을 건너감에 있어서는 그 험함과 위태로움이 황하보다 더 심할 것이니, 그 보고 듣는 것이 문득 병통이 됨이 어떠할 것인가!"

인생의 물결에 눈이 머는 우리들에게 "눈을 도로 감아라" 하는 연암의 메시지는 현상에 자꾸 걸려 넘어지는 그 '마음'을 닫고서, '비움과 고요의 자연스럽고 편안한 흐름'을 따르라는 것으로 귀결될 것이다. 그래서 집으로 돌아간다는 것은 희비喜悲를 넘은 '본래의 마음' 자리로 귀의하는 것이요, 그것은 또 내 영혼의 집을 찾아가는 일이 될 것이다.

2-5 평등의 눈

내본시 성미가 담박하여 남을 부러워하거나 시기하거나 하는 마음이 조금도 없었는데, 이제 한번 다른 나라에 발을 들여놓으매, 그 본 것이 아직 만분의 일에 지나지 않는데도 벌써 이같이 망령된 마음이 일어남은 무슨 까닭일까? 이는 곧 견문이 좁은 탓이리라. 만일 여래의 자혜로운 눈으로 시방세계十方世界를 두루 살핀다면, 어느 것이나 평등하지 않음이 없어 모든 것이 동등할지니, 시기나 부러움이란 절로 없을 것이다. 장복(노복 이름)을 돌아보며,

"네가 만일 중국에 태어났다면 어땠겠느냐?"

하니 그는,

"중국은 되놈(淸)의 나라이니 저는 싫습니다."

한다. 때마침 한 소경이 어깨에 비단 주머니를 걸고 손으로 월금月琴을 뜯으면서 지나가기에, 나는 크게 깨달아 말했다.

"저 사람이야말로 어찌 평등의 눈을 가진 이가 아니겠는가!"

余素性淡泊, 慕羡猜妬, 本絕于中, 今一涉他境, 所見不過萬分之一, 乃復浮妄若是, 何也? 此直所見者, 小故耳. 若以如來慧眼, 遍觀十方世界, 無非平等, 萬事平等, 自無妬羨. 顧謂張福曰, "使汝往生中國, 何如?" 對曰, "中國胡也, 小人不願." 俄有一盲人肩掛錦囊, 手彈月琴而行, 余大悟曰, "彼豈非平等眼耶!"
「渡江錄」

열하로 가던 연암은 국경을 넘은 초입에서 중국의 뛰어난 문물을 보고 그만 낙담하여 고국으로 돌아갈까 망설이기까지 했다. 자기 가슴속에 일어나는 시기와 질투의 마음을 보고선 돌이켜, 여래如來의 눈을 생각한다. 여래의 눈으로 세상을 본다면 이런 시기심과 갈등이 생길까? 시기심과 혼란이 생기는 진원지는 바로 비교하는 마음 때문이었다. 중국과 고국의 문물 성과를 서로 견주어 보니 속이 상한 것이다. 비교하는 마음은 어느 것이 더 좋고 나쁘다는 우열優劣의 저울질에서 비롯된다. 그러나 그러한 마음을 버리고 보면, 모든 것이 평등해진다. 우열은 단지 어떤 기준을 세울 때에만 생기는 그 마음의 그림자인 까닭이다.

물고기는 절세의 미인이라 할지라도 자신에게 다가오면 그녀가 두려워 달아날 것이고, 원숭이는 천금의 보화를 주어도 이를 주워 가지 않을 것이며, 새는 너무나 아름다운 음악이라 할지라도 이를 즐기지 않을 것이고, 바닷속 거북이는 천하에 드리운 명성이라 하더라도 이를 부러워하지 않을 것이다. 미인이라는 것, 천금의 보화라는 것, 음악이 아름답다는 것, 명성을 천하에 드리웠다는 것, 이 모두는 단지 사람 마음의 기준일 뿐이기 때문이다.

이와 같은 맥락에서, 같은 사람일지라도 기준을 달리 하면 삶과 세상의 의미가 달라진다는 얘기가 될 것이다. 진실한 사랑을 천금보다 귀하게 여기는 사람이 있을 것이며, 깨달음이나 신의를 천하를 얻는 것보다 소중히 여기는 사람이 있을 것이다. 단지 스스로가 의미를 부여한 그 가치 기준에 따라, 마음의 그림자가 따라가는 것일 뿐이다.

그렇다면 여래의 눈은 어떠할까? 여래는 그 어떤 가치의 잣대도 없다. 그래야만 모든 것이 평등해지며, 그래야만 마음이 치우치거나 흔들리지 않는다. 맹인에 대한 비유는 바로 분별과 비교의 눈을 감음을 말한 것이다. 현상에서 이상에 붙잡힌 관념의 눈을 감아야만, 꼭 그래야만 여래처럼 여여한 눈으로 세상을 볼 수 있음을 연암은 안 것이다. 그렇다면 우리는 언제쯤 그 눈 속으로 들어가 세상을 볼 수 있을 것인가, 언제쯤 그 눈으로 평등하게 서로를 바라볼 수 있을 것인가? 자혜로운 여래의 저 하나의 눈 속에서!

2-6 지황탕과 거품

내가 예전에 병이 나서 지황탕地黃湯을 마셨는데, 약을 짜서 그 릇에 부었더니 거품들이 가늘게 퍼져, 금빛 좁쌀이나 은빛 별들이 물고기 입에서 뽀글대는 물방울이나 벌집과도 같았다네. 그 거품에 나의 살과 머리칼이 찍혀, 마치 거품 하나하나에 부처가 깃 든 듯이 상相이 드러나고 여여如如하게 성性을 머금었지. 열이 식고 거품이 그쳐, 모조리 마셨더니 그릇이 텅 비었다네.

朗我疇昔而病服地黃湯, 漉汁注器, 泡沫細張, 金粟銀星, 魚呷蜂房. 印我膚髮 如瞳, 栖佛各各現相, 如如含性. 熱退泡止, 吸盡器空.　　　　　　　「塵公塔銘」

주공塵公이라는 승의 탑명塔銘에 담긴 이 한 줌의 글엔, 연암이 불교의 이치 를 깊이 소화했음을 보여 주는 사유의 빛이 번뜩인다. '지황탕의 거품'이란 이 탁월한 비유는 아마도 『금강경金剛經』의 종지種智라 할 수 있는 끝부분의 "일체의 모든 법이란 몽환夢幻이나 거품, 그림자 또는 이슬이나 번개와 같 을지니 응당 이와 같이 볼지라(一切有爲法, 如夢幻泡影, 如露亦如電, 應作如是 觀)"에서 착안한 듯하다. 무릇 삼라만상이란 '거품'처럼 잠시 일었다 사라지 는 것! 그래서 선가禪家에선 "진리란 흔들리는 물 속에 떠 있는 달과 같다"

고 했던가.

배에서 거울 같은 물을 굽어보며	畵船附明鏡
웃으며 네가 누구냐고 물어 보네	笑問汝爲誰
문득 비늘 같은 물결이 일더니	忽然生麟甲
내 수염과 눈썹을 흩뜨리고	亂我鬚與眉
수없는 동파가 되었다가	散爲百東坡
경각에 다시 그대로 돌아오네	頃刻復在玆

소동파蘇東坡의 「범영시泛潁詩」에 나오는 이 시구 또한 연암이 알고 있었을 터이거니와, 잔물결 속에 비친 수없는 소동파는 지황탕 거품 속에 비친 수없는 연암과 다르지 않다. '하나의 나'가 '숱한 나'가 되었으나 그것은 빈 그릇 속처럼 깨끗이 사라졌다. 모든 상相이란 오직 공空이라는 빈 그릇에 잠시 담기었다 사라지는 거품 같은 것!

"무릇 상相이 있는 것은 모두 허망하니, 만약 뭇 상을 상으로 보지 않으면 즉시 여래를 보리라(凡所有相, 皆是虛妄, 若見諸相非相, 卽見如來)"하는 『금강경』의 전언傳言처럼 모든 상들이 사라진 자리가 곧 진여眞如가 있는 자리다. 나의 진아眞我가 수없는 삼라만상으로 흩어졌다가 다시 돌아오는 것이니, 흩어지기 전의 나도 '나'요 흩어진 나도 '나'이니, 흩어지기 전에도 부처요 흩어지고 나서도 부처인 것이다. 즉 상相에 얽매이지 않고 보면 모든 것이 바로 여래如來이고 부처인 것이다. 그래서 색즉공色卽空이요 일즉다一卽多인 것이니, 연암이 거품 속에 비친 수없는 자신의 모습에 부처의 상이 깃든 듯하다고 한 뜻이 여기에 있다.

그의 제자 이덕무는 이 글을 풀이하는 기막힌 게송偈頌을 지었거니, 그 글의 말미는 이렇다.

"잠깐 사이 그릇이 깨끗이 비워지자 향기도 다하고 빛도 스러져, 백 명의 나와 천 명의 나는 마침내 아무 자취도 없네. 아, 저 주공은 지나간 과거의 포말인 게고, 이 비석을 만들어 세우는 자는 현재의 포말에 불과한 것이니, 이제부터 아득한 후세에까지 백천百千의 기나긴 세월의 뒤에 이 글을 읽게 될 모든 사람은 오지 않은 미래의 포말인 것을. 내가 거품에 비친 것이 아니요 거품이 거품에 비친 것이며, 내가 방울에 비친 것이 아니라 방울 위에 방울이 비친 것이라, 포말은 적멸寂滅을 비춘 것이니 무엇을 기뻐하며 무엇을 슬퍼하리오.(斯須器淸, 香歇光定, 百我千我, 了無聲影. 咦彼塵公, 過去泡沫, 爲此碑者, 現在泡沫, 伊今以往, 百千歲月, 讀此文者, 未來泡沫. 匪我暎泡, 以泡暎泡, 匪我暎沫, 以沫暎沫, 泡沫暎滅, 何歡何悁.)"

아아, 미래의 포말인 나는 이 글을 읽으며, 포말 속에 든 여래의 눈을 고요히 들여다보고자 한다.

3장 행복과 지혜의 길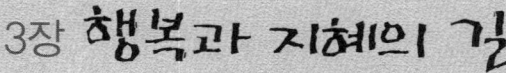

행복의 문은 늘

내 마음 안에 있으니,

그 안에서 편안함을 보면

그 밖에서도 편안함을 볼 것이다.

그것을 아는 데 지혜의 길이 있을 것이니!

3-1 행복의 자리

좋음과 싫음이 외물에 매여 있고, 득실의 마음이 심중에 교차하며, 속으로 악착스레 구하고 늘 급급해 해도 오히려 족하지 못하거니, 어느 겨를에 즐거움에 뜻을 둘 수 있으랴! 그러므로 마음속에 스스로 만족함이 있고, 외물에 기대함이 없어야만 비로소 즐거움을 함께 이야기할 수 있으리라.

❀〜

好惡係於外物, 得失交乎中情, 心營營而有求, 恒汲汲而不足, 又奚暇志于樂哉! 故自得於中, 而無待於外, 然後始可與言樂矣.　　　　　　「獨樂齋記」

행복이란 어디에 있는 것일까. 내 안에 있는 것일까, 내 밖에 있는 것일까. 아니면 밖과 안의 관계 속에 있는 것일까. 혹 관계 속에 있다면 그것은 또 무엇이 만드는 것일까. 옛 글에 "하루 동안 맑고 한가하면 하루의 신선이다(一日淸閑, 一日仙)"했거니, 그러나 이 말 속엔 신선이 되는 비결보다는, 즐거움이나 행복을 누리는 마음의 지혜가 담겨 있는 듯하다. 그렇다면 그 지혜는 어디에 있는 것일까?

　세상이란 늘 내 밖에 있는 외물外物(내 바깥 존재)이다. 그러니 그것이 어찌 내 뜻대로 다 움직이랴. 내 뜻대로 되지 않으니 득실과 희비의 감정이 끊임없이 내 심중을 흔들 것이다. 그러니 마음으로 애타게 구해도 항상 급급해서 만족스럽지 못할 것이니, 어찌 마음에 평화가 깃들 수 있으랴.

그러나 마음은 내 안에 있는 것이니, 언제나 스스로 선택할 수 있고 마음껏 누릴 수 있는 것이다. 마음을 스스로 선택하고 누리는 것, 이것이 바로 '자득自得'의 자리이니 자득한 이는 외물에 자신과 삶을 기대어 놓지 않는다. 외물에 기대어 놓은 것은 그 외물이 변하면 담벼락처럼 금방 쓰러지기 때문이다. 즉 외물에 마음을 기탁한 사람은 외물에 주도권을 넘겨 준 상태에서, 끊임없이 외물의 추이에 따라 마음이 끌려 다녀야만 하는 신세가 된다. 그것은 '나'가 죽은 삶이다. 그래서 천자의 부귀로도 마음의 평화를 얻지 못하는 것이다. 나의 가치는 그 어떠한 외적 조건에도 근거해선 안 되거니, 자존감自尊感의 포진은 오직 내 마음속 믿음이 스스로 놓는 것이다.

웨인 다이어의 『행복한 이기주의자』엔 이런 말이 있다.

"나의 가치는 다른 사람에 의해 검증될 수 없다. 내가 소중한 이유는 내가 그렇다고 믿기 때문이다. 다른 사람으로부터 나의 가치를 구하려 든다면 그것은 다른 사람의 가치가 될 뿐이다."

내 존재 가치는 다른 사람에 의해 검증될 수 없듯, 다른 어떤 외물에 의해서도 검증될 수 없다. 외물에서 나의 가치와 행복을 구하면, 언제나 외물의 가치 속에서만 '내'가 있게 된다. 삶이 불행해지는 모든 원인이 이에 있을 것이나, 우리는 또 얼마나 많은 외부의 인정이나 외적 가치에 붙들려 살아가던가. 그래서 진정한 지락至樂은 언제나 내 안에 있으면서도, 늘 너무나 멀리에 있다. 그러나 정녕 그 거리를 줄이고 싶다면, 어떻게든 밖으로 쉼 없이 돌아다니는 저 마음을 안으로 들여앉혀야만 하는 것이다. 가장 가까이에 있으면서도 가장 멀리에 있는 그것을!

3-2 골짜기와 바람

악기는 비유하자면 골짜기와 같고, 소리는 비유하자면 바람과
같을 것이다.

器譬則谷也, 聲譬則風也.   「忘羊錄序」

이 말은 연암이 음악에 대해서 논하던 중에 나온 말이나, 나는 단지 이 멋있
는 비유를 녹여 다른 의미에 부어 쓰고자 한다. "악기는 골짜기요, 소리는
그 속에서 나오는 바람이라!" 깊은 골짜기는 바람이 깊게 배일 것이요, 그렇
게 깊게 배인 바람은 골짜기의 빛과 그림자 속에서 그 깊이처럼 풋풋하게
익어서는, 숱한 소리의 음계로 골짜기를 빠져 나올 것이다. 깊은 골짜기가
깊은 골짜기가 될 수 있는 까닭은 그 골 사이에 간직한 '빈 공간'의 폭 때문
이니, 그 빈 공간이 아니고서야 어찌 바람을 데리고 오리오.

　세상에서 가장 어려운 일은
　사람이 사람의 마음을 얻는 일이란다.
　각각의 얼굴만큼 다양한 각양각색의 마음,
　순간에도 수만 가지의 생각이 떠오르는데
　그 바람 같은 마음이 머물게 한다는 건

정말 어려운 거란다.

—생텍쥐페리, 『어린왕자』

　오직 속 깊은 골짜기라야 '그 바람 같은 마음'을 깊이 불러올 수 있을 것이요, 깊이 들어가 찬찬히 배인 다음이라야 지워지지 않는 '어떤 울림'이 만들어질 것이다. 골짜기를 지나는 '바람의 빛' 그것은 아마도 골짜기의 여백이 빚은 빛일 테다. 골짜기도 하나의 악기가 되는 것은 이처럼 속에 빈 자리가 있기 때문일 것이니, 골 사이 고요의 행간行間은 언제나 은피리처럼 그것의 투명한 통로가 될 것이다. 아, 나는 어떠한 악기가 될 것인가, 어떠한 바람의 빛을 연주할 것인가?

3-3 꽃과 열매 사이

무릇 군자가 화려한 꽃을 싫어하는 것은 무엇 때문인가? 꽃이 크다고 해서 반드시 그 열매가 맺히는 것은 아니니 모란과 작약이 바로 이것이다. 모과의 꽃은 목련만 못하고, 연꽃의 열매는 대추나 밤만 못하다. 심지어 박꽃은 더욱 보잘것없고 초라하여 뭇 꽃에 끼어서 봄철을 아름답게 하지도 못한다. 그러나 그 넝쿨은 멀고도 길게 뻗어 가며 박 한 덩이의 크기는 여덟 식구를 먹일 만하고, 한 바가지의 박씨는 백 이랑의 밭을 박잎으로 덮이게 할 만하고, 박을 타서 그릇을 만들면 두어 말의 곡식을 담을 만하니, 꽃과 열매는 과연 어떠한 것인가?

❀〜

夫君子之惡夫華, 何也? 華大者, 未必有其實, 牡丹芍藥是也. 木瓜之花, 不及木蓮, 菡萏之實, 不如棗栗. 至若瓠瓝之有花也, 尤微且陋, 不能列羣芳而媚三春. 然其引蔓也, 遠而長, 其一顆之碩, 足以供八口, 其一窩之犀, 足以蔭百畝, 刳以爲器, 則可以盛數斗之粟, 其於華若實, 顧何如也?　「李子厚賀子詩軸序」

솥은 검어도 밥은 검지 않다. 밥을 짓는 데 무슨 화려함이 필요하랴. 비록 생긴 건 볼품없을지라도 솥이 밥을 구수하게 지을 수 있는 것은 그것의 질박함이 온전하기 때문이다. 화려한 꽃은 열매가 약하고, 열매가 실한 것은 꽃이 별로다. 이처럼 하늘은 사물에게 양쪽을 다 주지 않았다. 그러나 삶에 있어 진정 우리에게 필요한 것은 무엇인가? 말 하나에도 꽃같이 화려한 말이 있고 열매같이 순후한 말이 있다. 유혹하는 달콤한 말이 있는가 하면 질정叱正하는 매운 말이 있다. 어디 말뿐이랴. 인간사 뭇 일들에는 이처럼 화려한 꽃의 대상과 순후한 열매의 대상들이 수없이 점철되어 있다.

겉은 화려해도 속이 빈 사람이 있고, 겉은 밋밋한 듯해도 속이 실한 사람이 있다. 외모는 수려하나, 일이 서툴거나 성실하지 못하면 계속 함께 일하는 것이 곤혹스럽다. 약속의 언약은 아름다웠으나, 진실한 이행은 심히 천박한 사람도 있다. 명성은 대단한데 실질은 그만 훨씬 못한 것도 많다. 보기에는 멋있는 집이었으나 비가 새고 시설이 부실한 집이 있고, 멀쩡해 보이는데 비가 좀 왔다고 무너지는 다리도 있다. 보기엔 맛있어 보이는데 먹어 보면 썩은 사과도 있고, 생긴 건 영 시원찮으나 먹으면 약이 되는 것도 있다. 늘 그렇듯 보이는 것이 다가 아닌 것이다.

내 비밀은 이런 거야.

매우 간단한 거지.

오로지 마음으로 보아야만

정확하게 볼 수 있다는 거야.

가장 중요한 것은

눈에는 보이지 않는 법이야.

−생텍쥐페리, 『어린왕자』

여우가 어린왕자에 일러 준 말이다. 과연 무엇이 진실일까? 생에 놓인 수 없는 꽃과 열매 사이에서, 그리고 그 선택 사이에서 우리에게 꼭 필요한 말일 것이다.

3-4 가도家道

검약을 밝힘으로써 복을 아끼고, 예를 돈독히 함으로써 자손들이 번성하게 하며, 졸박함을 지키는 것으로써 몸을 온전히 하는 부적으로 삼고, 권력을 멀리하는 것으로써 집안을 보전하는 법으로 삼으며, 귀하게 되어도 선비의 바탕을 잃지 않고, 살림이 넉넉해져도 근본을 잊지 않으며, 뜻은 높아도 겸손하고 억제할 줄 알고, 기세를 내리어 이기려 듦을 부끄럽게 여기었다.

昭儉以嗇福, 敦禮以裕後, 守拙爲全身之符, 避權爲保家之經, 若其貴不離士, 富不忘本, 志亢而謙克, 氣降而恥勝.   「族兄都尉公周甲壽序」

이것은 조선의 명가名家였던 연암 집안에 대대로 내려오는 가풍家風이다. 가풍이란 한 집안의 분위기를 형성하고, 가족들의 성격적 자질과 풍채와 삶의 방식을 만들어 낸다. 좋은 가풍이 있는 집안에서 좋은 인물이 나오는 것은 두 말할 나위가 없을 터이다. 연암이 스스로 말하는 가풍의 실체를 보면 매우 검약하고 온후하며, 맑은 지조와 뜻이 있으되 차분하고 점잖다.

　이황 선생이 옛 선비들의 잠언을 모아 엮은 『고경중마방古鏡重磨方』이라는 책의 「누실명陋室銘」(唐, 劉禹錫)엔 이런 구절이 있다.

산 높아 산 아니라	山不在高
신선이 있어야 명산이요	有仙則名
물 깊어 물 아니라	水不在深
용이 있어야 신령스럽듯	有龍則靈
이곳 내 집은 누추하나	斯是陋室
내 덕으로 향기롭네	惟吾德馨

볼수록 정이 드는 멋있는 구절이다. 연암의 집안은 명문가였지만 실제로도 위의 글처럼 대단히 검박했고 청렴하여 일체 권세의 누를 타지 않았다고 한다. 하여 때로 끼니도 거를 만큼 힘들고 비록 거처는 누추했다 하나, 연암이라는 용이 있었으니 그 집안이 깊고도 신령스러운 물임을 알겠고, 덕으로 향기로운 곳임을 알겠다. 집 크고 권세 있어야 좋은 집이 아니라 인물이 나야 명가名家인 것이다!

3-5 모아진 빛

무릇 해라는 것은 태양을 말함이니, 사해에 고루 퍼져 만물을 기른다. 젖은 곳을 비추면 마르게 되고, 어두운 곳이 빛을 받으면 밝아지게 된다. 그러나 능히 나무를 사르거나 쇠를 녹일 수는 없으니, 이는 왜인가? 빛이 퍼져 있어 정기가 흩어져 있는 까닭이다. 만약 만 리에 두루 비치는 빛을 거두어, 좁은 틈으로 빛이 모이도록 모아 둥근 유리알에 이를 받아 '밝은 빛'을 콩알만 하게 하면, 처음에는 불길이 자라면서 반짝반짝하다가 갑자기 불꽃이 활활 타오르니, 어째서인가? 빛이 전일하여 흩어지지 않고 정기가 모이어 하나가 되었기 때문이다.

❀∕

夫日者, 太陽也, 衣被四海, 化育萬物. 濕照之而成燥, 闇受之而生明. 然而不能爇木而鎔金者, 何也? 光遍而精散故爾. 若夫收萬里之遍照, 聚片隙之容光, 承玻璃之圓珠, 規精光以如豆, 初亨毒而晶晶, 倏騰焰而熊熊者, 何也? 光專而不散, 精聚而爲一故爾.   「素玩亭記」

흩어져 있던 햇빛이 돋보기를 통해 한곳으로 모이면 그 빛의 전일專一함이 종이를 태운다. 무심하던 물이 분쇄기를 거쳐 한곳으로 모이면 그 물의 전일함이 다이아몬드를 깨뜨린다. 분쇄기가 순간에 고도의 수압水壓을 만들어 냈다면, 돋보기는 한 줄기 광압光壓을 만들어 냈다고 할 것이다. 한곳으로 모인 전일한 집중력은 '에너지의 압력壓力'을 만들어 낸다.

빗물은 처마 밑 댓돌에 구멍을 놓는다. 그것은 처마 홈을 따라 빗물의 '반복'이 빚은 전일함 때문일 것이다. 조그만 바둑돌도 총알의 속도로 맞으면 생명을 앗아간다. 그것은 속도의 '가중加重'이 빚은 전일함 때문일 것이다. 하나는 순간에 이루어지지만, 또 하나는 오랜 시간을 두고 이루어진다. 때론 속도의 전일도 배워야 하지만, 또 때론 빗물이 지닌 '인내의 전일'도 필요할 것이다.

한용운은 『불교유신론』에서 이렇게 말한 바 있다.

"가는 머리칼일지라도 많이 뭉치면 돌덩이를 들 수 있고, 작은 불씨도 많이 모이면 쇠를 녹인다."

어떤 것에 대해 생각하고 또 생각하면 그 생각이 깊어지고 예리해져서 사물과 현상을 꿰뚫는다. 생각 에너지에 압력이 생겼기 때문이다. 기실 세상의 모든 '전공專攻'이란 다 그렇게 이루어진 것이다. 하나로 모아지지 않은 생각과 마음과 노력은 흩어져 힘을 발휘하지 못한다. 흩어져 있는 마음의 가닥을 하나로 모으고, 산란하던 생각의 불씨들을 한 자리에 앉혀야 할 것이다. 이것이 내 영혼을 들어올리고, 내 삶에 불을 밝힐 유일한 방편이기 때문이다.

3-6 이름의 진실

사슴과 말의 모습은 서로 비슷한 바 있지만, 그 이름이 한번 어지러워지자 천하에 그 임금을 시해하는 이가 있게 되었다. 아아, 저 사슴과 말이라는 이름이 어찌 천하의 존망과 관계된 것이랴만, 오히려 하루라도 분별하지 않을 수 없는데, 하물며 '선'과 '악'이 같지 않고 '영예'와 '치욕'이 서로 다른 경우에 있어서랴!

鹿馬之形相似也, 而一亂其名, 則天下有弑其君者. 嗟乎, 彼鹿馬之名, 何與於天下之存亡, 而猶不可乎一日而無辨, 而況善惡之不同, 而榮辱之判乎!「名論」

'이름'에 얽힌 유명한 일화가 있다. 진 시황이 죽은 뒤 환관 조고趙高는 국권을 독차지했는데, 이세인 호해胡亥에게 사슴을 바치면서 말이라고 했다. 호해가 '사슴을 가지고 왜 말이라고 하는가(指鹿爲馬)' 하고 묻자, 조고의 보복이 두려웠던 신하들은 대부분 그것은 사슴이 아니라 말이라고 답했고, 사슴이라고 대답한 이는 조고에게 모두 죽임을 당했다. 그 후 궁중에는 조고의 말에 반대하는 사람이 하나도 없었다고 하며, 결국 이 같은 힘으로 조고는 임금까지 시해했다. 이름의 착오 하나가 호해를 죽이고 진나라를 멸망하게 한 것은 아니지만, 이름이 뒤바뀐 그 모습은 그대로 그들 현실의 심각한 혼란상을 상징적으로 보여 준다.

'똥'과 '쌀'의 이름을 분별하지 않으면 한 끼라도 온전히 밥을 먹을 수 있겠는가? '개'와 '사람'의 이름을 분별하지 않으면 하루라도 욕을 먹지 않을 수 있겠는가? 이것과 저것의 이름이 바뀌면 하루라도 글을 읽을 수가 있겠으며, 한시라도 사물을 분별할 수 있겠는가? 이름이 바뀌거나 뒤집히면 기실 하루도 제대로 살아가기 어렵다. 그래서 연암은 「명론」에서 이렇게 이야기한다.

> "만물은 쉽게 흩어지는 까닭에 서로 맡길 곳이 없으므로 이름으로써 붙잡아 둔 것이요, 오륜五倫은 어그러지기 쉬우므로 서로 친하게 할 수 없어 이름으로써 묶어 놓은 것이다. 무릇 그런 연후에야 천하라는 큰 그릇이 능히 충실하고 온전할 수 있어, 기울어지거나 엎어지고 깨지는 걱정이 없는 것이다.(萬物之易散而莫可以相屬也, 名以留之, 五倫之易悖而莫可以相親也, 名以係之. 夫然後, 彼大器者, 其能充實完好, 而無欹覆壞缺之患也.)"

사물에도 이름이 있어야 그 사물의 쓰임이 온전해지는 것처럼, '부모'라는 이름과 '자식'이라는 이름, '부부'라는 이름, '친구'라는 이름들이 있어야 관계의 끈이 살아난다. '부부'나 '친구'라는 이름이 없으면 그들을 다른 이와 어떻게 구분할 수 있으랴. 무엇이든 이름 없이는 인지될 수 없고 온전히 소통될 수 없으니, 이름이란 존재의 집인 것이다. 그래서 노자는 "무명無名은 천지의 시작이요, 유명有名은 만물의 어머니"라고 했다.

"내가 그의 이름을 불러 준 것처럼 나의 이 빛깔과 향기에 알맞은 누가 나의 이름을 불러 다오"라 했던가! 「명론」 서두에서 "이름을 이끄는 것은 바람(欲)이요, 그것을 기르는 것은 부끄러움(恥)"이라 하였다. 선행과 악행, 영광과 치욕, 이런 것들도 제대로 그 이름을 얻지 못하면 똥과 쌀이 섞이거나 꽃과 오물이 섞이듯이, 옳음과 그름이 마구 섞이어 향기 나는 것은 향기를 잃고 빛이 있는 것은 빛깔을 잃을 것이다. 천리마를 당나귀라고 하면 그 천리마는 단지 소금수레를 끌다가 생애를 마칠 것이며, 썩은 물을 맑은 물이라 한다면 계속 썩은 물만 먹게 될 것이다. 저 이름의 진실 속에 삶의 진실도 깃드는 것이다!

3-7 발 붙은 거문고

기름진 고기는 사람마다 즐기는 바이지만 오랫동안 앓는 사람에게는 비록 한 솥의 고깃국일지라도 냄새만 맡아도 구역질이 날 수 있고, 비록 풀뿌리와 나무 열매라도 흔연히 입맛에 맞을 수도 있다. 비록 노래 하나를 잘 부르는 이라도 그 한 곡조만 항상 부르면 듣는 이들이 모두 자리에서 일어설 것이요, 법이 오래 되면 폐단이 생기는 것임에도 불구하고 이것을 고칠 줄 모르는 것을 두고 교주고슬膠柱鼓瑟이라 이르니, 이것은 바로 누구나 그렇게 느끼는 바일 것이다.

芻豢人之所同嗜也, 至於久病之人, 雖全鼎大羹, 聞臭虛嘔, 雖艸根木實, 欣然接味. 雖有善唱一曲, 恒歌則座者皆起, 法久弊生, 不知更張者, 謂之膠柱鼓瑟, 此乃人情之所同然.　　　　　　　　　　　　　　　　　　　　「忘羊錄」

‘교주고슬’이란 거문고에 기러기발(거문고의 줄을 떠받치는 받침대)을 아교로 붙여 놓고 거문고를 탄다는 뜻이다. 음률을 한번 맞추었다 해서 기러기발을 아예 아교풀로 딱 붙여 버린다면 다시는 새롭게 다른 음률을 조정해 낼 수 없음에 비유하여, 하나에 집착하여 변통할 줄 모르는 고지식한 어리석음을 일컫는 말이다. 연주를 할 때마다 상황에 맞게 음을 맞춰야 하는 것처럼 상황에 따라 변화할 수 있는 융통성은 삶의 필수 요건일 것이다.

운동을 하지 않아 병이 난 사람은 운동을 해야 하고, 너무 움직여서 병이 난 사람은 쉬어야 한다. 많이 먹어 탈이 난 사람은 음식을 줄여야 하고, 적게 먹어 탈인 난 사람은 많이 먹어야 한다. '병' 하나에도 원인에 따라 이쪽과 저쪽의 처방이 전혀 다르게 움직인다. 노래도 기분에 따라 불러야 할 것이 다르며, 말과 표정도 상황에 따라 달리 해야 한다. 어떤 것이든 고정된 시각으로는 사물의 생생한 비의들을 들여다보지 못하고, 현상을 대하는 그 눈의 깊이가 탄력을 잃으면 마음은 좁은 틀 안에서 벗어나지 못한다.

"우리들은 자신의 의견에 지나치게 집착해서는 안 된다. 낡은 생각을 버리고 새로운 의견을 수용할 수 있는 자세를 가져야 한다. 또 편견을 버리고 자유로운 사고로 판단해야 한다. 바람의 방향을 모르고 항상 같은 방식으로 돛을 고정시키고 있는 뱃사공은 어느 세월에도 그가 목적하는 항구에 도착하지 못할 것이다."
                                                                    -조지 헨리

연주할 수 없는 거문고처럼, 마음의 돛을 고정시키고서야 어찌 생의 바다를 유영하랴. 모든 일은 언제나, 변해야 할 것과 변하지 말아야 할 것, 이 '사이'에 놓여 있다. 그 사이를 통찰하고 순응하는 것이 삶을 움직이는 기러기발일 것이다. 무엇이든 정의하여 한정시키면 그것의 생명력이 죽는다. 그 기러기발을 어떻게 움직이느냐에 따라, 모든 생의 음은 새롭게 조율될 것이니, 생명력의 변통을 열어 주는 것은 오직 유연한 우리 마음속 지혜에 있을 것이다.

흐르는 물은 썩지 않는다고 했던가. 물이 흐를 수 있는 까닭은 오직, 고정된 하나의 모습을 고집하지 않기 때문일 것이다.

3-8 선행과 행복

조급한 사람은 오늘 한 가지 착한 일을 행하고서 하늘에게 좋은 운명 주기를 재촉하고, 내일 한 가지 착한 말을 하면 상대에게서 반드시 보답이 있을 것이라 여긴다. 그런즉 하늘도 장차 그 수고로움을 이기지 못할 것이며, 착한 일을 하는 자도 진실로 지쳐서 장차 그만두고 말 것이다. 하늘은 본디 비어 있어 형체가 없으며 절로 그러함에 맡겨 둘 뿐이니, 사시四時는 이를 받들어 그 순서를 잃지 않으며, 만물은 이를 받아서 그 분수를 어기지 않을 따름이다. 하늘이 어찌 일찍이 신용을 얻고자 자질구레 사물마다 좇으며 비교하고 따지리오!

有躁人焉, 今日行一善事, 而責命于天, 明日出一善言, 而取必於物. 則天將不勝其勞擾, 而爲善者, 固亦將倦然退沮矣. 天固沖漠無朕, 任其自然, 四時奉之而不失其序, 萬物受之而不違其分而已. 天何嘗有意於立信, 而屑屑然逐物而較挈也哉! 「澹然亭記」

'복福'이란 어디에서 어떻게 오는 것인가? 이 글은 복이 어떻게 작용하는지를 숨겨 둔 언설 속에 살포시 심어 놓았으니, 연암의 복론福論이라 이를 만하다. 오늘 하루 열심히 공부했다고 해서 학식이 풍부해지는 게 아니며, 오늘 하루 열심히 운동했다고 해서 근력이 금세 튼튼하게 단련되지도 않는다.

어제 약 한 첩을 먹었다고 해서 오늘 병이 금방 낫지도 않고, 오늘 정성껏 장醬을 담갔다고 해서 내일 바로 뚜껑을 열고서 먹을 수 있는 게 아니다.

세상에 발효의 시간이 필요한 것은 장만이 아닐 것이다. 복도 화도 내가 뿌린 대로 삶 안쪽에서 숙성되어 삶 밖으로 드러날 때까지 시간이 필요한 것이며, 학업도 운동도 치병도 좋은 성품도 아름다운 사랑이나 우정도 꿈의 성취도, 그리고 이 외의 인간사 숱한 일들도 모두 하루아침에 이루어지는 게 아니라 어떤 일정의 '시간'이 경과하여 숙성됨으로써 이루어진 것일 터이다. 하여 나의 '현재'란 그 모든 것이 숙성되어 나타나는 오롯한 '현존現存'이자 삶의 '진실'이며, 피할 수 없는 '숙명'이자 '현실'이 아니겠는가!

하나의 산도 작은 흙이 수없이 쌓여 이루어진 것이요, 하나의 바다도 수많은 작은 물방울이 모여서 이루어진 것이듯, 복의 산과 바다에 이르는 것도 결코 하루아침에 이루어지지는 않을 것이다. 오직 시간의 장독 속에서, 모든 것을 스스로가 지어 스스로에게 주는 것일 뿐인데, 저 하늘과 만물이 구구히 무슨 관여를 하겠는가! '하늘은 화복禍福을 절로 그러함에 맡겨 둔다'는 것은 절로 그러한 섭리와 법칙에 맡겨 둔다는 뜻이다.

온전한 복이란 '수고롭지 않아도 절로 이르는(不勞而自至)' 것이라 했거니와, 절로 이른다 함은 천지의 섭리를 따라 '쌓임'과 '발효'에 의한 자연스런 결과를 이를 것이다. 아! '장醬'이란 언제나 긴 시간을 두고서 담그는 것이요, 담연淡然한 기다림 후에 맛보는 것이거니, '삶'이라는 장은 또 어떻게 담그고 어떻게 맛볼 것인가!

3-9 점술과 운명

아버지(박지원)께선 관상, 사주, 점, 풍수 따위의 잡술에는 일체 관심을 갖지 않으셨다. 언젠가 이런 말씀을 하셨다.

"이런 것들은 남한테 물어 볼 게 아니다. 단지 선을 따르면 길하고 악을 따르면 흉하게 될 뿐이다. 관상을 예로 들어 보면, 착한 마음이 드러나면 반드시 기쁜 기색을 띠게 되고, 악한 마음이 드러나면 반드시 좋지 않은 기색을 띠게 된다. 덕으로 마음이 넓어지고 몸이 편안하여 얼굴과 등에 생기가 나는 사람이 있는가 하면, 자신의 악함을 감추고 스스로를 속이나 그 속이 훤히 들여다보이는 이도 있다. 평안하고 공명정대한 군자가 될 것인가, 불안하고 근심걱정에 사로잡힌 소인배가 될 것인가는 전적으로 자신의 한 마음에 달렸거늘, 무엇 때문에 관상쟁이에게 찾아가 길흉을 물어 본단 말이냐! 운수 또한 그러하거니, 몸가짐이나 일처리를 순리대로 하는가의 여부가 중요할 뿐이니, 화禍와 복福은 그 결과로써 올 따름이다. 이로써 미루어 살펴보면 만사가 모두 그렇다. 인생이란 모름지기 선한 마음으로 스스로 그 운명을 만들어 가야 하는 것이다."

❀~ ━━━━━━━━━━━━━━━━━━━━━━━━

先君, 於方術之如觀相談命卜筮風水等事, 並不留意. 嘗曰, "此數事, 不須外求. 只在惠迪吉, 從逆凶也. 以觀相論之, 善心發見, 必帶喜氣, 惡念發見, 必帶劫氣. 有心廣體胖, 背盎面粹者, 有厭然自掩, 如見肺肝者. 君子之蕩蕩, 小人之戚戚, 都系自家一念之間, 何必待術客, 而論其休咎哉! 命數亦然, 其行己處事, 只在順逆, 而禍福隨之. 推此以往, 萬事, 莫不皆然. 人生, 須以惠迪之道, 自造其命可也.　　　　　　　　　　　　　　　　　　　　　　　　　　　-『過庭錄』

이것은 '점술占術'과 '운명運命'에 대한 연암의 명쾌한 총론이다. 연암은 다른 글에서도 "무당이나 점집에 뻔질나게 드나들면 그 집은 필시 망한다. 나는 그런 경우를 여럿 보았다" 했다. 이는 예나 지금이나 마찬가지다. 왜 그런 것일까? '자신과 삶'에 대한 믿음과 준칙과 지혜가 내 안에 있지 않고, 내 밖에 있기 때문이다. 그것이 내 안에 있지 않으면 나는 내 '마음'의 주인이 되지 못하고 불안으로 늘 밖의 것에 끄달리게 되며, 또 그만큼 내 '삶의 진실'에서 눈멀어 내면의 등은 갈수록 어두워진다. 이미 마음에서 중심을 잃었으니, 그 '삶'이 어찌 넘어지지 않으랴.

마음은 하나의 기氣여서, 그것이 안에서 쌓이면 반드시 밖으로 드러난다. 밝고 힘찬 기는 밝은 얼굴과 밝은 삶의 표정을 만들 것이요, 어둡고 탁한 기는 어두운 얼굴과 스산한 삶의 표정을 만들 것이다. 내 타고난 명命이야 분명 있을 것이나, 그 명을 어떻게 받아들이고 향유하는가는 오직 내게 달린 것일 터이다.

순간이 모여 하루가 되고 하루가 모여 한 해가 되고 한 해가 모여 저 무수한 세월이 되는 것처럼, 내 삶은 내 마음의 '순간'들이 모여져 이루는 것이니, 마음은 곧 운명의 길이요, 삶의 거울인 것이다. 진정 운명을 알고 싶거나 그 운명을 바꾸고 싶다면, 다만 순간순간의 그 거울을 깊이 잘 들여다보는 게 좋을 것이다. 운명은 오직 그 마음에 물어 보면 그만인 것이다!

3-10 풍수와 묘역

풍 수風水의 일에 세상의 많은 사람들이 미혹되거니, 나도 편안하고 길한 땅이 없다고는 여기지 않는다. 그러나 산(묘역)을 구하는 사람들이 매양 자신의 화복禍福을 먼저 따지니, 이것이 옳은 일인지는 모르겠다. 사람이 어떤 일을 함에 있어, 진실로 화를 두려워하거나 복에 유혹된다면, 이는 사사로운 뜻이 개재된 것이다. 사사로운 뜻이 개재되면 미혹되게 되거니, 미혹되고서도 일을 그르치지 않는 사람은 드물거니와, 하물며 아득하고 막연하여 종잡을 수 없는 일에 있어서랴! 진실로 자신의 화복을 위하여 길지吉地를 얻고자 한다면, 천하를 다 돌아다녀도 끝내 얻을 이치가 없을 것이다. 산과 들에 조상의 뼈를 가지고 다니며 큰 복을 구하는 짓을 어찌 차마 하리오! 하늘이 반드시 미워할 것이니, 어찌 복 받을 이치가 있겠는가!

風水一事, 世人多惑, 吾則以爲, 彼安此吉之理, 不謂無之. 然而求山者, 每先參自己禍福, 未知其可也. 人於事爲, 苟怵於禍, 而誘於福, 是私意乘之也. 私乘則迷惑, 迷惑而能不誤了事者, 鮮矣, 而況冥漠難稽者乎! 苟爲自己禍福, 而希得吉地也, 則雖遍天下而求之, 必無可得之理. 攀祖先白骨於原野之中, 以冀洪福, 是可忍乎! 天必厭之, 安有受福之理也哉!　　　　　『過庭錄』

연암은 「영사암기永思菴記」에서도 풍수의 설이 효애와 화목의 마음을 넘어서는 것에 대해 크게 개탄한 바 있다. 문제는 묘소를 짓는 '본질'이 어디에 있는지를 잊은 데 있을 것이다. 묘소는 돌아가신 부모님과 조상을 편히 모신 곳이요, 사모의 마음을 길이 생각하는(永思) 정표로써 자리하는 공간이다. 하여 부모와 조상을 생각하는 '마음'이 먼저이지 그로 인한 자신의 화복을 따지는 게 먼저가 아닌 것이다. 무릇 어떤 일이든 본질이 무너지거나 왜곡되고서 그 일이 온전한 법은 없을 것이다.

사람들은 흔히 화와 복이라는, 풍수의 설이 던지는 두 가지 카드에 이끌리어 쉽게 미혹되어 '본지本旨'를 잊는다. 그러나 그 순간 이미 화는 배태되거니, 근본을 잊는 것이 이미 화이며, 그보다 화의 싹을 빠르고 확실하게 자라게 하는 것은 없기 때문이다. 복이란 마음의 씨앗에서 자라는 것일지니, 그것을 진실한 가슴에서 찾지 않고 조상의 유골로 말없는 '땅'에게 구걸하는 것은 심히 구차하고도 스스로 욕된 것이요, 조상까지 욕되게 하는 것이 아니겠는가. 지금도 명당을 얻거나 묘소를 잘 만드는 것으로 복을 바라는 이들이 있거니, 진정한 명당은 진실로 자신의 바른 '마음 밭'에 있음을 모르는 자들일 터이다.

3-11 숨는 비결

나는 능히 그대의 몸을 그대의 귀와 눈 속에 숨길 수 있네. 비록 천지가 크고 사해가 넓다지만, 그대의 귀와 눈 속보다 더 넉넉하거나 넓지는 않거니, 그대가 이 속에 숨기를 바라는가? 무릇 사람이 외물과 만나고 일이 도리와 합치하는 데에는 도道가 있게 마련이니, 그것을 일러 '예禮'라고 하네.

그대가 능히 스스로를 이기기를 마치 큰 적을 막아 내듯이 하여, 예에 따라 절제하고 본받으며 예가 아닌 것은 귀에 남겨 두지 않는다면, 몸을 숨기는 데에 무한한 여지가 있을 것이네. 눈이 몸에 있어서도 역시 그러하니, 예가 아닌 것을 눈에 접하지 않는다면, 몸이 남의 흘겨보는 눈초리에 걸리지 않을 것이네. 입의 경우 또한 그러하니, 예가 아닌 것을 입에 올리지 않는다면, 몸이 남의 헐뜯음에 들지 않을 것이네. 마음은 귀와 눈보다 더욱더 중대한 것이니, 예가 아닌 것으로 마음이 동요되지 않는다면, 내 몸의 전체와 쓰임이 진실로 이 '방촌 사이(마음)'에서 벗어나지 않게 되어, 장차 어디를 가든지 보존하지 못함이 없을 것이네.

吾能納子之軀於耳孔目竅. 而雖天地之大, 四海之廣, 將無以加其寬博, 子其願

藏於此乎? 夫人物之交, 事理之會, 有道存焉, 其名曰 '禮'. 子能克子之身, 如
摧大敵, 節文於斯, 儀則於斯, 非其倫也, 不留於耳, 身之藏也, 恢恢乎有餘地
矣. 目之於身亦然, 非其倫也, 不接於目, 身不碍乎睢盻矣. 至於口也亦然, 非
其倫也, 不設於口, 身不入乎齒齦矣. 心之於耳目有大焉, 非其倫也, 不動於中,
則吾身之全體大用, 固不離乎方寸之間, 而將無往而不存矣.   －「以存堂記」

장중거張仲擧라는 호방한 선비가 있었는데, 그는 술을 좋아하여 취중에 실
수를 잘했다. 그로 인해 비방이 높아지자, 술을 끊고 교류를 사절하며 칩거
를 통해 스스로를 보존하려 했다. 이에 연암은 "그대는 해를 입을까 두려워
밀실에 칩거함으로써 자신을 보존하고자 하나, 자신을 해치는 것이 제 몸
안에 있음을 모르고 있으니, 비록 옥살이하듯 자신을 감추어 둔다 해도 별
반 소용이 없을 것이네" 하며 그에게 온전한 처방을 일러 주었는데, 그 처방
이란 바로 '자신'을 자기 '몸' 속에 숨기라는 것이었다.

예부터 남들의 시기와 헐뜯음을 두려워하여 숨는 이들이 많았거니, 이들
은 농사터에 숨고 산골에 숨고 낚시터에 숨고 백정이나 행상 노릇에 숨고,
또 교묘한 자는 혹 술에 스스로를 숨겼다. 그로써 재난을 피하고자 한 것이
다. 그러나 이것은 모두 외물에 자신을 숨긴 것이라 온전하지 못하거니, 진
정한 숨음이란 자기 안에 숨는 것이다!

『장자』「대종사大宗師」에는 이런 이야기가 나온다.

"배를 골짜기에 감춰 두고 어살을 못 속에 감춰 두어도 밤중에 도둑이
홈쳐갈 수 있다. 그것은 모두 옮겨갈 곳이 있어 그러하니, 만약 천하를 천
하 속에 감춰 둔다면 홈쳐 가고자 해도 옮겨갈 곳이 없을 것이다. 만물의
실정實情이 모두 이러하거니, 그러므로 성인은 만물이 옮겨갈 수 없는 자

리에 노닌다고 했다.”

그 옮겨갈 수 없는 자리란 ‘도가 있는 본연’의 자리를 말한다. 만유에 스며 있는 ‘도’ 속에 숨겨 두면 어디를 가더라도 ‘도’ 속에만 있을 것이기 때문이다.

연암이 ‘스스로를 자기 안에 숨겨 두라’고 한 처방도 이런 경지를 말한 것이다. 내 처신이 진실로 ‘도’ 속에 있으면 외물과 부딪치는 바 없기에, 어딜 가도 아무 문제가 없음을 피력한 것이다. 그런데 연암은 『장자』에 나오는 이 ‘장藏(숨기다)’의 모티브를 녹여서 유가의 사물四勿에 부어 놓음으로써 의미의 맛과 깊이에 독특한 이채異彩를 발양시켰다. 사물이란 네 가지를 하지 말라는 것, 즉 ‘예가 아니면 보지 말고, 예가 아니면 듣지 말고, 예가 아니면 말하지 말고, 예가 아니면 행하지 말라’는 유교의 덕목을 이른다. 연암은 사물이라는 너무나 흔한 말을 장자적 인식과 상상력을 통해, 사람의 귀와 눈 속이 천지와 사해보다 넓으며, 또 그 속에 자신을 숨길 수 있다는 기발한 발상으로 전환하여, 문의 영채靈彩를 쏟아 올렸던 것이다.

혹자가 이 글에 대해 선禪의 요지要旨를 얻었다고 평한 것도, 도란 자기 ‘마음’ 안에 있음을, 천지도 그 안에 드는 것임을 보여 주었기 때문일 것이다. 지금도 술이나 그 어떤 외물에 자신을 숨기려 드는 이들이 많을 것이다. 그러나 우리가 정녕 스스로를 제대로 숨겨 자신을 보호할 수 있는 곳은 깨어 있는 ‘마음’의 집이요, 어디에든 있는 ‘도’라는 천지뿐이라고, 연암은 간곡히 일러 주고 있는 것이다.

3-12 식견의 차이

달사達士(통달한 사람)에게는 괴이한 바가 없으나, 속인들에게는 의심스러운 바가 많다. 이른바 '본 것이 적으면 괴이하게 여겨지는 것이 많다'는 것이다. 그러나 달사라 해서 어찌 사물마다 다 찾아 눈으로 보았겠는가! 한 가지를 들으면 열 가지를 떠올려 보고 열 가지를 보면 백 가지를 마음속에서 풀어 보니, 천만 가지 기이함도 다시 사물에 부쳐져서 자신과는 아무런 상관이 없다. 따라서 마음이 한가롭고 여유가 있으며 사물에 응수함이 무궁하다. 본 것이 적은 자는 해오라기를 기준으로 까마귀를 비웃고 오리를 기준으로 학을 위태롭다고 여기니, 그 사물 스스로는 본디 괴이할 것이 없는데 자기 혼자 화를 내고, 한 가지 일이라도 자기 생각과 같지 않으면 만물을 다 부정하려 든다.

❀〜────────────

達士無所怪, 俗人多所疑. 所謂 '少所見, 多所怪也.' 夫豈達士者, 逐物而目觀哉! 聞一則形十於目, 見十則設百於心, 千怪萬奇, 還寄於物, 而己無與焉. 故心閒有餘, 應酬無窮. 所見少者, 以鷺嗤烏, 以鳧危鶴, 物自無怪, 己廼生嗔, 一事不同, 都誣萬物. 「菱洋詩集序」

────────────

우물 안의 개구리가 아는 물의 세계와, 바다거북이 아는 물의 세계가 같겠는가? 『장자』 「소요유」엔 멧새와 대붕에 얽힌 재미있는 이야기가 전한다.

구만 리 하늘을 날아가는 대붕을 보고 멧새가 껄껄 비웃으며 말하길, "내가 날아오른 건 몇 길 높이에 지나지 않지만, 쑥대 사이를 오락가락하는 것 또한 날아다니는 지극함인 것이다. 그런데 저는 무엇 때문에 구만 리나 높이 올라 어디로 가려 하는 것인가?" 멧새의 기준으로 보면 대붕은 똘아이였던 것이다!

우리는 모두 저마다의 기준과 수준으로 세상을 본다. 그리고 그 눈을 통해 그 눈만큼만 자신과 자신의 삶을 본다. 그러나 내가 아는 수준과 내가 가진 기준이란, 천지만물의 기준과 조물의 수준에 비한다면, 바다의 모래 한 줌처럼 지극히 작고 천근한 것에 지나지 않을 것이다. 그러므로 달사는 하나의 관점으로 치우치지 않는 자이고, 자신의 안목 안에 모든 것을 담으려 하지 않는 자이다. 그래서 그의 삶엔 여유로움과 여백의 빛이 있는 것이다.

"백조는 매일 목욕을 하지 않아도 희고, 까마귀는 매일 검은 물을 들이지 않아도 검습니다. 검고 흰 바탕이란 좋고 나쁨을 족히 따질 것이 못 됩니다."(『장자』, 「천운天運」) 단지 그것을 따지는 것은 사람의 기준일 뿐이다. 자연의 뜻에 따라 모든 것이 자재自在할 뿐인데 왜 나의 기준과 안목으로 모든 것을 재려 하는가. 이로 미루어 본다면, 사물의 실체를 논하기란 참으로 어려운 것이며, 고로 자신의 기준으로 하늘(신)과 만물을 판단하는 것은 작은 대롱으로 하늘을 보는 것과 같을 것이다.

대저 끈이 짧으면 깊은 우물의 물은 길을 수 없다 했거니와, 한 사람 내면의 깊이는 외물을 보는 눈의 수준과 하나로 움직인다. 칼 융은 이르길, "외부를 바라보는 자는 꿈을 꾸고, 내면을 바라보는 자는 깨어난다"고 했거니와, 달사는 아마도 자신 안의 깨어난 마음의 힘으로 만물의 추이 또한 내면의 거울로 깨어 바라볼 수 있는 자가 아닐런가.

3-13 관우상

우 사단 아래 도저동에 푸른 기와로 이은 사당이 있고, 그 안엔 얼굴이 붉고 수염이 근엄하게 드리워진 이가 모셔져 있으니, 바로 관운장關雲長이다. 학질을 앓는 남녀들을 그 좌상 밑에 들여보내면, 정신이 놀라고 넋이 나가 추위에 떠는 증세가 달아나고 만다. 하지만 어린아이들은 아무런 무서움도 없어, 그 위엄한 소상塑像에게 무례한 짓을 하는데, 그 눈동자를 후벼도 눈을 깜짝이지 않고, 코를 쑤셔도 재채기를 하지 않는다. 그저 덩그러니 앉아 있는 소상에 불과한 것이다.

❀〜

雩祀壇之下, 桃渚之衕, 靑甍而廟, 貌之渥丹而鬚儼然, 關公也. 士女患虐, 納其牀下, 懾神褫魄, 遁寒祟也. 孺子不嚴, 瀆冒威尊, 爬瞳不瞬, 觸鼻不嚏. 塊然泥塑也.　　　　　　　　　　　　　　　　　　　「嬰處稿序」

연암은 비슷한 것은 진짜가 아님을 사당에 모셔져 있는 관우상을 통해 묘파하고 있다. 그는 이어 이렇게 말한다.

"이로써 보건대, 수박을 겉만 핥고 후추를 통째로 삼키는 자와는 더불어 그 맛을 논할 수 없으며, 이웃 사람의 겨울 가죽옷을 부러워하여 한여름에 빌려 입는 자와는 더불어 시절을 말할 수 없는 것처럼, 관운장의 가

상假像에다 옷을 입히고 관을 씌워 놓아도 족히 진솔한 어린아이를 속일 수는 없는 것이다."

예컨대 불당에 모셔져 있는 부처가 어찌 부처이며, 교회에 모셔져 있는 예수가 어찌 예수이리오. 그러나 돌부처나 금부처에 수없이 절하고, 예수상 앞에 고개 숙여 소원을 빌고 기도하거니, 이는 관우상을 보고 놀라는 남녀와 크게 다르지 않을 것이다. 석가모니는 모든 사람이 부처라 했으니 진정한 부처는 수많은 사람들 속에 있을 것이고, 예수는 다른 이에게 베푸는 것이 곧 나에게 베푸는 것이라 했으니 진짜 예수는 진실한 사랑 속에 있을 것이다. 그러므로 돌덩이나 나뭇조각에 절하고 기도할 게 아니라, 뭇 사람들에게 절하고 베푸는 게 그들(부처와 예수)을 진실로 '영접' 하는 일일 터이다.

무엇이 진짜이고, 무엇이 그 그림자인가? 예나 지금이나 우상과 실체, 본질적인 것과 비본질적인 것 사이에서 진실은 길을 잃고 헤맨다.

"그대 에너지의 99퍼센트가 비본질적인 것에 소비되고 있다. 본질적인 것이 채워지지 않고 있는데도 마음은 언제나 비본질적인 것을 동경한다. … 세상 전체가 비본질적인 것들을 충족시키려고 애를 쓰고 있다. 90퍼센트의 산업은 비본질적인 것들을 생산하는 일에 속해 있다. 인간 노동의 50퍼센트는 여성의 마음이나 여성의 육체에 바쳐지고 있다. 3개월마다 새로운 드레스가 디자인되고, 새로운 집, 옷과 비누, 얼굴에 바르는 로션들이 디자인된다. 산업의 50퍼센트가 이렇게 엉뚱한 것에 바쳐진다. 인류는 굶주리고 있으며 식량이 없어 죽어 가고 있다. 그런데 인류의 절반은 절대적으로 비본질적인 것에 관심을 쏟고 있다.

−오쇼 라즈니쉬, 『삶의 길 흰구름의 길』

물질적 욕망으로 들떠 있는 현대 문명의 비본질적 속성 또한 형체 없는 현대의 우상이 되어 있다. 이는 본질적인 것보다 훨씬 커져 버린 비본질적인 것, 다시 말해 우상에 빠진 종교들과 같고, 유가적 권위주의와 같고, 자신을 잃은 사대주의의 맹종과 같고, 저 말없는 관우상의 존엄과 같을 터이다. 이것은 모두 본질적인 생명력이 죽어 있는 것이다. 관우상의 눈을 후벼 파는 아이들처럼, 천진한 마음으로 그 진실을 보지 못한다면 우리는 늘 관우상 같은 것에 놀라거나 그것에 마음을 빼앗긴 채 살아갈 것이다. 진짜가 아닌 가짜에, 본질이 아닌 비본질적인 것에 영혼을 빼앗기고서 스스로는 영영 그런 줄도 모르는 상태로….

3-14 호곡장 好哭場(좋은 울음터)

무릇 아기가 태중에 있을 때는 캄캄하고 막혀 있어 갑갑하게 지내다가, 하루아침에 넓고 훤한 곳으로 빠져나와 손과 발을 펼 수 있음에 마음이 시원스레 트일 것이니, 어찌 참된 소리로 마음껏 한바탕 울어 보지 않으랴! 그런 까닭에 마땅히 갓난아기의 꾸밈 없는 소리를 본받아 비로봉(금강산) 절정에 올라 동해를 바라보며 한바탕 울어 볼 만하고, 황해도 장연의 바닷가 금모래 밭을 거닐며 한바탕 울어 볼 만하다. 이제 요동벌에 임하매 여기서부터 산해관山海關까지 일천이백 리 길에 사방에는 도무지 한 점의 산도 없어 하늘가와 땅 끝이 마치 아교풀로 붙이고 실로 꿰맨 듯한데, 고금에 오가는 비구름만 창창할 뿐이니 한바탕 울어 볼 만한 곳이다.

❀

兒胞居胎, 處蒙冥沌塞, 纏糾逼窄, 一朝迸出寥廓, 展手伸脚, 心意空闊, 如何不發出眞聲盡情一洩哉! 故當法嬰兒聲無假做, 登毗盧絕頂, 望見東海, 可作一場, 行長淵金沙, 可作一場. 今臨遼野, 自此至山海關一千二百里, 四面都無一點山, 乾端坤倪, 如黏膠線縫, 古雨今雲, 只是蒼蒼, 可作一場.　　「渡江錄」

연암은 압록강을 건너 열하의 행궁으로 가던 도중 끝 간 데 없이 드넓은 요동벌을 마주하자, 문득 "아, 좋은 울음터구나! 울 만하지 않은가" 하고 뚱딴지같은 감탄사를 쏟아 냈다. 일행이 의아해 묻자, 연암의 의미심장한 발언이 이어진다.

"사람들은 단지 칠정七情 가운데서 오직 슬픔만이 운다고 알 뿐, 칠정이 모두 울 수 있음을 모르네. 기쁨이 지극해도 울 수 있고, 분노가 지극해도 울 수 있으며, 즐거움이 지극해도 울 수 있고, 사랑이 지극해도 울 수 있고, 미워함이 지극해도 울 수 있고, 욕망이 지극해도 울 수 있네. 가슴속에 답답한 것을 풀어 버리기에 소리보다 빠른 것이 없거니와, 울음은 천지에 있어서 우레와 천둥 같은 것이라네. 지극한 정이 발하는 것은 능히 이치에 맞게 되니, 웃음과 더불어 무엇이 다르랴. 삶의 정회情懷가 일찍이 이러한 지극한 경지는 겪어 보지 못하고서, 단지 교묘히 칠정을 정하여 늘어놓고선 울음을 슬픔에다 안배해 묶어 두었다네. 그리하여 진정으로 칠정이 느끼는 바의 '지극하고 참된 소리'는 억지로 참고 억눌러 하늘과 땅 사이에 쌓이고 막혀서 감히 펴지지 못하게 되었네."

정신의학 쪽에서도 감정이 갇히고 억눌리게 되면 잠복되어 있다가 결국에는 몸과 마음을 해친다고 한다. 조선시대에는 하나의 감정조차도 온갖 법도에 맞춰져 있어서, 자연스럽게 살아 있는 자기 감정을 발할 수가 없었다. 기실 칠정(기쁨, 노여움, 슬픔, 즐거움, 사랑, 미움, 욕심)은 어느 것도 나쁘지 않다. 그러한 감정이 없다면 삶을 어떻게 느끼고 체험할 수 있을 것이며, 어떻게 살아갈 수 있단 말인가. 무릇 맺힌 것은 풀어 내야 하거니, 풀어 내지 못하고 가슴에 맺히게 되면 무엇이든 나중에는 병이 되고 만다. 그렇게 가슴이 막히면 사람의 지극한 정情도 막혀서 풀어 내는 데 장애가 생기는 것이다.

그런데 저 드넓은 요동벌과 갓 태어난 아기가, '울음'을 사이에 두고 하나로 연결될 수 있는 이유는 무엇인가? 그것은 둘 다, '막혀 있다가 툭 터진

장쾌함'의 이미지를 가지고 있기 때문이다. 연암의 직관은 이처럼 전혀 다른 것에서도 같은 상象(이미지)을 읽어 내고서 의미심장한 화두를 던진다. 평생에 보지 못한 광활한 장관 속에서 '삶의 온갖 번뇌 속에서 막혔던 가슴'이 툭 터졌으니, 어찌 속 시원히 울어 보지 않으랴. 아기와 같이 순수하게 속 시원히 온 마음으로 울어 보는 것처럼 감정을 깨끗이 비워 낼 수 있는 것도 드물 것이다.

  웃음도 마음을 풀어 내는 것이요, 울음도 마음을 풀어 내는 것이나, 웃음으로 풀어 내지 못하는 것은 울음으로 풀어야 하거니, 정녕 가슴이 탁 트이는 좋은 울음터를 만나거든 갓난아기처럼 마음에 맡겨 통쾌하고 순수하게 울어 볼 일이니, 그것은 우리의 가슴을 넓혀 주고 진실한 정을 영혼의 기슭으로 데려다 줄 것이다.

4장 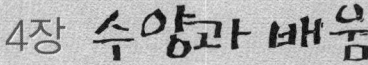 수양과 배움

스스로를 다스리고
배움을 터득하는 길은
마음의 기운을 고요케 하는 데서 시작되거니,
그 고요의 심지는 탈수록
배움의 빛을 밝히리라.

객기客氣와 정기正氣

성인의 천 마디 말이란 사람으로 하여금 객기客氣를 없애게 하려 한 것입니다. 객기와 정기正氣는 마치 음과 양이 서로 줄었다 늘었다 하는 것과 같으니, 비유하자면 큰 풀무에서 쇠를 녹이고 불리는 것과 같아서, 객기가 겨우 조금만 없어져도 정기가 저절로 서지요. 그러나 정기란 더듬어 볼 수 있는 형체가 없으며, 오직 하늘을 우러러보고 땅을 굽어보매 부끄럼이 없는 경지에서만 찾아 볼 수 있을 것입니다.

聖人千語, 使人消除客氣. 客氣與正氣, 如陰陽消長, 譬如大冶鎔鍛, 客氣纔除一分, 則正氣自立. 而正氣無形可摸, 惟俯仰無怍處, 可而尋覓. 「答洪德保書」

객기란 객쩍게 쓸데없이 부리는 혈기나 용기를 말하거니, 그렇다면 객기가 없는 상태는 어떤 것일까? 다음의 글로 객기가 걷힌 마음자리를 한번 살펴보자.

"성인이 고요한 것은 고요한 것이 훌륭해서가 아니다. 만물에 그의 마음을 들뜨게 할 수 있는 게 없기 때문에 고요한 것이다. 물이 고요하면 수염과 눈썹도 밝게 비추며, 완전한 수평이 되면 위대한 목수도 법도로 취

한다. 물의 고요함도 오히려 이러한데, 하물며 정신이나 성인의 마음이 고요할 때야 어떠하겠는가? 그것은 하늘과 땅을 비추는 거울이요, 만물을 비추는 거울인 것이다."

ー『장자』「천도天道」

지극히 고요하고 평안한 수평의 물처럼 성인의 마음은 그지없이 담담하고 평온하다. 그의 마음을 들뜨게 하거나 동요케 할 수 있는 게 없기 때문이다. 저 절대 평온의 마음자리가 바로 성인의 마음일 것이며, 객기 없는 정기의 상태일 것이다. 흔들리는 물 속에는 사물을 온전히 비춰 볼 수 없는 것처럼, 고요하지 않은 마음엔 사물의 진실이 온전히 비칠 리 없다. 그래서 성인의 고요한 마음은 천지의 거울이요 만물의 거울이 된다. 그러하니 하늘을 우러러보고 땅을 굽어보아도 끝내 부끄러움이 없는 자리는 이에 있을 터이다.

객기가 가라앉는 만큼 마음은 고요해질 것이니, 고요해지는 만큼 바깥 사물에 내 마음이 흔들리는 일은 적어질 것이다. 객기 없는 정기의 모습을 비춰 줄 거울은 단지 자기 안의 동요 없는 고요한 마음인 것이다! 하늘을 닮은 그 고요한 거울에 어찌 부끄러움이 비치리오.

4-2 촛불의 미학

촛불에는 군자의 도가 네 가지 있네. 촛불은 형체를 지켜 감에 있어서는 반드시 곧고(直), 천명을 완수함에 있어서는 바르며(正), 마음가짐은 반드시 중(中)이고, 같은 부류를 좇아감에 있어서는 반드시 화(和)하네. 대저 촛불이 밝은 것은 이 네 가지 덕 때문이네. 그 지향은 활활 타면서 나아갈 것을 생각하고 그 기운은 밝고 밝아 비출 것을 추구하니, 이는 천하에 미치는 도인데 촛불이 이것을 지녔네. 이런 까닭에 촛불이 비출 수 있는 것이니, 어짊(仁)이 사람을 사람답게 만드는 것과 같다네.

燭有君子之道, 四焉. 其踐形也, 必直, 其立命也, 必正, 其宅心也, 必中, 其就類也, 必和. 夫此四德者, 燭之所以爲明也. 其志也, 焰焰思進, 其氣也, 赫赫求照, 此天下之達道也, 而燭有之. 故燭也者, 燭也, 如仁之爲人也.

「答任亨五論原道書」

연암이 전하는 성리학적 촛불의 미학이다. 촛불은 첫째 위로 '곧게' 타오른다. 둘째 자신의 수명이 다할 때까지 꼿꼿이 스스로를 닦는다. 셋째 마음가짐이 늘 중(中)에 머물며, 넷째 무리(불)의 속성을 좇아 화합한다. 촛불은 이 4가지 덕성을 갖추었으니, 활활 타오를 힘으로 나아갈 것을 생각하고, 밝고 밝은 빛으로 비추는 것을 추구한다. 빛이란 어둠을 밀어 내는 '밝음'을 의미하는 것이니, 사람의 마음속엔 인仁이라는 불빛이 있다. 이것이 군자가 촛불의 덕을 배워 인仁의 심지에 불을 붙여야 하는 이유인 것이다.

촛불은 심지의 중심을 곧게 세워 주어야 잘 탈 수 있는데, 이 '심지'라는 단어에는 마음 심心 자가 들어 있다. '심心'이라는 글자에는 '마음'이라는 뜻 외에 '중심'이라는 뜻도 함께 있다. '강심江心'이 강물의 중간을 이르는 것처럼, 이른바 마음이란 곧 우리의 중심이며 영혼의 심지인 것이다! 연암은 "불이 붙은 후에 그 성품을 알 수 있는 것이니, 촛불이 타지 않으면 밝음이 어디에 있겠는가?" 했거니, 마음의 심지에 인의 불꽃이 타오르지 않는다면 우리는 과연 어디에서 밝음을 볼 수 있을 것인가?

시학의 대가 가스통 바슐라르는 『촛불의 미학』에서 이렇게 이야기했다.

"꿈은 더욱 높이 올라가며, 수직성의 피안에까지 우리들을 데리고 간다. 똑바르고 수직인 존재를 앞에 한, 수직성의 결합에서 많은 비상의 꿈이 태어난다. 탑 가까이, 나무 가까이에서 높이의 몽상가는 하늘을 꿈꾼다. 높이의 몽상은 우리들의 수직성의 본능, 공동생활과 평평하게 수평적인 생활의 의무에 의해 억눌려진 본능을 양육한다. 인간을 수직화시키는 몽상은 여러 몽상들 가운데서도 가장 인간을 해방시키는 몽상이다. 다른 곳을 꿈꾸는 것만큼 잘 꿈꾸기 위한 확실한 방법은 없다. … 불꽃은 생명이 깃들어 있는 수직성이다. 모든 불꽃의 몽상가는 불꽃이 살아 있다는 것을 알고 있다."

비록 촛불에 대한 두 사람의 미학이 똑같지는 않지만, 안팎의 밝음을 지향하는 '인仁의 불꽃' 또한 수직성(直)과 타오름에서 자신만의 몽상을 가지고 있다. 촛불의 덕과 미학을 어떻게 이해하고 바라보든 우리 영혼의 촛불,

그 빛과 어둠이 싸우는 불꽃의 복부腹部엔 언제나 우리 마음의 '심지'가 놓여 있을 것이다.

4-3 성性과 가슴

만물은 모두 기화氣化 속에 있거니, 어느 것인들 천명天命이 아니겠는가! 무릇 성性이란 심心 자와 생生 자의 뜻을 따른 것이니, 마음에 갖추어진 것이요, 생生과 같은 무리이다. 천명을 즐거워하고 순응하는 것은 물物이나 내(我)가 같지 않음이 없거니, 이것이 바로 천명의 성性(하늘이 부여한 본연의 성품)이다.

有萬物同在氣化之中, 何莫非天命! 夫性者, 從心從生, 心之具, 而生之族也. 樂其天, 而順其命, 物與我, 無不同也, 是則天命之性也. 「答任亨五論原道書」

하늘이 생명에 부여한 목숨(命)을 즐거워하고 기꺼이 받아들여 순응하는 것이 천명天命으로서의 성性이라 했다. '성性'은 심心과 생生 자로 이루어져 있다. 고로 성性이란 이 둘 사이에 있을 터인데, 마음이 생성되는 곳은 늘 우리의 '가슴속'이다. 그래서 하늘이 부여한 성이 온전히 실현될 수 있는 곳도 가슴으로부터이다.

'낙천순명樂天順命(천명을 즐거워하고 순응한다)'이란 좋은 말이지만, 우리는 추상적인 성리 담론의 의미를 전혀 다른 분위기에서 찾아 볼 수도 있을 것이다.

"당신이 항상 해 보기를 원하는 종류의 일이 있는가? 이 같은 내면의 갈망을 충족시키려면 무엇이 필요하고 어떤 계획이 필요할 것인지를 알아보라. 자신의 가장 깊숙한 내면의 갈망, 다른 무엇보다도 해 보고 싶은 것, 이것이 바로 당신이 그것을 위해 이 삶 속으로 들어온 목적인 것이다. 또한 당신의 건강을 가장 확실하게 보장하는 것은 그것을 하는 것이다. 지금 시작하라. 그것을 시작하는 데 필요한 것이 무엇인지를 알아보고는 당장 착수하라. 목적지에 도달하는 데 시간이 아무리 걸린다 할지라도, 그 때문에 여정에 오르지 않는다면, 당신은 결코 그곳에 도착할 수 없을 것이다. 일을 시작하여 계속 목적을 향해 걸어간다면, 당신은 도달할 것이다. 당신 내면의 목소리가 그것을 보장할 것이다."

— 바바라 앤 브렌넌, 『기적의 손치유』

내면의 목소리는 삶에서 길을 잃지 않게 만든다. 내면의 목소리는 가슴에서 울리는 소리요, 영혼의 안쪽에서 나오는 울림이다. 그 소리를 따라 가슴으로 내려가는 것, 그리고 그 소리를 따라 삶의 길을 따르는 것이 곧 낙천순명의 길이 될 것이다. 우리는 소망하기 위해 태어났고, 그 소망을 이루는 길이 삶과 생명을 꽃피우는 일이기 때문이다. 내면의 소리는 바로 하늘이 내 안에서 '나'를 부르는 소리이다! 성性을 여기에서 찾지 않는다면 어디서 찾겠는가.

4-4 종鍾과 소리

마음은 비유하자면 종이고, 성품은 소리요, 물物(바깥 사물)은 종을 치는 막대기다. 그러므로 종이 움직이지 않고서 소리가 어찌 날 것이며, 막대기로 치지 않으면 오음五音[1]이 어떻게 분별되며, 육률六律[2]이 어찌 구분되겠는가?

心譬則鍾也, 性譬則聲也, 物譬則莛也. 故鍾之不動, 聲在何處, 莛之不擊, 五音何辨, 六律何分?   「答任亨五論原道書」

연암은 세 가지 비유를 통해 성리의 담론을 펼치고 있다. 치지 않은 종이 어찌 소리가 나겠는가? 사람의 삶이란 시작에서 끝에 이르기까지, 자신과 외계와의 무수한 관계들 속에서 이루어진다. 물物이란 나를 제외한 나 아닌 모든 것을 가리키는 말로, 그것은 곧 만물과 세계를 뜻한다. 내 안에 있는 마음이라는 종을 내 밖에 있는 물이라는 막대기가 치는 것이다. 그때 어떤 소리가, 어떻게 나오는가? 바깥 세계와 내 내면이 만나 접촉할 때 일어나는 소리, 그것이 성품이다.

고교 시절 범어사로 소풍을 갔을 때, 거기 사찰 내에 있는 약수 곁 팻말에 이런 글귀가 새겨져 있었다.

"소가 마시는 물은 우유가 되고, 뱀이 마시는 물은 독이 된다. 그대가 지금 마시는 물은 무엇이 되는가?"

정말 우리가 마시는 물은 무엇이 되었을까? 꽃이 먹은 물은 향기가 되어 나오고, 나무가 먹은 물은 초록빛 산소와 달콤한 과실이 되어 나오며, 새들이 먹은 물은 맑은 소리가 되어서 숲 속 나뭇잎 사이로 나온다. 그것이 바로 그들의 성품을 이룬다.

우리는 누구나 똑같이 백지 상태의 하나의 '마음'을 받았고, 똑같은 세상에 살고 있지만 저마다 다른 소리를 낸다. '하늘이 울어도 오히려 울지 않는 큰 종' [3]이 있어, 그 소리가 천지 사방에 울려 퍼지는 것도 있을 것이요, 지극히 작고 깨지고 모나서 그런 소리만 늘 내는 종도 있을 것이다.

우리의 마음은 세계와의 접촉에서 어떤 소리를 내는가? 그 소리의 진폭은 맑고, 고요하며, 깊은가? 아니면 탁하고, 거칠며, 밋밋한가? 마음이라는 종이 외물과 부딪쳤을 때 어떤 소리를 내느냐가 곧 우리의 성품을 이룰 것인저!

---

1) 궁宮, 상商, 각角, 치徵, 우羽.

2) 십이율 가운데 양성陽聲에 속하는 여섯 가지 소리. 황종黃鐘, 태주太簇, 고선姑洗, 유빈蕤賓, 이칙夷則, 무역無射.

3) 남명 조식은 「제덕산계정주題德山溪亭柱」 시에서 "천 섬들이 큰 종을 보시길 / 크게 치지 않으면 소리가 없나니 / 어찌 하면 저 두류산처럼 / 하늘이 울어도 울지 않을 수 있을까請看千石鐘, 非大扣無聲, 爭似頭流山, 天鳴猶不鳴" 하였다.

중 中이 아니면 바름(正)을 준칙準則할 수 없고, 정正이 아니면
어느 것도 평平을 확정 지을 수 없으며, 평平이 아니면 어
느 것도 지止에 안착할 수 없네. 지止 이후에야 그 지至를 보게 되고,
지至 이후에야 그 행行을 보게 되며, 행行 이후에야 그 공空을 보게
되고, 공空 이후에야 그 공公을 보게 되네. 하늘이 텅 비지 않으면 천
둥과 바람이 어디에서 울겠으며 해와 달이 어디에서 비추겠는가?
하늘이 공평하지 않다면 비나 이슬이 대상을 가려서 내려 만물 중
에 유감을 품는 것들이 있을 것이니, 이른바 '곧지 않으면 도가 드
러나지 않는다' 는 말은 이를 이름이네.

非中則莫可以準正, 非正則莫可以定平, 非平則莫可以安止. 止而後見其至也,
至而後見其行也, 行而後見其空也, 空而後見其公也. 使天而不空, 空而後見其
公也. 雷風安所響, 而日月安所照乎? 使天而不公, 雨露有所擇, 而品物有所憾
矣, 所謂 '不直則道不見' 者, 是也.　　　　　　　　　　　　「答任亨五論原道書」

하늘은 어디에 치우침 없이 공평무사公平無私하다. 공공할 수 있는 것은 그
마음이 비어 있기 때문이다. 속이 비어 있어야 운행運行할 수 있으니 행해야
이르게(至) 된다. 이른 다음에야 머무를(止) 수 있고, 머무를 수 있어야 물의
수평처럼 고름을 이룰 수 있다. 무릇 평平 속에서 바름이 나올 수 있거니, 바

름이란 알맞음(中)인 것이다. 연암은 이 글 앞에서 "도는 공公에 있다"로 말문을 연 다음 공公에서 중中까지 이야기했다가, 다시 중中에서 공公까지 순서를 바꿔 논한다. 요는 도는 한 근원으로 이어져 있고 서로를 내포한다는 것이다. 제시한 각각의 글자를 보라. 지닌 바 의미는 달라도 그것은 결국 한 곳을 지향한다.

하늘의 텅 빈 허공처럼, 우리 몸 안에도 빈 곳이 있기에 숨이 들어오고 나갈 수 있다. 그 공空에는 숨의 공公과 지止, 지至, 행行, 평平, 정正, 중中, 모든 것이 담겨 있다. 숨은 어느 쪽을 편애하지 않으며, 머무를 줄 알고, 이를 줄 알며, 쉼 없이 움직이며, 들숨과 날숨을 고르게 하여 숨의 바름과 알맞음을 유지한다. 이 모든 것을 가능케 하는 초석은 '빔(空)'이다. 우주가 비어 있지 않으면 별이 어떻게 운행할 것이며, 하늘이 비어 있지 않으면 만물이 어떻게 움직일 것인가? 또 햇빛이나 달빛이 편애를 두어서 어느 쪽엔 비치고 어느 쪽엔 아니 비치던가?

결국 도道는 공空에부터 시작해서 알맞음(中)으로 완결되는 것이며, 공空은 중中의 모체인 것이다. 사심私心이 걷어져서 마음이 허공같이 공(空/公)한 상태, 그 자리가 자연의 가슴이요, 하늘의 마음이며, 우주의 영혼이다. 그래서 자연과 하늘과 우주는 공公, 지止, 지至, 행行, 평平, 정正, 중中, 이것을 늘 아울러 가지고 있다. 이 하나의 물결이 우리 몸 속과 생애 속에도 도도히 흘러넘친다면 어찌 도가 드러나지 않으리오!

4-6 귓속말

귀에 대고 속삭이는 말은 듣지를 말 것이요, 발설 말라 하면서 말하는 것은 하지를 말아야 할 일이니, 남이 알까 두려운 일을 무엇 때문에 말하며, 무엇 때문에 들을 까닭이 있겠습니까? 말을 이미 해 놓고 다시 경계하는 것은 상대방을 의심하는 일이요, 상대방을 의심하고도 말하는 것은 지혜롭지 못한 일입니다.

附耳之言, 勿聽焉, 戒洩之談, 勿言焉, 猶恐人知, 奈何言之, 奈何聽之? 既言而復戒, 是疑人也, 疑人而言之, 是不智也.   「答仲玉」

중옥仲玉이라는 이에게 보낸 답장의 전문이다. 아마도 그의 편지엔 '비밀이니 그대만 아시오. 절대 다른 이에게 발설해서는 안 됩니다' 같은 당부의 말이 있었던 듯하다. 무릇 귓속말이란 대개 '비밀'을 간직한 말이니, 비밀의 말에는 그 비밀이 새지나 않을까 하는 얼마간의 불안과 의심이 있게 마련이고, 그 말을 듣는 이 또한 그 비밀을 홀로 지켜야 하는 얼마간의 부담과 책임이 부여된다. 한 뼘도 안 되는 귀와 입 사이에 자물쇠가 채워지는 것이다.

그러나 연암은 애초에 비밀을 담은 귓속말은 하지도 듣지도 말라고 이른다. 비밀의 말이란 남이 알까 두려운 것이나, 사람들은 대개 연암이 지적한 모습을 그대로 답습한다. 남이 알까 두려워하는 일을 제일 먼저 제 스스로가 입을 열어 말하고, 또 말하고 나서는 혹 비밀이 샐까 하여 상대를 의심하고 경계하면서 불안해한다. 그 말을 하지 않았다면 탄로 날까 두려워할 필요도 없고, 상대를 의심하거나 경계할 필요조차 없음에도! 비밀을 담은 귓속말이란 애초에 이렇듯 얄팍하고 취약한 마음의 구조를 지닌 것이다.

"물고기는 언제나 입으로 낚인다. 사람도 역시 입으로 걸려든다."(『탈무드』) 무릇 안 좋은 말들은 대개 그 입을 연 사람도 걸려들지만, 그 말을 들은 사람도 걸려드는 법이다. 남이 알까 두려운 말엔 좋은 것이 담기기가 드물거니, "귓속말 좋다 하고 쉬이 말을 마를 것이 / 비밀 말 내 하면 남도 내 말 하는 것이 / 귓속말 탈이 많으니 말 마옴이 좋아라!"[1]

1)말하기 죠타하고 남의 말을 마롤 거시
  남의 말 내 하면 남도 내 말 하난 거시
  말로써 말이 만흐니 말 마롬이 죠해라.　—작자 미상의 옛 시조

4-7 길을 가는 법

무 릇 도道란 길과 같으니, 길로써 비유해 보리라. 사방의 길로
가는 나그네는 반드시 먼저 목적지까지의 노정이 몇 리나 되
고, 필요한 양식이 얼마나 되며, 거쳐가는 정자, 나루, 역참, 봉후烽
堠의 거리와 차례가 어떠한지 자세히 물어 눈으로 보듯 훤히 알고 있
어야 한다. 그런 뒤라야 다리로 진짜 그 땅을 밟고서 평소의 발걸음
으로 평탄하게 길을 갈 수 있다.

그 앎이 분명한 까닭에 바르지 못한 샛길로 달려가거나 엉뚱
한 갈림길에서 방황하게 되지 않으며, 또 지름길로 가다가 가
시덤불을 만날 위험이나 중도에 포기해 버릴 걱정도 없게 되는
것이다. 이는 지知와 행行이 겸하여 이루어지기 때문이다. 혹자
는 길을 가면 마땅히 절로 알게 된다고 하나 이는 헤엄쳐서 물
속의 달을 건지거나, 북을 치면서 잃은 자식을 찾는 것과 다를
게 없다.

❋

夫道者, 猶途也, 請以途喩. 行旅之適乎四方者, 必先審問所向程里幾舍, 所費
餱糧幾何, 所經亭津馹堠遠近次第, 瞭然吾目中. 夫然後脚踏實地, 素履坦坦.
其知也先明, 故不爲邪徑走造, 不爲別歧彷徨, 又無捷路榛蕪之險, 半途廢輟之
患. 此知行所以兼致也. 或有行當自知之說, 則亦何異於泗水撈月, 負鼓覓子
哉. 「爲學之方圖跋」

길을 가려면 길을 먼저 알아야 한다! 내가 모르는 길을 가면 헤매기 일쑤이며, 때때로 길을 찾지 못해 목적지에 온전히 당도하지 못하기도 한다. 그래서 길을 알고 가는 것과 길을 모르고 가는 것은 늘 커다란 차이가 있다. 연암은 이를 학문하는 방법에 비유했으나 이것이 어찌 학문에만 국한되리오. 삶의 모든 길이 다 이와 같을 것이다. 가 보지 않았고 해 보지 않았기에, 그것에 먼저 가 보았고 먼저 해 본 사람이 '길'을 알려 줄 수 있는 것이다. 배움이나 선생이란 바로, 내게 '길'을 제시해 주는 존재인 것이다.

'도道'라는 글자는 본디 거리 모양에서 나온 글자다. 길을 나타내는 이 글자가 모든 이치를 나타내는 글자가 된 것은 이처럼 우연이 아니니, 그 속성을 들여다볼수록 그 의미의 속은 깊고도 너르다. 모든 것에는 길이 있다! 내 마음 안에도 무수한 마음의 길과 생각의 길이 있다. 또 내 밖에도 셀 수 없이 많고 많은 길이 있다. 어떤 길을 따라 가느냐에 따라 한 사람의 영혼도, 삶도 송두리째 바뀐다.

파울로 코엘료의 소설 『연금술사』에서 자아의 신화를 이루려 피라미드를 찾아가는 주인공 산티아고가 뜻을 이룰 수 있었던 것은, 그에게 길을 알게 해 주는 좋은 안내자들이 있었기 때문이었다. 우리에게도 길을 알려 줄 그 무엇이 필요하다. 순자는 학문하는 방법 중에 좋은 스승을 얻는 것보다 더 효과적인 것은 없다고 했다. 어떤 길을 가고 싶든, 우리는 스스로의 갈 길을 잘 알 수 있도록 좋은 안내자나 방편을 만나, 스스로의 착실한 준비 속에서 먼저 '꿈의 지형도'에 대해 분명하게 배워야 한다. 길을 알고 가는 것은 시간과 노력과 실패의 확률까지도 확실하게 줄여 주기 때문이다.

하여 길 가는 이의 시야는 늘 노정의 끝에까지 닿아 있어야 하고, 전체의 구도 속에서 스스로의 힘을 꼼꼼히 안배해야 한다. 과연 나는 내가 가고자 하는 길에 대해서 얼마나 잘 알고 있는가. 얼마나 꼼꼼히 배웠으며, 얼마나 깊이 습득하고 준비했는가. 요리법을 배웠다고 해서 금방 요리를 잘할 수 있는 것은 아니다. 늘 그렇듯 앎과 행위가 하나가 되기까진 부단한 노력과 시간이 필요하다. 무릇 모든 '도'란 오직 지知와 행行이 하나로 포개어지는 자리에 있는 것이다!

4-8 학문의 일단

학문이란 별다른 게 아니다. 단지, 한 가지 일을 하더라도 분명하게 하고, 집을 한 채 짓더라도 제대로 지으며, 그릇을 하나 만들더라도 규모規模 있게 만들고, 물건을 하나 감식鑑識하더라도 식견을 갖추는 것, 이 모두가 바로 학문의 일단이다.

學問, 非別事. 只是做一事明白, 搆一屋方正, 造一器有規模, 辨一物有識見, 皆是學問之一端.　　　　　　　　　　　　　　　　　　　　『過庭錄』

무릇 학문이란 무엇보다 삶 속에서 나온 것이요, 삶을 위해 나온 것이니 만약 다시 삶 속으로 온전히 돌아가지 못한다면, 그 학문이란 길을 잃은 눈먼 학문이라고 할 것이다. 삶 속에서 나왔다 함은 삶과 학문이 둘이 아니라는 뜻이며, 삶을 위해 나왔다 함은 학문이 삶의 질과 깊이를 더 고양시키는 데 힘써야 함을 말한다. 실로 삶의 빛을 밝히는 것이 학문의 요체요, 그 진실한 표정인 것이다.

우리는 무너지는 다리와 백화점을 보지 않았던가? 삶과 학문이 그것과 어찌 다르겠는가. 그러니 한 가지 일을 분명히 하는 것이나, 집을 제대로 짓는 것, 그릇과 같은 도구 하나를 알맞게 만들고, 사물 하나라도 제대로 볼 줄 아는 것, 이 모두가 어찌 학문의 실마리가 되지 않는다 하리오.

"영웅은 작은 것에도 영웅이라" 했던가! 작은 행동 하나에도 그 존재의 실상은 고스란히 드러나는 법이거니, 작은 것들을 미루어 보면 그 대체를 알 수 있다. '비늘' 하나라 할지라도 그것이 용의 비늘인지 붕어 비늘인지를 알 수 있다. 도는 이처럼 멀리 떨어져 있는 것이 아니다. 삶의 모든 일거일동이 도 아님이 있으랴. 학문의 길 또한 마찬가지이거니, 학문의 길이 궁극적으로 돌아갈 곳은 단지 삶과 사회의 일상일 뿐이며, 그 일상의 표정을 바꾸는 것에 지나지 않을 것이다.

학문의 방법

학문하는 길은 다른 게 없다. 모르는 게 있으면 길 가는 사람을 붙들고라도 물어야 옳다. 하인이라 할지라도 나보다 한 글자를 더 안다면 잠시일지라도 그에게 배워야 한다. 자기가 남보다 못한 것은 부끄러워하면서도 자기보다 나은 사람에게 묻지 않는다면, 평생 고루하고 무식한 데서 스스로 벗어나지 못할 것이다. 순임금은 농사짓고 질그릇 굽고 고기를 잡는 일로부터 임금(帝)이 되기까지 남들로부터 배우지 않은 것이 없었다. 그러므로 순임금이 성인 된 것은 남에게 잘 묻고 잘 배운 것에 지나지 않는다.

學問之道, 無他. 有不識, 執塗之人, 而問之可也. 僅僅多識我一字, 姑學汝矣. 恥己之不若人, 而不問勝己, 則是終身自錮於固陋無術之地也. 舜自耕稼陶漁, 以至爲帝, 無非取諸人. 故舜之爲聖, 不過好問於人, 而善學之者也. 「北學議序」

연암의 학문관이 잘 나타나 있는 글이다. '학문學問'이란 단어 안에 이미 '물을 문問' 자가 들어있거니와, 학문의 길은 묻는 데 있다! 모르는 게 있으면 길 가는 이에게도 묻고, 자신의 노복에게도 물어라. 내가 모르는 길을 갈 제, 그 길을 알려 주는 데 꼬마 아이면 어떻고, 백발의 할머니면 어떠한가? 적어도 그 길을 가는 데는 그들이 내 잠시의 스승인 것이다. 학문의 문은 겸허히 묻는 데서 열리는 것이니 저 순임금이 쌓은 덕을 보라.

흙이 쌓이고 쌓이면 산이 되고, 물이 쌓이고 쌓이면 바다가 되고, 선함이 쌓이고 쌓이면 성인이 되거니, 시골의 평범한 농사꾼에 지나지 않았던 순舜은 '물음'을 쌓고 쌓아 덕의 산과 지혜의 바다를 이루어 황제의 자리에까지 오르고 고금에 우뚝한 성군聖君이 되지 않았던가?

『순자』「권학」 편에 이런 글이 있다.

"내 일찍이 하루 종일 생각에 빠져 보았으나, 잠깐 동안 배우는 것만 못했다. 또 나는 일찍이 발돋움을 하고 바라본 일이 있었으나, 높은 곳에 올라가 널리 바라보는 것만 못했다. 높은 곳에 올라가 손짓을 하면 팔이 더 길어지는 것은 아니지만 멀리서도 보이며, 바람을 따라 소리치면 소리가 더 커지는 것은 아니지만 분명히 들리며, 수레와 말을 타면 발이 더 빨라지는 것은 아니지만 천릿길을 갈 수 있고, 배와 노를 이용하면 물에 익숙지 않더라도 강을 건너갈 수 있다. 군자는 나면서부터 남달랐던 것이 아니라, 사물을 잘 이용할 줄 아는 데에 있는 것이다."

배움은 높은 언덕과 같아 내가 보지 못하던 것을 멀리 보게 하고, 멀리까지 손짓할 수 있게 하며, 멀리까지 소리를 전할 수 있게 한다. 또 배움의 수레와 배를 타면, 자신이 멀리 바라보던 그곳으로 고되지 않고서도 쉽게 갈 수 있다. '배움의 높은 언덕, 수레와 말, 배와 노'는 바로 내가 모르는 것을 아는 이이고, 나보다 뛰어난 자이다. 그들의 힘을 빌리지 않으면 낮은 땅에서 평생 애타게 발돋움만 하고서도, 손짓해도 보이지 않고 불러도 들리지 않게 된다. 또 수레와 말을 두고서 천 리의 길을 걸어서 가야 하고, 배나 노를 버리고서 헤엄쳐서 강을 건너야 한다. 단지 그냥 잘 묻고 잘 배우기만 하면 그 모든 것을 누릴 수 있는데도!

4-10 도끼와 바늘

어린애들 노래에 '도끼를 휘둘러 허공을 치는 것은 바늘을 가지고 눈동자를 겨누는 것만 못하다' 했고, 또 속담에 '정승을 사귀려 들지 말고 네 몸가짐을 맑고 신중히 하라' 했으니, 그대는 아무쪼록 마음에 새겨야 할 것입니다. 차라리 약하면서도 곧은 편이 낫지 용감하면서도 뒤가 물러서는 안 되거니, 하물며 외세外勢란 믿을 수 없는 것이 아니겠습니까?

❀❧

孺子謠曰, '揮斧擊空, 不如持鍼擬瞳', 且里諺有之, '无交三公, 淑愼爾躬', 足下其志之. 寧爲弱固, 不可勇脆, 而況外勢之不可恃者乎?　　「與中一之三」

짧은 편지의 전문이지만, 그 행간엔 깊은 이야기를 쏟아 내고 있다. 도끼를 아무리 휘둘러 본들 허공이 깨어질 것인가. 하지만 작은 바늘 하나도 적소에 놓이면 가공할 무기가 될 수 있다. 그것은 내 힘이 아니라 단지 내 마음과 지혜를 어떻게 쓰느냐에 달려 있다. 삼공三公에 기댄 몸은 그 삼공의 마음이나 위치가 변하면 필히 무너지게 된다. 무너질 줄도 모르는 담벼락에 왜 내 몸을 세워 둘 것인가. 무언가에 기대 있는 것은, 그것이 빠지면 반드시 쓰러지거나 흔들리게 마련이다.

　연암의 「예덕선생전穢德先生傳」엔 이런 구절이 나온다.

"무릇 시장의 사귐이란 이해관계로 사귀는 것이요, 면전의 사귐이란 아첨으로 사귀는 것이니, 이에 아무리 친한 사이라도 세 번 손을 내밀면 누구나 멀어지게 되고, 아무리 묵은 원한이 있더라도 세 번 도와주면 누구나 친하게 된다. 그러므로 이해관계로 사귀게 되면 지속되기 어렵고, 아첨으로 사귀면 오래갈 수가 없다. 훌륭한 사귐은 단지 마음으로 사귀고 덕으로 벗하는 것이니, 이것이 바로 도의道義의 사귐이다."

나의 바름을 믿고, 서로의 마음과 덕을 믿고, 도의를 믿을 뿐이거니, 외세外勢란 언제나 얄팍한 잇속을 좇아 거칠게 흘러가는 한 시류가 아니던가. 왜 그 얄팍한 재료로 마음과 삶의 지붕을 얹으려 하는가. 이는 겉으론 그럴 듯해 보이지만 바늘 하나의 실속도 없이 큰 도끼만 믿고 허공에 휘두르는 것과 같을지니, 그러다 그 도끼가 자신의 발로 떨어질 줄 어찌 알리오. 바늘처럼 작은 힘일지언정 마음을 모아 정곡을 겨눈다면 어찌 스스로를 지키는 무기가 되지 않으랴. 아, 이렇듯 어린아이의 노랫말 속에도 매운 바늘 하나가 들어 있었거니, 연암은 그 힘을 알고서 그 바늘을 주워 편지 속에 담아 보냈던 것이렷다.

4-11 사람의 그릇

"**김**군은 내가 전부터 한번 만나보고 싶었는데, 지금 만나 보고 나니 마음이 안 좋구나. 그 재주는 가히 천하의 기이한 보배라 이를 만하나, 천하의 기이한 보배를 담으려면 모름지기 견고하고 두터운 그릇에 담아야 엎어지거나 깨어지지 않는 법이다. 그런데 이제 그 그릇을 보건대 이러한 보배를 간직하기에는 부족하니 마음이 몹시 안타깝구나."

그 뒤 얼마 지나지 않아 김건순은 그릇된 부류들과 사귄다고 해서 종손으로서의 자격을 박탈당했다. 그리고 5년 후 사학邪學(천주교)에 물들었다는 죄명으로 제 명에 죽지 못했다.

❀〜

"金生, 吾願一見之, 及見之, 只自憫焉. 其才誠可謂天下之奇寶矣, 欲貯天下之奇寶, 須用堅靭完厚之器, 可以無傾覆壞損. 吾見其器, 無足以貯此寶, 悵然甚矣." 未幾, 建淳以結交匪類廢. 後五年, 以染跡邪學, 不得其死.　　『過庭錄』

김건순이라는 이가 명문가의 자손으로 재주가 높고 박학하여 명성을 일세에 떨쳤다. 그래서 연암도 그에 대해서 궁금했었는데, 한번 만나 보고는 크게 실망하고서 자식들을 불러 이른 말이다. 실로 연암의 사람 보는 선견지명이 드러난 일화다.

노년까지도 인재를 유독이나 아꼈던 연암, 그가 던지는 인재에 대한 비유의 구도는 이렇다. 그 사람의 사람됨(德)은 '그릇'이고, 재주는 그 그릇에 담는 '내용물'이다. 그래서 그릇에 담을 재주는 있으나 그 그릇이 온전하지 못한 경우도 있고, 그릇은 온전하나 그 그릇에 담을 재주가 없는 경우가 있고, 그릇도 부실하고 재주도 없는 경우, 그릇도 온전하고 그 안에 담을 재주도 큰 경우 이렇게 4가지가 있을 수 있다. 연암이 보기에 김경순은 비록 큰 재주는 있었으나 그릇이 온전하지 못했다. 하여 그 그릇이 감당할 수 없는 재주는 오히려 화가 되었다. 이런 경우는 차라리 재주가 적고 그릇이 온전함만 못한 것이다.

이처럼 요절한 경우야 극단적인 경우지만, 재주는 승한데 덕이 그만 못한 경우는 예나 지금이나 숱하게 볼 수 있다.

> "덕만 있고 재주가 없으면 그 덕은 빈 그릇이 되고, 재주만 있고 덕이 없으면 그 재주는 담을 곳이 없으니, 그 그릇이 얕으면 넘치기 쉽다.(有德而無才, 則德爲虛器, 有才而無德, 則才無所貯, 其器淺者易溢.)" ―「우상전虞裳傳」

연암의 이 말에 따른다면, 재주만 승한 이는 담을 곳 없는 밑 빠진 그릇이거나, 작은 술잔처럼 금방 넘치는 그릇과 같다.

그릇은 오직 자신의 폭과 깊이만큼만 담을 수 있을 뿐이니, 주머니가 작으면 큰 것은 넣을 수 없고, 물이 얕은 곳에선 큰 물고기는 살지 않는다. 사람 또한 저마다 마음을 담고 있는 그릇이거니, 나는 얼마만 한 그릇이며 또 무엇을 담고 있는가? 바다는 물을 담고 있는 그릇이고, 하늘은 천지만물을 담고 있는 그릇이거니, 어디 그 그릇이 넘치거나 새는 적이 있었던가?

무릇 '큰 그릇은 늦게 이루어진다(大器晩成)' 했거니와, 그릇이 작으면 아무리 많이 붓고 부어도 결국 담기는 게 적을 수밖에 없을 것이며, 또 견고하지 않으면 쉽게 흔들리거나 깨지거나 금이 갈 것이다. 재주를 갈고 닦는다면, 빈 그릇은 언젠가 채워질 날이 있을 것이나 밑 빠진 그릇은 채워질 날이 없을 것이니, 재주의 물을 퍼 담는 것은 온전한 덕의 그릇을 구한 후의 일인 것이다. 정녕 재덕才德을 겸전兼全하기는 심히 어려운 일일 것이다. 하지만 그래서 재덕을 겸전한 이는 세상을 담는 큰 그릇이요, 천하의 인재가 아니겠는가.

4-12 신독愼獨의 의미

젊은이들이 '고요함을 배우고자(習靜)' 혼자 있는 것은 좋은 일
이기는 하지만, 고요히 홀로 있는 중에는 사악하고 편벽된
기운이 끼어들기 쉬운 법이다. 만약 '신독愼獨'을 익힘에 있어 사람
들이 보이지 않는 곳에서도 부끄러운 바가 없다면 참으로 좋은 일
이지만, 그렇지 못하다면 남들과 함께 거처하며 악의 싹을 미연에
막는 게 낫다. 옛적에 사람들이 학교에 모여 공부하게 한 뜻은 단지
공부에 서로 도움을 주고자 해서만은 아니었다.

人家子弟, 習靜處獨, 固好矣, 靜獨之中, 邪僻易乘之. 如有謹獨工夫, 不愧屋
漏, 則誠善矣, 不然則莫如與人同處, 以防其萌. 古者, 庠塾聚學之義, 不獨爲
資益而已也.　　　　　　　　　　　　　　　　　　　　　　『過庭錄』

자기 홀로 있을 때 도리에 어그러짐이 없도록 스스로를 삼가는 것을 신독愼
獨이라 한다. 신독이란, 사람의 마음이라는 것이 남이 볼 때는 삿되게 마음
대로 할 수 없어서 조심하기도 하지만, 남이 전혀 보지 않으면 삿된 마음이
쉽게 일어나기도 하기에 생긴 말일 터이다. 옛날엔 고요한 마음을 체득하고
자 홀로 있으면서 그렇게 '신독'의 흔들림 없는 자세를 익히기도 했거니,
무릇 삿된 마음이 일어나는 모든 진원지란 바로 자기 내면의 음지陰地가 아
니던가. 그래서 아직 삶과 마음이 무르익지 않은 혈기 왕성한 젊은 사람에

겐 '홀로' 있음은 '홀로 있음의 존엄'이기보다 욕망의 샛길이나 유혹의 흔들림이 될 수도 있는 것이다.

내가 어떤 짓을 해도 타인이 전혀 모른다면 누군들 자신의 욕망에 전혀 흔들리지 않는다고 장담할 수 있겠는가. 그래서 그것이 홀로 있음의 고요이기보다 잡념의 소용돌이가 된다면 그것은 오히려 화근이 될 것이다. 욕망의 음지는 홀로 있을 때 오히려 기생하기 더 쉬운 것이다. 내 내부의 시선이 나를 지켜 주지 못할 땐, 내 외부의 시선이 나를 지탱시켜 주기도 한다. 마치 시루 속의 콩나물이 서로가 있어야 옆으로 쓰러지지 않고 계속 클 수 있는 것처럼! 때론 단지 타인의 눈이 곁에 있는 것만으로도 마음이 쓰러지지 않을 수 있는 것이다. 아마도 마음은 마음 곁에 세워 두어야 잘 크는 것이 아닐까.

요즘은 '방콕 족'이나 '나홀로 족' 같은 은둔형 외톨이들이 급증하여 사회적 문제로 등장하고 있다고 한다. 이들은 홀로 있음이 길어 갈수록 심신이 피폐하고 삶이 시들어 간다. 그들의 가슴속엔 삶의 산소가 들어가지 않기 때문이다. 그 산소는 오직 마음이 서로에게 건너갈 때에만 만들어진다. 구르는 돌엔 이끼가 끼지 않듯, 마음이 순환하는 곳엔 삶에 그늘이 끼지 않는다. 그렇게 그늘이 끼지 않는 마음이라야 홀로 있어도 흔들리지 않을 수 있을 것이다.

4-13 경험의 의미

젊은이들이 고요한 곳에 깊이 거처하여 물욕에 접하지 않을 때에는, 그 마음이 밝고 기운이 맑아서 가히 도리에 맞게 행동할 수 있을 듯하다. 그러나 시끌벅적하고 복잡한 상황에 처하면 왕왕 아득히 스스로를 잃어버리고 넘어지거나 어긋나는 이가 있거니, 그러므로 사람은 세상 경험이 없어서는 안 된다. 옛날 만석曼碩이라는 중은 10년 동안 선정에 들어 성불을 기약했건만, 마침내 한 여자의 유혹을 뿌리치지 못해 무너지고 말았으니, 이 또한 세상 경험이 없었던 탓이다.

人家子弟, 方其靜處深居, 未接物累也, 心明氣淸, 若可以做得事. 及當稠廣紛擾之中, 則往往杳然自喪, 顚倒錯謬者有之, 人之不可無經歷. 如此古有僧曼碩, 十年入定, 幾乎成佛, 終爲一女子所壞, 此亦無經歷之致也.　　　『過庭錄』

인생이라는 커다란 '지도'를 그리는 일은, 언제나 자신의 '발' 아래에서 비롯되고 끝난다. 그리고 그 발걸음은 자신의 '마음'으로부터 비롯된다. 하여 마음을 키우는 삶의 다양하고 의미 있는 '체험'들은, 내면의 길을 따라 그려지는 인생 지도를 완성하는 데에 필수 요건이 된다. 이런 연유로 옛사람들은 여행이나 다양한 체험을 통해 호연지기浩然之氣를 기를 것을 무척이나 강조했다. 높은 산에 올라 보지 않으면 하늘이 높음을 알 수 없고, 대해大海

를 만나 보지 않으면 강물이 작다는 것을 알지 못하는 것이니, 제 손가락으로는 황하의 물을 잴 수 없고, 마을 뒷동산에 올라서는 천하의 원대함을 바라볼 수 없는 것이다.

어느 시인은 말하길, "폭풍우를 거쳐 오지 않은 항해는 바다에 대한 무지無知만 싣고 온다" 했다. 넘어져 보지 않은 사람이 일어서는 법을 어찌 알겠는가? 흔들려 보지 않은 사람이 흔들림의 고통이 있음을 어찌 알겠으며, 깊이 울어 보지 않고서야 저 세상에도 숱한 슬픔이 있음을 어찌 알 것이며, 고뇌에 빠져 보지 않고서야 삶의 깊이가 무량함을 어찌 알겠는가! 유혹 속에서 유혹을 넘어 본 이라야 유혹의 맛이 무엇인지 알 것이고, 비를 맞아 본 집이라야 비가 새는지 안 새는지 알 것이다. 무릇 마음의 지도란 기본적으로 체험의 면적에서 그 기초 측량을 하는 것이다.

황진이는 10년 동안이나 참선에 정진 중이었던 이름 높았던 스님을 보기 좋게 유혹하여 파계시켜 "십 년 공부 도루아미타불", "만석 중 놀리듯 한다"와 같은 말이 나오게 만들었다고 한다. 만석이라는 중은 그 한 번의 큰 폭풍우로 뒤늦게 자신의 무지와 얕음을 알게 된 것이다. 맷집이 없는 선수는 챔피언이 되지 못한다. 삶의 바다가 던지는 수없는 폭풍우를 건너온 사람이라야 번뇌와 시끄러움이 들끓는 곳에서도 고요를 얻고, 사랑이 없는 곳에서 사랑을 만들어 내며, 희망이 쓰러진 곳에서 희망을 세워 놓을 수 있을 것이다. 그런 사람이라야 진정 삶의 도를 터득한 사람일 것이다!

4-14 노인과 젊은이

사람이 젊을 적에는 전정前程이 멀고 보니, 자기는 늙을 날이 없을 듯이 말을 쉽게 하여 노인을 업신여긴다. 이것은 비단 악한 소년의 경박한 짓일 뿐 아니라, 대개는 앞날의 복도 받지 못하는 것이니, 불가불 조심해야 할 것이다.

찬성贊成 민형남閔馨男이 나이 칠십이 넘어서도 손수 과일 나무 접을 붙이니, 같은 동네에 살고 있는 여러 젊은 명관들이 이를 보고 웃으면서,

"귀공은 아직도 백년 계획을 하시는 겁니까?"

하니,

"바로 그대들을 위하여 선물로 남길 것이네."

했다. 그 뒤 민공은 아흔네 살이 되어 그 '여러 명관들'의 제삿날에 번번이 손수 과실을 따서 부조했다.

옛날 양대년楊大年(송나라 양억楊億, 대년은 자)이 약관일 적에 주한周翰과 주앙朱昻 두 사람과 함께 한림원에 있었는데, 이 두 사람은 이미 머리가 하얗게 세었다. 매사를 의논할 때마다 양대년은 업신여기어,

"두 노인의 생각이 어떻습니까?"

하니, 주한은 자못 불쾌하여,

"그대는 늙은이를 그리 깔보지 말게. 필경 이 백발을 남겨 그

대에게 주리라."

했다. 주앙이 있다가,

"백발을 남겨서 그를 주지 마시게. 다른 사람이 또 그를 깔보
는 것을 못하게 해야지."

했다. 그 뒤 양대년은 과연 나이 오십도 못 되어 죽었다.

人於年少時, 前程甚遠, 若無可老之日, 言語間易, 觸侮老人. 非但惡少輕薄,
類不福祿延長, 不可不愼. 閔贊成馨男, 年踰七耋, 手自接菓, 里中諸少年名官
笑之日, "公猶復百年計耶?" 公日, "政爲君輩留贈耳." 其後, 公享年九十四,
諸名官譁日, 公輒手自摘菓以助祭. 昔楊大年弱冠, 周翰朱昻, 同在翰林, 兩人
時已皤然. 每論事, 楊侮之日, "兩老翁以爲如何?" 翰頗不堪謂日, "君莫欺老.
竟當留白贈君." 昻日, "莫留贈他. 免得他人還又欺他." 後楊果不及五旬.

「口外異聞」

아침과 오전과 저녁과 밤이 모여야 '하루'가 된다. 그리고 밤은 다시 아침
으로 이어져, 이것은 하나의 원이 되어 쉼 없이 굴러가고 또 굴러간다. 또
봄, 여름, 가을, 겨울이 모여야 '한 해(歲)'가 된다. 그리고 겨울은 다시 봄으
로 이어져, 사계四季의 바퀴가 되어 쉼 없이 돌아가며 맷돌처럼 세월을 빚는
다. 사람도 유년기, 청년기, 장년기, 노년기가 다 모여야 일생이라는 '하나
의 원'이 이루어진다. '아침, 오전, 저녁, 밤'혹은 '봄, 여름, 가을, 겨울'
이것 중 하나만 빠져도 하루라는 원, 사계라는 바퀴는 온전히 굴러가지 않
듯, 유년과 청년과 장년과 노년은 모두 인생이라는 원을 이루는 빠질 수 없
는 소중한 시간의 축들이다.

노년이란 이제 그 긴 여정을 거쳐 '인생의 원'을 이루려는 순간이 아니던

가. 하나의 '생명의 원'이 이루어지는 그 순간을 우리는 어찌 흔흔히 경하敬賀하지 않을 수 있으랴. 노인 안에는 지나온 젊음의 세월이 들어 있고, 젊은 사람 안에는 닥쳐올 노년의 시간이 들어 있다. 그래서 노인은 젊음의 순간들을 알지만, 젊은 사람은 노년의 시간을 알지 못한다. 마치 열매는 꽃의 시절을 알지만, 꽃은 열매의 시간을 알지 못하는 것처럼! 꽃은 자신이 열매가 될지, 아니면 열매가 되어 보지도 못하고 떨어질지 어찌 알랴?

낮이 밤보다 더 소중하지 않고, 또 가을이 봄보다 더 못한 게 아닌 것처럼, 생의 모든 순간들이 다 소중하다. 인생의 의미를 알아 간다는 것은, 어쩌면 생의 모든 시간들을 소중히 여겨야 한다는 것, 또 그것으로 모든 '늙어 감'을 고요히 받아들이고 존중하는 일일 것이다. 그것은 끝내 우리 모든 생이 안고 있는 신성한 '자연의 원'인 까닭에!

4-15 씨앗의 덕과 도

무릇 덕의 흉한 것으로 성실하지 못한 것보다 더한 것이 없으니, 성실하지 못하면 이루어지는 것이 없다. 그러므로 결실이 없는 가을을 '흉년' 이라 이르는 것이다. 오직 '덕' 이 있어야 그 세대世代가 멀리 이어질 수 있는 것이니, 고로 이를 '힘써 덕을 심는다' 고 이른다. 초목에 비유컨대 이미 열매를 맺은 것은 응당 종자를 뿌릴 수가 있으니, 씨앗이란 '낳고 낳는 길(生生之道)' 이므로 인仁(씨앗)이라 일컫는 것이며, 인이란 '쉬지 않는 길(不息之道)' 이므로 씨앗(子)이라 일컫는다. 이렇게 과일의 씨 하나를 미루어도 뭇 이치의 실상을 징험할 수 있는 것이다.

❁〜

夫德之凶, 莫如不誠, 不誠則無物. 故秋之不實曰 '凶'. 惟德能遠其世, 故曰 '邁種德是也'. 譬諸草木, 旣實矣, 宜可以種, 種者, 生生之道也, 故稱仁焉, 仁者, 不息之道也, 故稱子焉. 推一果核, 而衆理之實可驗矣.

「李子厚賀子詩軸序」

나의 미래를 보고 싶은가? 그렇다면 무엇보다 내가 뿌렸고, 또 지금도 뿌리고 있는 숱한 '씨앗들의 눈' 을 보아야 할 것이다. 저 울창한 낙락장송도 근본은 작은 씨앗 하나에서 비롯된 것이 아니던가! 씨앗 하나 안에 이미 낙락장송의 푸른 그늘이 들어 있는 것이다.

삶에는 수없이 많은 씨앗들이 있다. 마음이라는 씨앗, 사랑이라는 씨앗, 성실이라는 씨앗, 친절이라는 씨앗, 말이라는 씨앗, 웃음과 미소라는 씨앗, 감사라는 씨앗, 용서라는 씨앗, 덕이라는 씨앗, 정情이라는 씨앗, 꿈이라는 씨앗, 그리고 또 미움이라는 씨앗, 상처라는 씨앗, 다툼이라는 씨앗, 불평이라는 씨앗, 오만이라는 씨앗, 무례無禮라는 씨앗, 불신이라는 씨앗, 이욕이라는 씨앗, 경솔이라는 씨앗, 고집이라는 씨앗 등 실로 무수히 많은 씨앗들이 있다. 우리는 삶에 어떤 씨앗을 뿌리고 심을 것인가?

『주역』에서는 '생생지도生生之道'를 역易(흐름)이라 했거니와, 이는 뭇 생명이 끊임없이 순환하고 또 순환하는 질서를 말한다. 그러나 그 순환의 길은 언제나 씨앗 하나 안에 다 압축되어 있다. 그래서 씨앗을 일러 '핵核'이라고 하는 것이다. 처음으로 다시 돌아오는 윷판 속의 말처럼, 생명의 길은 언제나 씨앗으로 시작해서 다시 씨앗으로 돌아온다. '자子'라는 글자에는 '씨앗'이라는 뜻도 있지만 '열매'라는 뜻도 있다. 씨앗 안에는 열매가 동시에 함께 있는 것이다. 돌이켜 보면, 사람도 조그만 정자精子 하나에서 비롯되지 않았던가. 그래서 자식은 열매이면서 또한 하나의 씨앗이다.

씨앗의 모습은 대부분 둥글거니 이는 생명의 바퀴인 까닭일 것이며, '뿌린 대로 거둔다'는 말처럼 그것은 돌고 돌아 처음으로 되돌아올 것이다. 삶에 힘써 '덕을 심는다(種德)'는 말은 얼마나 시적인가. 그것은 사람의 '마음'에 심는 씨앗이 아니던가? 누구에게나 인생이라는 가을은 어김없이 올 것이니, 덕과 성실과 어짊과 꿈의 씨앗을 많이 뿌렸다면, 삶의 추수에서 어찌 흉년이 있으리오. 행인杏仁(살구씨)처럼 향기 나거나, 낙락장송처럼 울창한 덕의 씨앗을 정성껏 심어 볼 일이다.

4-16 이름의 중력

그것이 네 이름이기는 하지만 너의 몸에 속한 것이 아니라, 남의 입에 달려 있는 것이다. 남이 부르기에 따라 좋게도 되고 나쁘게도 되며, 영광스럽게도 치욕스럽게도 되고, 귀하게도 천하게도 되니, 이로써 기쁨과 증오의 감정이 생겨난다. 기쁨과 증오의 감정이 일어나기 때문에, 이를 따라 유혹을 받기도 하고, 기뻐하기도 하고, 두려워하기도 하고, 더 나아가 공포에 떨기까지 한다. 이빨과 입술은 네 몸에 붙어 있는 것이지만, 씹고 뱉는 것은 남에게 달려 있는 셈이니, 네 몸에 언제쯤 네 이름이 돌아올 수 있을는지 모르겠다.

❋〜

卽此汝名, 匪在汝身, 在他人口. 隨口呼謂, 卽有善惡, 卽有榮辱, 卽有貴賤, 妄生悅惡. 以悅惡故, 從而誘之, 從而悅之, 從而懼之, 又從恐動. 寄身齒吻, 茹吐在人, 不知汝身何時可還. 「蟬橘堂記」

연암이 '명성의 부질없음' 을 우화로 지어 낸 '김시습과 대사의 이야기' 의 한 부분으로, 김시습이 속명을 버리고 법호를 따를 것을 원하니 대사가 이에 웃으면서 한 말이다. 대사는 또 이르길,

"산 높고 물 깊은 이곳에서 이름은 있어 어디에 쓰겠느냐? 너는 네 육

체를 돌아보아라. 이름이 어디에 붙어 있느냐? 너에게 육체가 있기에 그
림자가 있다지만, 이름은 본래 그림자조차 없는 것이니 장차 무엇을 버리
려 한단 말이냐?"

하였다.

정녕 우리가 쓰는 이름은 어디에 붙어 있는 것일까? 이름이란 개체의 표
상으로 본디 내 몸에 붙어 있는 것이지만, 그것은 오히려 그 이름을 부르는
사람들의 입에 달려 있다. 그래서 불러 주는 이들이 좋게 만들기도 나쁘게
만들기도 할 뿐, '이름'에 대한 평판은 내 스스로가 뜻대로 좌우할 수가 없
다. 오히려 남들이 그 이름을 어떻게 여기느냐에 따라, 괜스레 마음이 이끌
려서 중심을 못 잡게 된다. 바람은 나무를 흔들어 대지만 바람은 본시 실체
가 없는 것이듯, 이름은 본디 실체가 없는 것이지만 마음과 삶의 줄기를 흔
들어 댄다.

선사의 "네 이름이 언제쯤 너에게 돌아올지 모르겠다"는 말처럼 '이름'은
끝내 밖으로만 나도는 것이어서, 내 이름은 분명 내 것이지만 정작 내 밖에
서 다른 사람들이 이를 부려 쓰며 좌지우지한다. 내게 이름이 있어도 불러
주는 이가 없으면 그 이름은 죽은 것이니, 내가 어찌 그 이름의 진짜 주인이
리오.

연암은 이름에서 실체를 구하는 것은 '매미의 허물에서 매미 소리를 찾거
나, 굴의 껍질에서 굴의 향기를 맡으려 하는 것'과 같다 했으니, 이름이란
본디 알맹이 없는 하나의 기호일 뿐이다. 이름이나 명예에 연연하게 되면
낚싯바늘에 걸린 것처럼 마음은 밖으로만 자꾸 이끌려 다니게 될 것이다.
요컨대 유명有名이 유심과 한정을 지향한다면 무명無名은 무심과 자유를 지

향한다. 그러니 그림자도 없는 이름일랑 이름에게 돌려보내고 마음은 마음 속으로 돌려보내고서, 사람들의 평판에 아랑곳없이 '이름의 중력과 영욕' 너머에서 편히 지내는 것이 좋으리라.

4-17 까마귀가 숨겨 둔 고기

(혹정이 이르길)

"무릇 이치(道)를 말하는 자는 까마귀가 고기를 숨겨 두는 것과 같습니다. 까마귀는 고기를 감춰 둘 때 구름으로 안표眼標를 하고 감추어 두는데, 그 구름이 지나가 버리면 감춰 둔 곳을 잊어버리고 맙니다. 세상에는 의리가 바닥을 뚫은 듯 확고한 것이 없는 법이니, 의리란 때를 따라 달라지는 것입니다. 선비들의 처사處事라는 것은 대개 구름을 바라보는 까마귀 무리와 다르지 않을 것입니다."

했다. 이에 나는,

"구름은 가 버려도 고기는 없어지지 않을 것입니다. 비록 때가 흐르고 일이 지나가 고금古今이 같지 않더라도 의리는 제 자리에 그대로 있을 것이니, 단지 사람들이 이것을 찾지 않는 것뿐이지요."

했다.

"凡談道者, 如烏藏肉. 烏之藏肉也, 望雲而識之, 雲則去矣, 藏失故處. 天下無鑿成底, 義理隨時推移. 經生措事, 多少望雲客." 余曰, "雲去肉不逃. 雖時移事往, 古今不同, 然義理自在, 特人不索之耳."　　　　　　　「鵠汀筆談」

각주구검刻舟求劍이라는 고사가 있다. 초나라의 어떤 사람이 강을 건너다 배에서 검을 떨어뜨렸다. 급히 배에다 검이 떨어진 자리를 표시해 두었는데, 배가 그친 후 그 표시를 따라 물에 들어가 검을 찾았으나 검을 끝내 찾을 수 없었다. 배는 이미 옮겨갔으나 검은 움직이지 않았기 때문이다(舟已行矣, 而劍不行). 이는 표시를 잘못해 둔 탓이다.

까마귀가 구름을 보고서 고기 둔 곳을 안표해 두었는데, 구름이 사라지자 고기 있는 곳을 찾을 수가 없었다. 표운구육標雲求肉! 이 또한 표시를 잘못해 둔 탓이다. 실리와 힘의 정의만을 믿는 이권주의자 혹정에게 도道나 의리義理란 이 구름처럼 허망한 것이며, 선비들은 그 구름 속에서 고기 잃은 까마귀와 다르지 않다. 그러나 그의 '망운객望雲客'이라는 비웃음과 달리, 연암의 비유 연금술을 거치면 '구름'이란 흘러가는 시간 속의 뭇 일들이나 고금의 추이推移가 되고, 고기란 그 속에서 변하지 않는 '도와 의리의 자재自在함'으로 새롭게 변역된다.

검도 고기도 전혀 움직이지 않았다. 다만 구름과 배가 움직이듯 성패와 영욕의 추이를 따라 사람의 '마음'이 움직였을 뿐이다. 고로 허망한 것은 의리가 아니라 그 마음인 것이다. 혹 그 마음을 좇으려 할지 모르겠으나 그 것은 끝내, 움직이는 배나 구름처럼 표식으로써의 '온전한 지표指標'가 되지는 못할 것이다. 검을 찾지 못한 초나라 사람이나 고기를 잃은 저 까마귀의 어리석음처럼!

4-18 시련과 연륜

선비란 곤궁해진 뒤에야 평소의 뜻이 드러나거니, 재액을 근심해도 그 지조를 바꾸지 않고, 높고 외로이 우뚝 서서 그 뜻을 굽히지 않는 것이야말로, 어찌 추운 계절이 되어야 볼 수 있는 것이 아니겠는가!

❋

士窮然後見素志, 患害憂厄, 而不改其操, 高孤特立, 而不屈其志者, 豈非可見於歲寒者耶!
「不移堂記」

옛글에 "추운 계절이 되어야 소나무와 측백나무가 더디 시듦을 알 수 있다"고 했던가. 추위에도 시들지 않는 소나무나 측백나무 같은 이가 있는가? 곤궁에 쉽게 비굴해지는 숱한 사람들 속에서 여전히 뜻을 푸르게 가지는 사람, 재액의 근심에 묻혀 쉬 지조를 바꾸는 무수한 사람들 곁에서 오롯이 매운 지조를 지킬 줄 아는 사람! 겉으로 그런 삶을 표방하기는 쉬워도, 진실로 시련 앞에서도 굴하지 않는 푸르고 맑은 지조를 지니기는 참으로 어렵다. 그래서 저 눈 맞은 소나무나 측백나무는 의연해서 더욱 운치 있고 멋있지 않던가.

"사람이 살아가는 자체가 고통이라지만 고통은 겪어 본 이만이 그 아픔을 안다. 산을 아는 자일수록 산에 겸허하듯, 고통을 아는 자일수록 고통에 대해 말을 삼가게 된다. 그럼에도 분명한 것은 참 깨달음은 항상 저 고통의 심연으로부터 피어난다는 점이다. … 가난이나 절망, 좌절, 번뇌로 겪는 고통은 비극의 동의어가 아니라 세계를 전혀 다른 방식으로 깨닫는 문이자 그 전에는 감추어져 있던 인간 존재의 심연에 다다르는 길이다. 어두울수록 별이 맑게 빛나듯, 고통이 클수록 세계와 인간의 의미는 깊어진다."
                                              —이도흠, 『왜 착한 사람이 더 고통받을까』

담금질하지 않은 쇠가 어떻게 단단한 검이 될 수 있으며, 수없이 다져진 흙이 아니고서야 어찌 좋은 그릇을 빚을 수 있으랴? "초목은 한겨울의 혹독한 추위 속에서 더욱 굳건해지고, 바람과 서리가 매서워지는 즈음에 열매를 거둔다(艸木之堅固於大冬盛寒之中, 收實於風霜刻厲之際)"했던가. 나무도 시린 겨울을 나야 나이테가 생기거니, '연륜年輪'이라는 속 깊은 단어는 바로 여기에서 생긴 말이다.

눈 맞은 소나무나 측백나무처럼, 시련에도 뜻과 지조가 변치 않는 사람, 그런 이에겐 세계를 보는 다른 눈이 있고, 인간 존재에 대한 더 깊은 이해의 심연이 있다. 고통과 시련 속에서 쉽게 변하는 사람과 고통과 시련 속에서 더 깊어지는 사람은, 그래서 풍골風骨과 운치가 현저히 다른 법이다. 진실로 굳은 뜻이 없는 사람은 그 영혼의 가지가 쉬 마르는 법이거니, 밖으로 높고 우뚝한 만큼 속으론 웅숭깊고 내밀한 뜻을 간직한 사람, 하여 시류와 영욕에 굴하지 않고서 자신만의 맑은 풍취를 만들어 내는 이는, 시대를 건너 세상에 우뚝한 낙락장송으로 남을 것이다.

4-19 의리라는 그릇

천고의 옳음과 그름, 정의와 사악함, 음과 양, 흑과 백은 구별하기 어렵지 않으며, 또한 많은 말이 필요 없다. 그것은 단지 의리와 이해利害의 사이에 있을 뿐이다. 의리란 곧 천도의 공변됨이니, 이는 누구나 다 부여받았고 또 가지고 있는 인간의 떳떳한 본성이다. 다만 세속이 사사로운 이해에 골몰하고 있을 뿐이니, 이 이해가 바로 화와 복이다.

❀ー

千古是非邪正, 陰陽黑白, 不難辨焉, 亦不在多言. 只在義理利害之間而已. 所謂義理, 乃天道之公, 而秉彝之所同得, 所固有者. 但世俗, 汨於利害之私, 所謂利害, 乃禍福也.　　　　　　　　　　　　　　　　　　　　　　　「過庭錄」

연암은 자식들에게 보낸 이 편지 말미에서 이렇게 말한다.

"내가 30년 동안 가슴속에 간직해 온 바는 지금껏 '의리義理' 두 글자를 넘어서지 않는다."

연암이 그토록 강조해 마지않는 '의리'란 무엇이며, 또 연암은 왜 이토록 의리를 강조한 것일까? '올바른 이치'로서 모든 사람의 본성에 내재되어 있는 떳떳한 도리라는 것은 무엇이며, 그것은 또 어떻게 알 수 있는가?

연암은 말한다. 그것은 단지, 공公과 사私의 갈림길 속에 있다고! 세상에는 크게 두 종류의 사람이 있다. 나만을 생각하는 사람과 타인까지 생각하는 사람! 사람뿐 아니라, 천고의 긴 역사 속에 그 많고 많은 일들과 옳다 그르다 하는 뭇 논의들도 모두 이 단 두 갈림길 속에서 자신의 길을 갔을 뿐이다.

하늘은 치우침이 없기에 공公에 가깝고 인간은 사私에 가깝다. 그래서 공심公心에 가까울수록 하늘의 깊음을 닮아 가고, 사심私心에 가까울수록 세속의 얄팍함을 닮아 간다. 하늘의 마음이란 나의 이해득실을 따지는 마음이 아니라, 치우침 없이 모든 이의 행복을 살피는 마음이다. 한 사람의 마음의 크기와 영혼의 깊이는 언제나 그 사랑의 크기와 깊이에 정비례하여 움직이는 법이다. 그래서 뭇 사람들의 행복 속에서 자신의 행복을 찾을 수 있는 사람은 하늘의 마음을 간직한 '성인聖人'이라 할 수 있을 것이다.

연암이 평생을 가슴속에 키워 온 '의리'라는 이 속 깊은 화두는, 단지 행복을 담는 그릇의 폭의 차이에 있을 것이다. 그 마음이 나만의 행복을 담는 그릇이냐, 우리들 모두의 행복을 담는 그릇이냐! 어떤 일이 옳은지 그른지, 바른 것인지 삿된 것인지를 구분하는 것은 어렵지 않다. 나의 행복만을 생각하느냐, 우리들의 행복까지 생각하느냐, '사랑과 이기利己'라는 이름 사이에서 이 두 갈림길의 향방은 너무나 또렷할 것이기 때문이다.

4-20 지사의 절개

천하를 얻을 수 있는 위엄과 무력이라도 한낱 지사의 절개를 꺾지는 못한다. 이는 지사 한 사람의 절개가 백만의 군대보다도 강한 것이요, 만대를 통하는 떳떳한 도리는 한 시대의 나라를 차지하는 것보다도 더 소중한 것이니, 이 또한 천도天道가 부여한 바일 것이다.

威武足以得天下, 而不能屈一介之士. 是一士之抗節, 强於百萬之衆, 而萬世之綱常, 重於一代之得國, 則是亦天道之攸寄也.　　　　　　　「文丞相祠堂記」

지사志士는 무엇으로 말하는 자인가? 지사는 무엇보다 외부의 변화와 상관없이 자기 안의 흔들리지 않는 강렬한 뜻과 기상으로 말하는 자다. 한유韓愈는 「백이송佰夷頌」에서 이르길, "선비란 특립독행特立獨行(우뚝 서서 세류에 휩쓸리지 않고 홀로 행함)하여 오직 의로움에 맞게 할 따름이요, 남의 시비를 돌아보지 않으니 도를 믿음이 도탑고 스스로 앎이 밝은 자"라 하였다.

　참된 지사는 그 무엇에도 흔들리지 않는 굳은 뜻과 절개로써 세상을 들어올리는 자이거니, 그는 한 집안이 그르다 해도 흔들리지 않고, 한 고을, 한 나라를 넘어 온 천하 사람이 다 그르다 해도 미혹되지 않는 자이다. 그 하나의 마음으로 만부萬夫의 마음을 당하거니, 천지를 다하여 만고에 우뚝한 사람! 그러니 무엇이 그 마음을 꺾을 수 있으랴.

바람에 자신을 내맡긴 풍차처럼, 그는 세상의 바람에 자신을 송두리째 다 내맡기지만 그의 마음 중심은 언제나 태풍의 눈처럼 흔들림 없이 '좌정' 한다. 그 좌정의 고요한 소용돌이 속에는 백만의 군사와 득국得國의 이욕利慾도 단 한 치도 발을 들여놓을 수 없는 난공불락의 강력한 힘이 있다. 이는 죽어도 살고, 잃고서도 얻는 사람이거니, 아, 만세의 준칙인 이런 사람에게 하늘의 도가 있지 않다면 어디에 있겠는가.

5장  목민관의 길

목민관의 자리란

나를 위한 것이 아니라

모두를 위한 자리이니

대인의 마음이 아니고서야

어찌 그 공심公心의 덕을 감당하리오.

5-1 이용과 후생

이용利用이 있은 연후에야 후생厚生이 될 것이요, 후생이 된 연후에야 정덕正德이 될 것이다. 대체 이용이 되지 않고서 능히 후생할 수 있는 이는 드물지니, 생활이 이미 제각기 넉넉하지 못하다면, 어찌 능히 그 덕을 바르게 지닐 수 있으리오!

利用然後, 可以厚生, 厚生然後, 正其德矣. 不能利其用, 而能厚其生, 鮮矣,
生旣不足以自厚, 則亦惡能正其德乎!   「渡江錄」

모든 것에는 순서가 필요하다. 익지 않은 밥을 펼 수는 없으며, 그러한 밥을 먹고 배부를 수 없고, 또 그러한 뱃속으로 정상적인 생활을 유지할 수는 없다. 생명이 흔들리는 자리에 '덕의 온전함'을 기대하기는 어려울 것이다.

소설가 김훈은 모 인터뷰에서 이렇게 말했다. "저는 문학이니 예술이니 이런 것들이 '밥벌이'보다 더 중요하다고 말하는 사람들은 다 죽여야 한다고 생각합니다." 밥벌이의 현실이 얼마나 냉혹하고 처절한 것인가를 아는 자의 말일 것이다. '밥벌이'. 이 한 단어 안에 천고의 얼마나 많고 많은 이들의 피와 눈물과 고락이 담겨 있을 것인가!

우리나라 농약 음독 자살률은 세계 3위이며, 한 해에 2천 명이 넘는 농민들이 자살하고 있다고 한다. 자살자 중 대부분이 '그라목손'이라는 제초제를 마시고 죽는다고 한다. 농민들이 그라목손을 마시고 세상을 떠나야만 하는 이 가슴 아픈 현실을 사회학자 고병권은 이렇게 표현했다. "의사의 말에 따르면, 그라목손을 마시고 난 환자는 의식이 명료한 가운데 호흡곤란증으로 서서히 죽어 간다고 한다. 어쩌면 지금 농민들 모두가 그렇지 않은가 싶다. 의식은 또렷한데 도무지 숨 쉴 수가 없는 세상!"

우리의 지식이 이들의 '아픔' 과 함께하지 못한다면 우리의 지식이란 한갓 '지식 껍데기' 의 집적에 지나지 않을 것이다. 알맹이 없는 쌀알로 밥을 지을 수 없듯, '알맹이 빠진 지식' 으로 어찌 세상과 더불어 교감하며 사랑을 나눌 수 있으랴. 우리가 꼭 알아야 할 것은 '우리의 삶은 반드시 하나로 이어져 있다' 는 사실이다.

극진가라테의 창시자 최배달은 이렇게 말한 바 있다, "정의 없는 힘은 폭력이고, 힘없는 정의는 무능이다." 나는 이 말을 빌려 이렇게 대구를 달려 한다. "이용이 안 되는 학문은 무능이고, 아픔이 공유되지 않는 세상은 야만이다."

5-2 소소笑笑 선생

눈으로 보고도 참으면 장님이 되고, 귀로 듣고도 참으면 귀머거리가 되고, 입으로 말하고 싶은 것을 참으면 벙어리가 될 것이니, 어진 일이 못 됩니다. 측은지심惻隱之心의 싹을 잘라 버리자면 마음 심心 자 위에 칼날 인刃 자 하나면 족하거늘, 무엇 때문에 인忍(참을 인) 자를 백 번이나 거듭 썼단 말입니까?

지금 내가 즐거울 락樂 한 자를 쓰니 무수한 웃음 소笑 자가 뒤따르더군요. 이것을 미루어 나가면 백세百世라도 가할 것입니다. 이 편지를 개봉하는 날 그대도 머금은 밥알을 내뿜듯 웃음을 참지 못할 것이니, 나를 소소笑笑 선생이라 불러 준다 해도 역시 마다하지 않겠습니다.

❋〜

忍於目而爲瞽, 忍於耳而爲聾, 忍於口而爲啞, 不仁哉. 欲斷其惻隱之萌, 心上一刃足矣, 惡用是疊寫百字之多也. 今吾書一樂字, 無數笑字隨之. 推此以往, 雖百世可也. 發函之日, 足下亦必噴飯, 號我以笑笑先生, 亦所不辭也.
「答大邱判官李侯端亨論賑政書」

대구 판관이었던 벗 이단형李端亨이, 흉년이 들어 수령으로서 백성 구휼하기가 너무나 힘들고 괴롭다며 어려움을 구구절절이 편지에 담아 보냈다. 그 사연 속엔 고됨을 이겨 내느라 '참을 인忍' 자를 백 번이나 썼다는 내용이

나온다. 이에 연암은 이르길, "눈을 참으면 봉사가 되고, 귀을 참으면 귀머거리가 되고, 입을 참으면 벙어리가 되니, 이것이 어찌 온당한 일이겠습니까? 그토록 억지로 참으며 마음을 죽이느니, 차라리 '즐거울 락樂'을 써서 그것을 받아들이고 즐거운 마음으로 대하는 것이 좋을 것입니다. 그러면 절로 '웃을 소笑' 자들이 무수히 따라올 것입니다!" 하였다.

연암은 또 편지에 이렇게 말했다.

"이런 대흉년을 만났으니, 백성을 구제하고 은혜를 베풀 기회가 어찌 여기에 있지 않겠습니까? 정사에 마땅히 전력을 다하여 씀바귀도 냉이처럼 달게 여겨야 할 텐데, 어쩌자고 신세를 한탄하고 스스로 딱한 꼴을 짓는단 말입니까?"

기실 연암의 '즐거울 락樂' 자가 돌아갈 자리는 여기이니, 이 자가 품고 있는 뜻은 이처럼 속이 깊고 담대한 것이었다. 이 한 자 안엔 무수히 따라붙는 소笑 자뿐 아니라 자신을 돌아보지 않는 열렬한 애민의 마음과 높고 장쾌한 기상이 태산처럼 서려 있었던 것이다.

편지 속에는 이런 내용도 나온다.

"내 오십 평생 끼니를 제대로 채우지 못한 적이 많았으나, 이제 문득 수령이 되어 뜰에 수십 개의 가마솥을 벌여 놓고 1,400여 명의 못 먹어 부황 들어 쓰러져 가는 동포들에게 한 달에 세 번씩 먹이는 즐거움을 실컷 누렸으니, 즐거움이 이보다 더한 것이 어디 있겠습니까?"

연암에게 수학한 한 제자는 이르길, "연암 선생은 우스갯소리를 잘하셨으나, 그 속에도 매양 깊은 가르침이 들어 있었다" 했다. 연암은 분명 기지와 유머 감각이 있는 이였으나, 그것들 속에도 분명 여러 질감과 다른 격이 있음을 생생히 보여 주고 있다. 단지 내가 무엇을 즐거워하며 무엇에 대해 웃는가에 따라 내 영혼의 그림자들이 무수히 따라오는 것이다!

강 보에 싸인 갓난아기는 자지 않으면 우는데, 말로써 족히 그 사연을 전달할 수 있는 것도 아니요, 어떤 의지로써 그 바람을 전달할 수 있는 것도 아닙니다. 그러나 그 소리만 듣고도 젖을 줄 줄 아는 것은 오직 자애로운 어미만이 그렇게 할 수 있습니다. 그 가슴만 쓰다듬어도 울음을 뚝 그치게 하니, 이는 반드시 먹여 줄 것을 지니고 있기 때문입니다. 그러므로 따스하게 쓰다듬고 부드럽게 다독거리는 것은 그로써 친근해지려는 것이요, 가만히 살피고 고요히 듣는 것은 그로써 때를 맞추자는 것이니, 이 어찌 이웃집 사람이나 길 가는 사람이 능히 할 수 있는 일이겠습니까?

褓襁嬰孩, 不眠則啼, 非有言語足以達其辭也, 非有志意足以通其願也. 聞其聲, 而知其乳, 惟其慈母者爲然. 摸其胸, 而止其啼, 是有必哺者存焉. 故溫摩柔按, 所以體之也, 潛候默聆, 所以時之也, 是豈隣舍行路所能及哉?
「答巡使論賑政書」

연암이 충청도 면천의 군수로 재임 중에 흉년으로 인해 구휼 정책을 실시한 적이 있었는데, 그때 감사에게 사진私賑의 허락을 청한 편지의 일부다. 구휼에 공곡公穀을 사용하면 공진公賑이라 하고, 공곡을 사용하지 않고 수령이 자비自備하여 주는 것을 사진이라 한다. 공곡의 경우 굶주린 가구의 정확한 선정과 감시, 확인, 보고 등 절차가 복잡했다. 때가 급했던 연암은 그래서 사진을 실행하려 하면서 갓난아기와 어머니의 곡진한 비유를 들어 감사를 설득하고 있는 것이다.

지극히 못 배우고 헐벗어 끼니도 제대로 못 먹는 저 백성들이 무슨 언설이 있어 그 사연을 전달할 수 있으며, 무슨 힘과 통로가 있어 그 괴로운 심사를 풀어 낼 수 있겠는가. 목민관이란 무릇 아기를 기르는 어머니처럼, 백성들이 애써 말하고 싶어도 하지 못하고, 간절히 구하고 싶어도 원하지 못하는 것들과, 그들의 숱한 애환들을 스스로 미리 알 수 있어야 한다. 어머니의 가슴은 젖이 있어 아기의 울음을 곧 그치게 할 수 있는 것처럼, 연암은 백성이 배고파 울 때를 대비해 곡식을 따로 비축해 두었다. 그들의 아픔을 어루만져 주고 그들의 사정을 꼼꼼히 살펴보며 그들의 숨결과 하나가 되는 어머니 같은 마음, 그것이 어찌 이웃 사람이나 길 가는 사람이 체득할 수 있는 일이리오.

연암은 굶주린 가구의 선정이나, 순찰, 보고 따위는 물을 필요도 없이 전적으로 자신에게 맡겨 달라고 순찰사에 부탁한다. 백성의 어미인 연암에게 순찰사란 이웃집 사람이나 길 가는 사람에 지나지 않았던 것이다. 말하지 않아도 백성들의 고충과 마음을 미리 알 수 있고, 백성들의 울음이 생기기 전에 그 울음에 대비해 미리 준비할 수 있는 목민관의 따뜻하고 깊은 마음! 과연 우리 시대에도 이런 아름답고 영민한 목민관이 있는가? 이처럼 크고 숭고한 뜻을 본받아 더 밝고 새로운 미래를 보여 줄 뜻 깊은 이는 정녕 없는 것인가?

5-4 목민관의 자세

고을 원으로 있는 사람은 비록 내일 당장 떠난다 하더라도 늘 백 년 동안 있을 듯한 마음을 가져야 한다. 그런 후에야 백성들을 안정시키고 정사政事를 펼 수 있다. 고을에 새로 부임하는 이들이 고을살이를 마치 여관에서 하룻밤 자는 정도로 간주하는 것을 매번 보게 된다. 그러니 아전이나 백성들이 '우리 원님은 얼마 안 있어 떠나실 걸' 하고 생각하는 게 진실로 당연하다. 이런 연유로 윗사람은 억지로 전례를 답습해 정사를 할 뿐이고, 아랫사람은 임시방편으로 적당히 대처하려 한다. 이래서야 어찌 선정善政이 펴짐을 볼 수 있겠는가? 그러나 또한 고을 원 자리를 연연해서 머뭇거려서도 안 되거니, 뜻에 맞지 않는 바가 있으면 헌신짝 버리듯 흔쾌히 그만두어야 한다.

居官者, 雖明日起去, 恒作百年心. 然後, 可以鎭定有修擧. 每見人做官, 視以逆旅一宿. 則吏民之視以五日京兆, 固宜矣. 上以勉强因循而爲政, 下以姑息彌縫而待之. 其何能見治效耶? 然亦不可顧戀徊徨, 有不合, 快抛如弊屣.

「過庭錄」

연암의 연암된 진면목은 이런 데 있지 않을까? 단 하루를 있을지라도 '백년' 동안 있을 듯한 마음으로 임하는 사람! 그런 자세 그런 마음을 가진 이가 고을 원으로 있다면, 그 고을이 어찌 효과적으로 다스려지고 번성하지 않으랴! 실제로도 연암은 고을 원으로서 매우 영민하고 효과적으로 정사를 잘 베풀었던 뛰어나고 존경받는 목민관이었다고 한다. 심지어 부임한 지 반년도 되기 전에 관아에 일이 없어 산속 별장이나 정자처럼 고요했다고 한다.

예나 지금이나 인습과 미봉은 모두 '적당주의'의 표본이니, 그것은 책임감 결여의 하루치기 마음에서 비롯된 것이다. 그런 이들은 늘 그만한 마음 크기로 살아갈 것이며, 다만 그만한 삶의 폭만을 이룰 것이다. 그러나 연암은 이와 달리 후임자에게 넘겨 줄 문서를 정리하면서도 다른 한편으로는 나무와 과실을 심는 사람이었다. 사람들이 이에 대해 의아해하자, "나는 오래지 않아 여길 떠나겠지만 여기 백성들을 위한 계획으로 하는 것이다" 하였으니, 그 마음의 보폭은 늘 이렇듯 크고 깊게 움직였던 것이다. 대인大人이란 마음의 격이 다르기에 그래서 대인인 것이다.

'뜻에 맞지 않는 바가 있으면 헌신짝 버리듯 흔쾌히 떠나겠다'는 것은 자신의 잇속이나 권세에 조금도 연연해하지 않으며, 조금이라도 마음에 위배되는 일이 있으면 더 머물지 않겠다는 단호한 마음가짐이다. 이 말 속엔 그의 칼날 같은 신념과 정직한 자세가 배어 있다. 과연 이런 매운 절조의 정치인이 지금 우리 곁에도 있는가? 어느 곳 어느 분야든 이런 성심과 양심을 가진 이가 있다면, 그곳은 분명 복 받은 곳이 아니겠는가. 백 년 포석의 정성이 칼날 같은 양심으로 하루하루 맑게 심어질 것이니!

5-5 인습과 미봉

아버지께서 만년에 병환 중이실 때 붓을 잡아 큰 글자로 '인순고식因循姑息. 구차미봉苟且彌縫'이라는 여덟 글자를 병풍에 쓰시고 이르시길, "천하만사가 모두 이 여덟 글자를 따라 잘못된다" 하셨다.

先君, 晚年病患中, 執筆試腕, 大書'因循姑息, 苟且彌縫'. 八字於屏間曰, "天下萬事, 皆從此八字隳壞."　　　　　　　　　　　　　　　　　『過庭錄』

인순고식因循姑息이란 옛것을 그대로 따라 낡은 인습에서 벗어나지 못하는 잠시의 방편을, 구차비봉苟且彌縫이란 당장의 편안함만 좇아 적당히 땜질하는 태도를 말한다. 둘 다 이른바 절실하고 온전한 대책이 아니라, 늘 하던 그대로 대충 '순간의 적당한 땜질'만을 하는 것을 이른다. 지나온 것이 있었기에 지금이 있지만, 단지 따라만 하는 옛날은 죽은 옛날일 것이다. 그 죽은 옛날로는 현재를 살 수 없다. 상황이나 형편이란 때를 따라 늘 변하는 것이어서, 옛날과 현재는 같지 않기 때문이다.

　연암의 통찰은 '무너지는 일'들의 본질을 정확히 꿰뚫고 있다. '늘 하던 대로는' 새로운 것과 변화에 적응할 수 있는 힘이 없다. 그리고 임시의 땜질로는 근본적인 문제가 해결되지 않기에 결국 문제는 갈수록 더 불거질 뿐이다. 그래서 '인순고식 구차미봉'이란 이 여덟 자는 만사를 그르치는 '블랙홀'과 같을 것이다.

"옛것은 변할 줄 알아야 하고, 새것은 법도에 맞아야 한다"는 그의 말처럼, 뭇 일들은 상황에 맞게 변화할 수 있어야 하지만, 무엇보다 '일정한 '법도'를 얻어야 문제를 온전하게 풀어 갈 수 있다. 일정한 법도가 있다는 것은 임시에만 적용되는 것이 아니라, 해결의 근원적이고 본질적인 그 무엇이 안착하고 있다는 뜻이며, 그것은 미봉과 달리 진지하고 지속적인 속 깊은 태도에서만 생성될 것이기 때문이다.

5-6 곤장 뒤쪽의 마음

(아버지께선)

고을 원으로 계실 때 매를 드는 걸 좋아하지 않으셨다. 부득이 곤장을 쳐야 할 경우에는 곤장질이 끝난 후 반드시 사람을 보내 그 맞은 곳을 주물러 어혈瘀血을 풀어 주게 했다. 그리고 늘 이런 말씀을 하셨다.

"고을 원 노릇은 좋은 일이지만, 사람을 매로 다스리는 일은 너무나 싫고 괴롭구나."

居官, 不喜施鞭扑. 其不得不杖者, 杖畢, 必使人踏其傷痕, 使血毒緩解. 常日, "做太守, 固好, 但鞭撻人, 大是厭苦." 『過庭錄』

매우 영민하고 유능하며 진실했던 목민관 연암! 이 기록은 목민관으로서의 실용적 측면의 이면에 감춰진 연암의 인간적 면모를 유감없이 보여 준다. 하나의 '행위'는 내면을 비추는 거울과 같을지니, 그것은 행동으로 드러난 말이요, 동작으로 드러난 마음이며, 사건으로 드러난 인격이고, 현실의 작용으로 나타난 내공의 실체다. 인仁을 이야기하기는 쉬워도 그것이 마음에 배이기는 어렵고, 마음에 배이기는 쉬워도 그것이 삶과 행위로 나타나기는 어렵다.

곤장을 맞았으니 분명 죄인이었을 텐데, 매번 사람을 시켜 그 피멍을 풀어 주게 했으니, 이른바 "죄는 미워해도, 사람은 미워하지 말라"는 말이 몸속 깊이 배어 있는 행위가 아닐 수 없다. 비분강개의 기질로 그 누구 못지않게 시비곡직에 단호했던 열혈 군자인 연암이, 속에 이런 여리고 부드러운 살을 웅숭깊게 가지고 있었던 것이다.

무릇 남을 다스리거나 남을 가르치는 이라면 저 같은 '마음살'이 없고서는 안 될 것이니, 따뜻하고 섬세한 사랑의 결이 아니고서야 그 무엇을 변화시킬 수 있으랴. 그 어진 살이 없으면, 죄도 미워하고 사람도 미워하여 거친 행위 속에 거친 마음만이 스산하게 남을 것이다. 삶의 실체란 행위들의 총합으로 이루어지거니, 정녕 그 영혼의 색깔을 보여 주는 존재적 행위보다 더 또렷하고 진실한 내면 풍경의 거울은 다시없을 것이다.

5-7 화폐의 조절

재부財富를 잘 다스리는 데는 다른 방법이 있는 게 아니거니, 화폐의 경중輕重을 헤아리고, 물정物情의 귀천貴賤을 조절하는 데 지나지 않는 것이다. 막힌 것은 소통시키고 넘치는 것은 막아서, 화폐의 가치가 너무 오르거나 떨어지지 않도록 함으로써, 물건이 지나치게 비싸지거나 지나치게 싸지는 때가 없게 하는 것이다.

❋〜——————————————————————————————————

善爲財者, 無他道焉, 不過量泉幣之輕重, 制物情之貴賤. 壅者疏之, 濫者閉
之, 使無偏重偏輕之勢, 而莫有甚貴甚賤之時矣.　　　　　「賀金右相履素書別紙」

——————————————————————————————————————

화폐의 가치에 대해 논한 편지의 일부다. 이 글을 읽으면 문득 그가 쓴 「허생전」이 떠오른다. 허생은 이 글과는 반대로 매점매석으로 일순간에 부를 축적했었다. 그러나 그 이야기도 이 글도 모두 경세經世와 실용에 대한 그의 깊은 관심에서 나온 것으로, 사실 도달하고자 하는 지점은 하나일 것이다. 연암은 허생을 통해 공리공론의 타파와 함께 사회적으로 천시되던 상업에 관심을 가져 상품의 유통과 물물교환의 가치를 인식할 것, 국내뿐 아니라 관심을 국외로 돌릴 것 등을 제시한 바 있다. 그의 아들이 쓴 『과정록』을 보면 연암은 경세와 이용, 후생 등 실용적 학문에 관심을 가지지 않았던 당대 학문을 매우 비판적으로 바라보았다고 한다.

연암은 단지 뛰어난 문장가이기만 했던 게 아니라, 당대의 첨예한 문제들을 그 누구 못지않게 심각하게 고심하고 아파했던 실천적 지성인이었다. 『열하열기』의 대장정 속의 서사 문맥도 사실 그의 그런 마음의 길을 따라 이루어진 것이다. 화폐의 가치에 일찍이 눈을 뜨고 물가와 화폐 조절을 논한 이 글에서도 그의 면밀한 관찰력과 뛰어난 통찰을 엿볼 수 있거니와, 중정中正의 사유가 담긴 이 말의 의미는 지금의 시장경제에도 여전히 유효한 말일 것이다.

　원문의 '천泉'은 돈을 나타내는 글자로, 돈은 물처럼 흐른다는 데서 기인하였다. 특히 "막힌 것은 소통시키고, 넘치는 것은 막아서 어느 쪽으로 치우치지 않게 하라"는 말은 경제뿐 아니라 사회의 여러 문제들에도 의미 있는 말이 될 터인데, 이것이 가능하려면 무엇보다 물과 같은 균등과 분배와 흐름의 마음이 있어야 한다. 우리는 연암이 고심을 통해 찾고자 했던 것이 무엇이며, 그것은 또 어떤 마음자리에 있는 것인지 볼 수 있어야 할 것이다.

　"지식인이 단순히 지식을 많이 가진 자라면 그는 지식인으로 불릴 수 없다. 원리, 원칙에 삶 자체를 일치시켜 가는 자만이 지식인으로 불릴 수 있다. 이러한 지식인이 되는 건 쉬운 일이 아니다. 한때의 낭만으로는 가능할지 몰라도 평생을 이렇게 살아가는 일은 거의 불가능에 가깝다. … 그러나 천 년이 넘도록 변하지 않는, 세월의 때를 타지 않는 진리들이 있음을 기억할 필요가 있다. 지식인은 그것을 찾아 내고 체득하고 현실화해야 한다."
　　　　　　　　　　　　　　　　　　　　　　　　　　－강유원, 『책』

　이 깊고 매서운 말이 찾아갈 자리를, 우리는 '연암'과 함께 음미해 볼 수 있지 않을까 한다.

5-8 하풍荷風과 죽로竹露

이를테면 동산을 거닐어 보면 수만 줄기의 대나무에 구슬이 엉긴 것은 맑은 이슬 내린 새벽이요, 난간에 기대면 수천 줄기의 연꽃이 향기를 날려 보내는 것은 바람 빛 좋은 아침이요, 가슴 답답하고 생각이 산란하여 탕건이 절로 숙여지고 눈꺼풀이 무겁다가 파초의 잎을 두들기는 소리에 정신이 문득 개운해지는 것은 시원한 소낙비 내린 낮이요, 좋은 손님과 함께 누대에 오르면 아름다운 나무들이 정결함을 다투는 것은 갠 날의 달 뜬 저녁이요, 주인이 휘장을 내리고 매화와 함께 여위어 가는 것은 엷은 눈 내린 밤이다. 이는 철따라 사물에다 흥을 붙이고 하루 동안에 각기의 절경을 발휘하게 한 것이긴 하지만, 저 백성들이 이러한 즐거움을 함께하지 못한다면 그것이 어찌 태수가 이 당을 지은 뜻이겠는가?

아, 훗날 이 당에 거하는 이가 아침에 연꽃이 벌어져 향기가 멀리 퍼지는 것을 보면 그것을 전하는 바람같이 은혜를 베풀고, 새벽에 대나무가 이슬을 머금은 것을 보면 촉촉한 이슬같이 고르게 선정을 베풀어야 할지니, 이것이 바로 내가 이 당을 '하풍죽로당'이라 이른 까닭이다. 이로써 뒤에 오는 이에게 기대하는 바이다.

若夫涉園, 而萬竹綴珠者, 淸露之晨也, 凭欄, 而千荷送香者, 光風之朝也, 襟煩鬱而慮亂, 巾韠墊而睫重, 聽于芭蕉, 而神思頓淸者, 快雨之晝也, 嘉客登樓, 玉樹爭潔者, 霽月之夕也, 主人下帷, 與梅同㾮者, 淺雪之宵也. 此又隨時寓物, 各擅其勝於一日之中, 而彼百姓者, 無與焉, 則是豈太守作堂之意也哉? 噫, 後之居斯堂者, 觀乎荷之朝敷而所被者遠, 則如風之惠焉, 觀乎竹之曉潤而所沾者勻, 則如露之溥焉, 此吾所以名其堂. 而以待夫後來者. 「荷風竹露堂記」

연암은 관아의 구석지고 버려진 곳을 닦아 당堂을 짓고, 그 이름을 '하풍죽로당荷風竹露堂'이라 했다. '연꽃 바람과 대나무 이슬이 있는 집'이라는 뜻이다. 위의 글을 보면 당을 둘러싼 자연 속의 도저한 운치가 정말 멋스럽고 그윽하다. 경물이 매우 서정적으로 묘사되어 있는데, 댓잎에 이슬 맺히는 새벽부터 달빛 비치는 저녁까지의 모습, 그리고 연꽃, 소나기, 달빛, 매화, 눈 등으로 이루어진 사계四季의 모습도 함께 하나의 화폭처럼 담겨 있다.

그런데 이 집의 의미는 이러한 운치에 본지本志가 있는 게 아니다. 그가 당을 짓고 그 주위에 대나무와 연꽃을 심은 것은, 아침에 연꽃 향기가 바람을 타고 번지듯이 백성들에게 향기로운 덕을 베풀고, 새벽에 댓잎에 이슬이 수없이 맺히듯이 백성들에게 촉촉한 이슬같이 선정을 베풀어야 한다는 것을 보여 주기 위한 것이었으니, 이른바 하풍죽로당의 신축은 '선정善政의 아름다운 실현'을 염원하는 공간적 은유였던 것이다. 옛날에는 이렇게 어떤 의미를 담아 집의 이름을 짓고, 또 그것에 대한 글을 지어 판에 새겨 처마 사이에 걸어 놓고서 그 글을 감상했다. 그리고 훗날 다른 이가 와도 그 글을 통해 이런 의미를 반추할 수 있게 하였다.

연암이 매우 운치 있게 표현해 놓았지만, 사실 이 하풍죽로당은 관아 뒤편에 버려진 땅을 소제하여 지은 작은 집에 지나지 않았다. 그러나 연암은 그곳에 정성껏 수목을 심고 냇물을 끌어와 버려졌던 그 땅을 더없이 운치 있는 공간으로 갱생시켰거니, 그 속에는 자연과의 교감을 통해 맑은 정서를 기르고, 목민관으로서 백성들을 생각하는 마음도 늘 잊지 않으려는 그의 자혜로운 자세가 스며 있다. 그런 마음이 바로 바람을 타고 오는 연꽃 향기요, 댓잎의 푸른빛을 적시는 맑은 이슬일 것이다.

무엇을 보고, 어떤 생각을 하느냐는 그가 어떤 사람인가를 또렷이 보여주는 거울과 같다. 하풍荷風과 죽로竹露를 보면서 우리의 마음엔 또 어떤 생각들이 비치는 것일까.

5-9 자중自重과 불굴不屈

나는 진실로 자중함으로써 상관에게 굽히지 말 것을 그대에게 권면하노니, '자중하라'는 것은 그 지체와 명망으로 위엄 있고 무게 있게 굴라는 것이 아니요, '굽히지 말라'는 것은 오만불손하라는 말이 아니네. 청렴하고 간명하며 깨끗하고 신중하면 백성은 편안하고 아전은 두려워할 것이며, 관직을 맡느냐 못 맡느냐에 연연해하지 않는다면 상관도 하기 어려운 억지스런 일로 책임을 지우지는 못할 걸세.

余固勉之以自重, 無屈於上官, 所謂自重, 非爲其地望威重, 所謂不屈, 非爲其傲慢不恭. 廉簡淸愼, 則民安而吏畏, 不屑去就, 則上官不責以難强之事.
「送徐元德出宰殷山序」

은산 수령으로 떠나는 벗 서원덕徐元德(서유린徐有隣)에게 준 당부의 말이다. '자중하라' 그리고 '굽히지 말라'. 연암이 이런 말을 한 까닭은 외직外職이 가산家産을 모으는 수단으로 이용되면서 많은 부패와 부당한 처사들이 생겨났기 때문이었다. "이미 가산家産을 마음을 둔 바에는 비옥한 고을의 수령 자리가 하나 나오면, 수만 명이 눈독을 들여 청탁이 어지럽게 쏟아지므로 세력이 강하고 민첩한 자가 아니면 마침내 한 번도 얻지 못하니, 그 자리를 얻기란 진실로 어려운 것이다"(「송서원덕출재은산서」) 하는 연암의 이 말을 통해서 우리는 행간의 사정을 십분 엿볼 수 있다.

그래서 자중自重이라는 방패는 스스로를 지키는 울타리이자 맑고 명예로운 관직을 이루는 초석이 될 터이다. 내 스스로 관직에 있어 청렴하고 간결하며 맑고 신중하게 행한다면 백성들은 편안할 것이요, 아전들은 감히 함부로 할 수 없어 두려워하며 따를 것이다. 또 관직의 거취에 마음을 전혀 두지 않고, '원칙'에 따라 매사에 떳떳하고 진실하게 움직이는 사람이라면 상관도 부당한 일로 그를 힘들게 하거나 함부로 하지 못할 것이다. '굽히지 않는다'는 것은 잘못된 것을 그냥 묵과하지 않는다는 뜻이니, 이는 진실로 뜻 있고 용기 있는 이가 아니면 불가능할 것이다.

우리는 이쯤에서 '내게 가능한 자유'와 '내게 가능하지 않는 자유'에 대한 의미를 고찰해 보아야 할 듯하다.

"진정한 자유를 위해서는 굳지 말고 깨어 있어야 한다. 무엇보다도 다르게 생각하고 행동할 잠재력을 가져야 한다. 자유란 선택이기보다는 능력이다. 알코올중독자는 술을 자신의 기호라고 주장할 수 있겠지만 우리는 그의 자유가 술에 대한 예속과 무능력에서 벗어나는 데 있음을 알고 있다."
                                        ―고병권, 『고추장, 책으로 세상을 말하다』

'내게 가능한 자유'란 아무에게나 그냥 주어지는 것이 아니다. 관리로서 온당한 '자유'를 얻는 데도 상당한 능력이 필요하다. 그 능력이란, 나를 삼키려는 세상의 온갖 부당함과 예기치 못한 억압이나 폭력들로부터 스스로를 지키고 자유롭게 하는 속 깊은 '지혜'이니, 자중은 그 저항의 안쪽이요, 불굴은 그 저항의 바깥쪽인 것이다.

6장 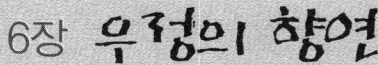 우정의 향연

벗은

세상과 나를 이어 주는 끈이거니,

우정의 샘이 깊을수록,

삶의 체험 또한 깊어지리라.

6-1 벗이라는 날개

옛말에 붕우朋友를 일러 '제2의 나'라 하기도 하고, 또 주선인周旋人이라고 하기도 했다. 이 때문에 한자를 만드는 자가 날개 우羽 자를 빌려 벗 붕朋 자를 만들었고, 손 수手 자와 또 우又 자를 합쳐서 벗 우友 자를 만들었으니, 붕우란 마치 새에게 두 날개가 있고 사람에게 두 손이 있는 것과 같음을 말한 것이다.

古之言朋友者, 或稱第二吾, 或稱周旋人. 是故, 造字者, 羽借爲朋, 手又爲友, 言若鳥之兩羽, 而人之有兩手也.　　　　　　　　　　　　　　「繪聲園集跋」

벗 붕朋 자도, 벗 우友 자도 둘 다 같은 글자가 겹쳐져 이루어져 있다. 벗 우友(炏) 자의 자형은 손 모양(又=礻)이 두 개 포개져 있는 모습을 나타낸 것이다. 붕朋(珤) 자는 자원에 대한 이설이 많으나, 두 글자 다 '하나의 짝'을 이룬 것임을 또렷이 보여 준다. 연암이 풀어 주는 붕朋과 우友의 자해字解를 들어 보면, 벗이란 나의 한쪽 날개이며, 내 한쪽 손이 된다.

한쪽 날개를 잃은 새는 날 수 없을 것이요, 한쪽을 손을 잃은 사람은 제대로 운신할 수 없을 것이다. 젓가락도 짝이 없으면 집을 수 없고, 수레바퀴도 짝이 없으면 굴러갈 수 없으며, 돌쩌귀도 짝이 없으면 여닫을 수 없고, 이빨도 위아래로 짝이 없으면 씹을 수가 없다. 벗 또한 마찬가지이거니, 벗이란 삶의 바퀴를 함께하여 나와 하나의 길을 가는 내 삶의 조력자요, '제2의 나' 가 아닌가! 나의 한쪽 날개가 되어 주는 사람, 또 나의 한쪽 손이 되어 주는 사람 그런 사람이 참된 벗이다. 그래서 벗은 함께 꿈꿀 수 있고 함께 날 수 있으며, 늘 서로 귀 기울이며 서로를 붙잡아 준다. 좋은 벗이 없어 한쪽 날 개를 잃고 한쪽 손을 못 쓰는 삶이란 얼마나 쓸쓸한가.

6-2 벗을 사귀는 방법

누구를 벗하는지 살펴보고, 누구의 벗이 되었는지 살펴보며, 또한 누구와 벗하지 않는지를 살펴보는 것이 바로 내가 벗을 사귀는 방법이다.

觀其所友, 觀其所爲友, 亦觀其所不友, 吾之所以友也.　　　　「會友錄序」

내가 벗하는 이가 있는 것처럼 나는 또 누군가의 벗이 된다. 내가 벗하는 이는 누구이며, 나는 또 누구의 어떤 벗이 되어 있는가? 그리고 내가 벗하지 아니하려는 이는 어떤 이인가? 옛말에 "개와 개가 사귀면 측간으로 이끌고, 돼지와 돼지가 어울리면 돼지우리로 이끈다"고 했다. 서점의 책도 같은 종류끼리 놓여 있고, 가게의 과일들도 비슷한 것들끼리 한 자리를 차지하고 있으며, 나무들도 같은 종류끼리 모여서 숲을 이룬다.

　사람이나 짐승이나 사물이나 다 유유상종하는 것이다. 무릇 사람이 서로 따르고 사귀려면 '마음'이 맞아야만 가능하다. 그래서 결국 누구를 벗한다는 것은 마음이 서로 맞는지 아닌지를 의미하는 것이며, 그 벗을 보면 그 사람의 '마음의 형체形體'를 확인해 볼 수 있는 것이다. 아울러 그것은 비단 사람뿐 아니라, 어떤 사물이나 일과 사귀었느냐에도 그대로 적용될 것이다. 어떤 벗을 어떻게 사귀었는지를 관觀하는 것은 내 마음의 넝쿨이 어디로 어떻게 뻗어갔는지를 보게 한다. 좋은 벗을 많이 사귀었다면, 아마도 그 넝쿨 아래로 드리운 삶의 그늘이 또한 늘 평온하고 넉넉할 것이다.

6-3 벗과 눈높이

어떤 일을 당했을 때 잘 깨우쳐 준다면 비록 돼지 치는 종놈이라도 진실로 나의 좋은 벗이요, 의로운 일을 보고 충고해 준다면 비록 나무하는 아이라도 역시 나의 훌륭한 벗이니, 이로써 생각해 보면 내게 과연 세상에 벗이 부족한 것은 아니지요. 그러나 돼지 치는 벗은 시와 글을 논하는 자리에 함께 참여하기 어렵고, 나무하는 벗은 읍양揖讓하는 대열에 둘 수 없으니, 고금을 우러러 어찌 답답하지 않을 수 있겠습니까?

當事善規, 則雖牧猪之奴, 固我之良朋, 見義忠告, 則雖采薪之僮, 吾之勝友, 以此思之, 吾果不乏友朋於世矣. 然而牧猪之朋, 難與參詩書之席, 而采薪之僮, 非可實揖讓之列, 則俛仰今古, 安得不鬱鬱於心耶?　　「答洪德保書第二」

연암이 황해도 금천에 은둔해 있을 때 절친한 친우 홍대용을 그리며 보낸 편지의 일부이다. 흔히 지기知己를 일러 지음知音이라고 하거니, 지음은 백아伯牙가 자신의 음악을 알아주는 벗 종자기鍾子期가 죽자 거문고 줄을 끊었다는 데서 유래한 말이다. 이처럼 음악을 즐기는 이는 음악으로 벗을 만나고, 시와 글을 즐기는 이는 시와 글로 벗을 만나고, 술을 즐기는 이는 술로 벗을 만나고, 도道를 즐기는 이는 도로 벗을 만난다. 돼지 치는 종이나 나무하는 아이가 잠시의 의미 있는 교훈을 줄 수는 있어도, 참되고 지속적인 벗이 되지 못하는 것은 자신과 공유하는 바가 같지 않기 때문이다.

인간의 깊은 만남이란 늘 마음과 마음이 맞닿는 데 있다. 마음이 맞닿으려면 서로의 삶에 대한 이해가 비슷해야만 가능하다. 그래서 삶의 이해를 공유하지 못하는 이는 벗이 되지 못하고 서로 소통하지 못한다. 그렇기에 아이와 소통하려면 아이의 눈높이에 이해를 맞추어야 하고, 산골 할머니와 소통하려면 산골 할머니의 눈높이에 이해를 맞추어야 한다. 눈높이를 맞출 수 있는 그 마음 또한 아름답지만, 그러나 굳이 눈높이를 맞추지 않아도 서로 깊은 소통이 가능한 사람, 절로 마음과 마음이 맞닿아 가슴속에 삶의 울림을 만들어 내는 사람은 참된 벗이 된다.

삶은 다 저마다의 눈높이를 가지고 있다. 어찌 그 각양각색의 눈높이가 모두 하나가 될 수 있으랴. 세상의 삭막함이란 결국 그 소통과 이해의 부재 때문이다. 하지만 벗은 나와 삶의 이해와 눈높이를 함께하는 이거니, 그가 없으면 무엇을 통해 삶을 보고 무엇을 통해 삶을 느낄 것인가? 우리의 가슴은 마음 맞닿는 만큼 커지는 풍선일지니, 벗이란 바로 그 풍선을 채우는 바람과 같을 것이다. 가슴을 채울 그 바람이 없으니, 벗이란 정녕 마음 쓸쓸하고 허전할 때일수록 더더욱 그리운 존재가 아니겠는가!

6-4 세태世態와 진실한 벗

매양 한밤중에 스스로를 돌이켜보면, 입에서 신물이 납니다. 이름과 실질 사이에서 스스로를 다듬기에도 겨를이 없거늘 하물며 명성 따위를 다시 가까이하겠습니까? 권세와 잇속에 대해서도 일찍이 경험해 본 적이 있거니와, 대개 사람들은 모두 남의 것을 가져다 자기 것으로 삼으려 골몰하지, 자기 것을 덜어 남에게 더해 주려 하는 것을 보지 못했습니다. 명예란 본래 빈 것인지라 비용이 들지 않으므로 사람들이 혹 쉽게 주기도 하지만, 실리와 실세야 어느 누가 기꺼이 자기 것을 남에게 주려고 하겠습니까? 단지 스스로 기름을 가까이했다가 옷만 더럽힐 뿐이지요. 이 세 부류(명예, 잇속, 권세)를 벗어나 비로소 밝은 눈으로 찾아 보니, 이른바 벗이라 할 수 있는 이는 대개 한 사람도 없었습니다.

每中夜自檢, 齒出酸次. 名實之際, 自削之不暇, 況復近之耶? 勢與利, 亦嘗涉此塗, 盖人皆思取諸人而有諸己, 未嘗見損諸己而益於人. 名兮本虛, 人不費價, 或易以相與, 至於實利實勢, 豈肯推以與人? 徒自近油點衣而已. 旣去此三友, 始乃明目求見, 所謂友者, 盖無一人焉.　　　　　　　　『過庭錄』

일생의 지우知友였던 홍대용에게 보낸 편지의 일절이다. 주위에 사람이 끊이지 않았던, 사람 좋아하기로 그 유명한 연암의 뼈아픈 술회다. 부박한 세

태를 유독이나 싫어하던 연암의 엄정한 성정이 잘 드러나 있다. 그러나 이것이 어디 그때 저기의 일이기만 하겠는가. 시간은 흘렀으되, 이런 세태의 물결은 변함이 없다.

여기에는 인간을 이해하는 두 가지 시각이 내재되어 있는 듯하다. '사랑의 결속이냐, 이기의 계산이냐!' 하나는 인간 존엄에 대한 이해이자 깊은 교감에 대한 소통 방식이요, 또 하나는 개아個我에 국한된 이익의 이해이자 두려움과 단절의 소통 방식이다. '소통'이란 늘 이 두 가지 시각 사이를 오갈 것이나, 진정한 소통의 길은 단지 전자에 있을 것이다.

우정이나 사랑의 가치는 '거래'의 관계에 있지 않다. 거래란 계산적 이해의 관계이며, '계산적 이해'란 자신의 잇속을 따지는 흥정 행위다. 그러나 사랑은 계산하지 않는다. 정녕 계산하지 않기에 '사랑'인 것이다. 진실한 정情이란 늘 계산이나 거래 너머에 서 있다. 오직 그래서 정情인 것이다! 그러나 그러한 내면의 깊이를 지닌 사람을 만나기는 얼마나 어렵던가.

인간적인 진실한 소통은 오직 '계산이나 거래' 너머에만 있나니, 이욕과 실리가 세상을 지배하는 시대에 그것에 지배되지 않는 사람은 얼마나 놀라운가. 자신이 가진 진실한 소통의 양이 얼마인가는, 어쩌면 그 삶의 깊이와 그 영혼의 무게가 아닐는지!

6-5 벗 사귀는 법

말 세에 처하여 사람을 사귈 때는 마땅히 말이 간략하고 기운이 차분하며 성품이 소박하고 뜻이 검약한가를 살펴보아야 하며, 절대로 마음속에 계교計巧를 지닌 사람은 사귀어서는 안 되고, 뜻이 허황된 사람은 사귀어서는 안 될 것입니다.

末世交人, 當看言簡而氣沈, 性拙而志約者, 絶有心計之人不可交, 志意廣張不可交.　　　　　　　　　　　　　　　　　　　　　　　　「答仲玉之四」

말은 그 사람의 마음을 비추는 거울이다. 마음에 간결한 성품이 없는 이는 말 또한 그러하며, 마음에 심오한 뜻이 없는 이는 말 또한 그러하고, 마음에 화평하고 맑은 기운이 적은 이는 말 또한 그러하다. 말을 보면 그것을 보내는 '마음들'을 들여다볼 수 있다. 그리고 성품이 진실하고 졸박하여 마음이 욕망으로 넘치지 않는 이인가를 보아야 할 것이며, 계산된 마음으로만 움직이지는 않는지를 보아야 하며, 뜻이 허황되어 붕 떠 있는 사람이 아닌지를 살펴야 한다. 그러나 한편 우리는 벗을 찾는 그 눈으로 자신을 살펴야 할 것이다.

흔히 사람들의 마음이란 수없는 계산 속에서 움직이기 쉽다. 그러나 조금만 주의를 쏟으면, 내게 오는 것이 혹은 내가 보는 것이 계산된 마음인지 순수한 마음인지 금방 알 수 있다. 계산된 마음은 자신의 잇속을 구하는 거래 관계일 뿐이니, 계산이 배제된 순수한 마음이라야 진실한 관계라 할 수 있다. 그러나 세상엔 이 둘을 심각하게 착각하거나 혹은 이 둘이 복잡하게 섞이는 경우가 많거니, 사랑이든 우정이든 조건 없는 순수한 마음의 '농도'가 짙을수록 그것은 진정으로 진실하고 친밀한 관계라 할 수 있다. 관계 속에서 어떤 마음이 오가는지 알아차리는 것은 삶의 진정성을 찾는 데 굉장히 중요한 일이다.

"이 세상에 존재하는 모든 것들은 서로 비슷한 것끼리 끌어당기는 법칙이 있습니다. 우리가 마음을 창조적이고도 풍요롭게 쓸 때 우주에 있는 비슷한 풍요의 기운들이 감응을 일으키지요. 만일 당신이 너그럽고도 친절한 마음을 베푼다면 우주는 그에 상응하는 상황을 당신에게 보내 줄 것입니다. 이것이 바로 풍요의 법칙이지요." ─한바다, 『행복』

우리는 어떤 마음으로 타인을 대하며 살아가고 있는가? 내가 지닌 마음의 빛깔을 따라 그런 마음의 빛깔을 지닌 이가 따라올 것이다. 진실한 이는 진실한 이와 벗할 것이니, 무릇 비슷한 것끼리는 서로를 알아보고 또 끌어당기는 것이므로!

6-6 세상의 끈

지기知己를 잃은 아픔에 이르렀으니, 내 다행히 눈이 있다고 하나 누구와 더불어 내 보는 것을 같이 볼 것이며, 내 다행히 귀가 있다고 하나 누구와 더불어 내 듣는 것을 같이 들을 것이며, 내 다행히 입이 있다고 하나 누구와 더불어 같이 맛볼 것이며, 내 다행히 코가 있다고 하나 누구와 더불어 내 냄새 맡는 것을 같이하며, 내 다행히 마음이 있다고 하나 장차 누구와 더불어 내 지혜와 깨침을 함께하랴!

至若絶絃之痛, 我幸而有目焉, 誰與同吾視也, 我幸而有耳焉, 誰與同吾聽也,
我幸而有口焉, 誰與同吾味也, 我幸而有鼻焉, 誰與同吾嗅也, 我幸而有心焉,
將誰與同吾智慧靈覺哉!   「與人安義時」

벗이란 나와 세상을 이어 주는 끈이다. 그러니 그 끈이 끊어지면 어떻게 세상과 만날 수 있으랴. 연암은 "사귐에는 서로 알아주는 것보다 귀한 것이 없으며, 즐거움에는 서로 함께 느끼는 것보다 지극한 것이 없다(交莫貴乎相知, 樂莫極乎相感)"고 했다. 사람은 누구나 자신을 깊이 이해해 주는 사람에겐 마음을 여는 법이니, 마을을 열지 않고서는 서로 소통될 수 없으며, 소통되지 않고서는 서로 함께 느낄 수 없을 것이다. 마음을 함께 나눌 이가 없는 삶이란, 물 없는 사막처럼 삭막한 것이니 그 영혼이 어찌 시들지 아니하리오.

"사람들의 코를 막아 버리면 바로 죽고, 눈을 막으면 아무것도 못 보게 됩니다. 사람들은 끊임없이 외부세계와 교류해야만 생명력이 신선해지고 충만해집니다."

—한바다, 『행복』

함께 보고 함께 듣고 함께 말하고 함께 먹고 즐기며, 무엇보다 마음을 함께하는 '벗'이 있기에 우리의 삶과 생명력은 더 넓어지고 깊어지고 충만해지고 신선해진다. 무릇 '친구는 기쁨을 두 배로 하고 슬픔은 반으로 해 준다'고 했거니와, 그가 아니면 기쁨을 누구와 나눌 것이며, 그가 아니면 슬픔을 어디로 쏟아 부을 것인가.

마음에도 습량濕量이라는 게 있다. 인생이 깊어지는 것은 사람을 얼마나 많이 아는가에 있는 게 아니라, 영혼의 안쪽까지 젖을 만큼 '마음'을 얼마나 나누었는가와 그 깊이와 질량이 어떠한가에 있을 터이다. 정녕 벗이란 세상과 나를 이어 주고 만나게 하는 깊은 끈이거니, 그 끈이 짧거나 혹 끊어진다면 내 눈과 귀와 입과 코와 마음이 닿는 삶의 폭도 짧아지거나 끊어질 것이다.

6-7 눈물이란 무엇인가

나는 매양 모르겠노라, 소리란 똑같이 입에서 나오는데, 즐거우면 어찌하여 웃음이 되고 슬프면 어찌하여 울음이 되는지. 어찌 웃고 우는 이 두 가지란 억지로는 되는 게 아니라 감정이 극에 달해서 우러나는 것이 아니겠는가?

　나는 모르겠노라, 이른바 정情이란 것이 어떤 모양이기에 생각만 하면 내 코끝을 시리게 하는지. 또 모르겠노라, 물이란 무슨 물이건대 울기만 하면 눈에서 나오는지. 아아, 우는 것을 남이 가르쳐서 하는 것이라면 나는 의당 부끄럼에 겨워 소리도 내지 못할 것이다. 내 이제금 알았나니, 이른바 눈물이 그렁그렁 맺히는 건 배워서 될 수 없다는 것을.

✿〜

吾每不知聲之同出于口, 而樂奚爲兮笑, 哀奚爲兮哭. 豈二者之不可强而發乎情之極? 吾不知所謂情之何狀, 而思則酸我鼻. 又不知淚之何水, 而啼則生于目. 嗟乎, 啼之若可敎而爲, 吾當忸怩而不能聲. 吾乃今知所謂淚之汪汪然, 不可以學而得.　　　　　　　　　　　　　　　　　　　　　「士章哀辭」

사랑하는 벗의 죽음 앞에 올린 애사다. 끊어진 정情의 끈을 쥐고서, 삶의 눈시울에 맺힌 눈물의 의미를 묻는 그의 마음이 애절하기만 하다. 웃고 우는 것이 어찌 억지로 지어서 되며, 애써 배워서 되는 것이겠는가? 나도 모르는 내 안의 정이 맺히고 풀릴 때에 절로 우러나오는 것임을.

　느낌은 살아 있음의 표현이다. 그 느낌 속에서 시간의 행보가 지나고 우리네 삶의 그림자가 지나간다. 그러나 때론 그 행보와 그림자가 눈물이라는 물결에 실려서 가기도 하거니, 신은 어찌하여 인간에게 눈물이라는 것을 만들었고 또 그것이 '눈'에서 나오게 했던가. 아아, 정이란 어쩌면 '보고 싶음'에 바로 그 본질이 있을 것이니, 눈물은 이제 '그 보고 싶은 이'를 볼 수 없다는 것을 제일 먼저 아는 까닭이 아닐는지! 그러니 이 눈물이 아니고서야 그 무엇으로 저 슬픔을 씻으랴.

　피천득 선생의 「인연」에 이런 구절이 있지 않던가. "그리워하는데도 한 번 만나고는 못 만나게 되기도 하고, 일생을 못 잊으면서도 아니 만나고 살기도 한다." 세월에 묻히지 않는 이 명구는 사람의 정이란 무엇인지 느끼게 해 주는 듯하다. 뭇 그립고 못 잊는 정들이 어찌 뜻을 가지고서 그리 되는 것이리오. 가슴에 절로 맺히고 스스로 못 잊는 것임을…. 그것은 새 떠난 나뭇가지처럼 마음이 앉았다 떠난 자리에 들어와 흔들리는 바람과 같을 것이니, 정의 모습이란 바로 마음이 절로 일렁이는 그 흔들림 사이에 있을 것이다.

6-8 틈의 미학

성안후成安侯와 상산왕常山王은 사귐에 조금의 틈도 없이 너무나 절친하게 지냈으므로, 그들에게 한번 틈이 생기자 누구도 그들을 위해 그 사이에 끼어들 수가 없었다.[1] 이 때문에 중히 여길 것은 틈이 아니고 무엇이며, 두려워할 것도 틈이 아니고 무엇이랴! 아첨도 그 틈을 파고들어가 영합하는 것이요, 참소도 그 틈을 파고들어가 이간질하는 것이다. 그러므로 사람을 잘 사귀는 이는 먼저 그 틈을 잘 이용하고, 사람을 잘 사귈 줄 모르는 이는 틈을 이용할 줄 모른다.

夫成安侯常山王, 其交無間, 故一有間焉, 莫能爲之間焉. 故可愛非間, 可畏非間! 諂由間合, 讒由間離. 故善交人者, 先事其間, 不善交人者, 無所事間.

「馬駔傳」

연암이 말하는 '틈(間)'은 어떤 것인가?

"연燕나라와 월越나라처럼 멀리 떨어져 있어야 틈이 있는 것이 아니요, 산천山川이 가로막고 있어야 틈이 있는 것이 아니다. 또 무릎을 맞대고 함께 앉아 있다 하여 반드시 밀접한 사이가 아니요, 어깨를 치고 소매를 붙잡는 관계라 하여 반드시 마음이 일치하는 것도 아니다. 그런 사이에도 틈은 있게 마련이다."

―「마장전」

우리는 이 구절을 통해 그 '틈'이란 실체적 거리이기보다 '마음의 거리'임을 알 수 있다. "천 장丈의 둑은 개미나 땅강아지의 구멍으로 인해 무너지고, 백 척의 큰 집도 아궁이의 조그만 불씨로 인해 타 버린다"(『한비자』,「유로喩老」)했거니와, 부부 간에 살을 맞대고 살아도 마음의 틈이 생기면 그로 인해 서로 반목하거나 헤어지게 될 것이요, 같은 직장 동료라도 마음의 틈이 생기면 멀고도 불편한 관계가 될 것이다. 삶에서 관계를 형성하는 것은 실체적 거리가 아니라 마음의 거리인 것이다. 그렇다면 틈은 전혀 없어야 좋은 것일까?

맷돌도 위아래로 가깝게 포개져 있지만, 틈이 없다면 어찌 돌아갈 수 있으랴. 밭의 배추와 무도 서로 틈이 없으면 자라기 어렵고, 글자와 글자도 틈이 없으면 읽기가 몹시 불편할 것이다. 옷과 살 사이에 빈 공간이 있어야 활동하기 편하듯 마음과 마음 사이에도 여백은 있어야 하거니, 여백 없는 사이는 붙어 버린 맷돌과 같을 것이다. 하여 적당한 '틈'이란 바로 서로의 마음이 자연스레 숨 쉴 수 있는 관계의 여백이거니, 무릇 좋은 관계란 무간無間도 아니요 유간有間도 아닌 그 '사이'에 있을 것이다.

✳✴✳✴

1)성안후(진여陳餘)와 상산왕(장이張耳)은 전국시대 말 유생으로 절친한 사이였다. 그러나 훗날 진秦과의 교전 중 장이가 위급하게 되었을 때 진여에게 구원병을 요청했으나, 진여가 이에 적극적으로 응하지 않았던 탓에 서로 오해와 원망만 커지게 되었다. 급기야 항우項羽가 장이는 왕으로 봉하고 자신은 후侯에 봉한 것에 불만을 품은 진여는 이에 등을 돌려 조나라로 가서 장이를 쳤는데, 장이는 다시 한漢으로 귀의하여 서로 죽이려 했다. 진여는 전쟁에 져서 결국 장이에 의해 죽임을 당하였다.(『사기』「장이진여열전張耳陳餘列傳」)

6-9 바로 그때

예전에 백화암百華菴에 앉았노라니, 암주菴主인 처화處華 스님
이 먼 마을에서 바람을 타고 들려오는 다듬이 소리를 듣고는
그의 비구比丘인 영탁에게 게偈를 전하기를,

"'탁탁 당당' 하고 허공에서 떨어진 그 소리를 누가 먼저 들
었겠느냐?"

하니, 영탁이 손을 맞잡고 공손히 답하기를,

"먼저도 아니고 나중도 아닌, 바로 그때에 들었습니다."

했습니다. 어제 그대가 여전히 정자 위에서 난간을 따라 배회
하고 있을 때, 이 몸 또한 다리 가에서 말을 세우고 있었는데,
서로 떨어져 있는 그 사이가 이미 1리쯤 되었지요. 우리가 서로
를 바라보던 때도 또한 바로 '그때'였는지 모르겠습니다.

❀

頃坐百華菴, 菴主處華, 聞遠邨風砧, 傳偈其比丘靈托曰, "挼挼磳磳, 落得誰
先?" 托拱手曰, "不先不後, 聽是那際." 昨日足下, 猶於亭上, 循欄徘徊, 僕亦
立馬橋頭, 其間相去, 已爲里許. 不知兩相望處, 還是那際.　　　　「答京之」

선미禪味가 물씬 풍기는 멋진 게偈 한 구절을 서로를 그리는 정情의 '순간'
에 겹쳐 놓은, 참으로 절묘하고도 기막힌 편지다. 순간 속에 깃든 영원을 본
것일까. 바람 따라 멀리서 들려오는 다듬이 소리 한 자락에 비구는 문득,

"먼저도 아니고 나중도 아닌, 바로 그때에 들었습니다" 하는 기막힌 게 하나를 선사한다. '먼저도 아니요 나중도 아니라'는 말은 '생生도 아니요 사死도 아니다'나 혹은 '색色도 아니요 공空도 아니다', '하나도 아니요 둘도 아니다' 하는 선어禪語의 한 변주이겠으나, 그것이 바람 따라 흘러오는 풍경소리와 맞물려 감각적인 시적 운치를 지어 낸다.

"모든 오고감이 사라지면 항상 있는 것을 알게 된다. 영원성을 알게 된다. '둘'로부터 '하나'로 들어가라, '하나'로부터 '하나도 아님'으로 들어가라, 이것이 바로 불이원성이다."

−오쇼 라즈니쉬

작은 나뭇잎 하나에도 앞면과 뒷면이 있지만, 나뭇잎의 존재는 바로 앞면도 아니요 뒷면도 아닌 것에 있다. 들숨도 아니요 날숨도 아닌 것에 우리의 숨이 있듯이, 먼저도 아니요 나중도 아닌 그 찰나 속에 '존재'가 있다. 순간도 아니요 영원도 아닌 완전한 하나 속에!

전날 벗을 떠나보낸 이는 정자 위에서 배회했고, 떠난 이는 다리 가에서 말을 새우고 뒤돌아보았다. 멀리 떨어져서 애가 타게 서로를 그리는 그 순간의 마음은, 누가 먼저도 아니요 나중도 아닌 완전한 일치의 순간이었으니, 그 일치된 순간의 마음을 연암은 사진처럼 영원의 정지 화면으로 뽑아낸다. "우리가 서로를 바라보던 때도 또한 먼저도 나중도 아닌 '바로 그때'였겠지요."

생의 길목 그 어디에선가, 먼저도 아니요 나중도 아닌 완전한 일치의 순간인 '바로 그때'에 서로를 그리워할 수 있는 그 누군가가 있다는 것은 얼마나 행복한 일이던가!

7장 읽기의 미학

읽기는 곧 삶을 바라보는 눈이거니

글을 읽되,

책으로 된 유자지서有字之書만 말고

천지만물이라는 무자지서無字之書를 함께 읽을 것이며,

그 겉이 아니라 그 속에 든 영혼과 마음을 읽을 일이다.

무자지서 無字之書

저허공에 날아가며 우는 새는 얼마나 생기가 넘칩니까? 그렇건만 적막하게도 새 '조鳥'라는 한 글자로 그 생기를 죽여 버리고 그 빛깔도 묻어 버리고 모양과 소리도 빠뜨려 버리는 것이니, 마을 놀이에 나가는 시골 늙은이의 지팡이 끝에 새겨진 것과 무엇이 다르겠습니까? 혹 새 '조' 자의 진부함이 싫어 산뜻한 느낌을 내고자 새 '조' 자 대신에 새 '금禽' 자를 쓰기도 하지만, 이는 글 읽고 글 짓는 자의 잘못이라 할 것입니다. 아침에 일어나니 푸른 나무 그늘이 드리운 뜰에 제 철의 새들이 짹짹 울고 있기에, 나는 부채를 들어 안석을 치며 이렇게 외쳤지요.

"저것이야말로 내가 말하는 '비거비래飛去飛來'라는 문자이고, '상명상화相鳴相和'라는 글이다. 아름답게 빛나는 게 문장이라고 한다면 저보다 더 훌륭한 문장은 없으리라. 오늘 나는 글을 잘 읽었노라!"

❀

彼空裡飛鳴, 何等生意? 而寂寞以一鳥字抹摋, 沒郤彩色, 遺落容聲, 奚异乎赴社邨翁, 杖頭之物耶? 或復嫌其道常, 思變輕淸, 換簡禽字, 此讀書作文者之過也. 朝起, 綠樹蔭庭, 時鳥鳴嚶, 擧扇拍案, 胡叫曰, "是吾 '飛去飛來' 之字, '相鳴相和' 之書. 五采之謂文章, 則文章莫過於此. 今日僕讀書矣."「答京之之二」

장조張潮의 『유몽영幽夢影』에는 이런 구절이 있다. "능히 글자로 적히지 않은 책을 읽을 수 있어야 바야흐로 사람을 놀라게 하는 절묘한 시구를 얻을 수가 있다.(能讀無字之書, 方可得驚人妙句.)" 또 이런 구절도 있다. "문장이란 책상머리의 산수요, 산수는 땅 위의 문장이다.(文章是案頭之山水, 山水是地上之文章.)"

연암은 이 편지의 서두에서 이렇게 말했다.

"부지런하고 정밀하게 글을 읽기로는 포희씨庖犧氏[1]만 한 이가 없을 것입니다. 그 정신과 의태意態가 우주 만물에 널리 펼쳐져 있으니, 이는 단지 글자와 글로 표현되지 않은 문장(不字不書之文)일 뿐입니다. 후세에 부지런히 글 읽는다는 자들은 마른 먹과 낡은 종이 사이에서 옛 찌꺼기만 주워 모으고 있으니, 이는 바로 '술찌끼를 잔뜩 먹고 취해 죽겠다'는 꼴이니 어찌 슬프지 않겠습니까?"

왜 글자로 된 책만 보려 하는가? '부자불서지문不字不書之文'으로 된 '무자지서無字之書'를 읽을 수 있어야 독서의 진수를 얻을 수 있다. 이는 천지 자연과 만물의 생의를 읽는 것이기 때문이다. 그러므로 진실로 독서를 온전히 한 이는 천지를 살펴 우주의 질서와 삶의 이치를 깨달은 포희씨 같은 성인들이 아니겠는가.

"무릇 천지 사이에 물物은 모두 임자가 있는 것이라 진실로 내 것이 아니면 비록 한 터럭이라도 취할 수 없지만, 오직 강 위의 맑은 바람과 산간의 밝은 달은 귀로 얻으면 소리가 되고 눈으로 접하면 빛깔이 되어서, 이는 취하여도 금할 이 없으며 이를 써도 길이 다함이 없으니, 이는 조물의 무진장無盡藏이요 그대와 내가 함께 즐길 수 있는 것이네."

　소동파의 「적벽부」에 나오는 유명한 구절이다. 이 강상청풍江上淸風과 산간명월山間明月이 어디 낡은 종이 사이의 마른 먹빛으로 알 수 있는 것이던가? 이것은 조물이 지어 놓은 그대로 무진장의 빛깔과 모양과 소리가 살아 있는 글자요 문장이다. 이런 무진장의 '무자지서無字之書'를 아니 읽고서, 어찌 글과 인생을 논할 수 있을 것이며, 어찌 천하의 명문을 쓸 수 있을 것인가!

---

1)포희는 복희伏羲라고도 하며, 태곳적 상황上皇 중 한 사람이다. 『주역』에 따르면, 포희가 천지를 관찰하여 팔괘八卦로 된 최초의 '역易'을 만들었다고 한다.

7-2 살아 있는 글자

아! 포희씨가 죽은 뒤로 그 문장이 흩어진 지 오래다. 그러나 벌레의 촉수, 꽃술, 석록石綠, 비취의 깃털에 이르기까지 그 '문의 마음(文心)'은 변하지 않고 남아 있으며, 솥발, 병허리, 해의 둥긂, 달의 활 모양에도 그 자체字體가 여전히 온전하게 남아 있다. 그리고 바람과 구름, 천둥과 번개, 비와 눈, 서리와 이슬 및 새와 물고기, 짐승과 벌레 등이 웃고 울고 지저귀는 소리에도 성聲 · 색色 · 정情 · 경境이 지금까지 그대로 남아 있다.

嗟乎, 庖犧氏歿, 其文章散, 久矣. 然而蟲鬚花蘂, 石綠羽翠, 其文心不變, 鼎足壺腰, 日環月弦, 字體猶全. 其風雲雷電, 雨雪霜露, 與夫飛潛走躍, 笑啼鳴嘯, 而聲色情境, 至今自在.　　　　　　　　　　　　　　　　　　　　　　　－「鍾北小選自序」

진짜 글자, 진짜 문장이란 무엇인가? 맹자가 이르기를, '남의 물건을 빌려 오래도록 돌려주지 않으면 본래의 주인을 잊는다'고 했다. 어쩜 우리가 쓰고 있는 글자나 문장 또한 주인에게 빌려와서 돌려주지 않음이 너무 오래여서 그 진짜 주인을 잊은 것은 아닐까? 글자란 본디 사물에서 뜻을 빌려온 것이 아니던가!

『유몽속영幽夢續影』에 이런 구절이 있다. "새는 정情의 소리를 펴고, 꽃은 정의 자태를 지으며, 향은 정의 운치를 전한다. 산수는 정의 동굴을 열고,

천지는 정의 근원을 연다.(鳥宣情聲, 花寫情態, 香傳情韻. 山水開情竇, 天地闢情源.)" 이 문장 속엔 물物과 만나는 소곳한 정을 따라 소리와 빛깔과 향기와 경치가 모두 담겨 있다. 천지는 정의 시원을 연다고 했으니, 모든 글자와 모든 문장의 본래 주인은 바로 천지인 것이다. 그 다함 없는 무진장無盡藏의 문심文心 속에서, 우리는 정과 뜻을 글자에 담아 빌려온 것이다.

  하늘을 보면 여전히 '해'라는 글자와 '초승달'이라는 글자가 있고, 그 아래를 보면 여전히 '바람'이라는 글자, '구름'이라는 글자들이 살아서 움직인다. 이백은 「파주문월把酒問月(술을 들며 달에게 묻다)」에서, "지금 사람은 옛적의 달을 보지 못하지만, 지금의 달은 일찍이 옛사람을 비추었겠지. 옛사람이나 지금 사람이나 흐르는 물과 같거니, 함께 밝은 달을 보는 건 모두 이와 같으리" 하고 노래했다. 이백이 보지 못했던 그 옛사람의 달이나 이백이 보았던 달, 그리고 우리가 보는 달은 모두 하나의 '달(月)'이라는 살아 있는 글자다. 이러한 천지자연의 살아 있는 조물의 글자를 보지 않고서 어찌 천고의 정情을 말할 수 있으리오.

푸른 글자

마을의 어린아이에게 천자문을 가르쳐 주다가 읽기를 싫어
해서는 안 된다고 나무랐더니, 그 아이가 하는 말이,

"하늘을 보면 푸르고 푸른데, '하늘 천天'이란 글자는 도무지
푸르지 않으니, 이 때문에 읽기가 싫어요."

했답니다. 이 아이의 총명이 창힐蒼頡로 하여금 기가 죽게 하는
것이 아니겠습니까.

里中孺子爲授千字文, 呵其厭讀, 曰, "視天蒼蒼, 天字不碧, 是以厭耳." 此兒
聰明, 餒煞蒼頡.   －「答蒼厓之三」

창애蒼厓(유한준俞漢雋)에게 보낸 편지의 전문이다. 천자문을 배우던 아이가
내뱉은 의외의 말 한마디에 정곡이 찔려 문자와 사물에 대한 진지한 문제의
식을 발견한 연암은, 그 사연을 몇 글자와 단어 사이에 그대로 담아서 벗에
게 부쳤다.

　모든 문장은 마음과 생각, 체험과 사물의 기록이다. 그러므로 어떠한 문
자, 어떠한 문장도 그 마음과 생각, 체험과 사물의 실체가 되지 못하고, 또
그 순간의 일이 아니라 항상 과거의 기록으로만 존재한다. 그럼 실체는 어
디에 있는가? 실체는 바로 글자 밖에 있다. '달'을 가리키는 손가락이 달이

아닌 것처럼, 달을 가리킨 글자와 하늘을 가리킨 글자가 곧 달과 하늘은 아닌 것이다.

하늘을 알려면 무엇보다 하늘을 보고 느껴야 하며, 물을 알려면 물을 먹어 보고, 빠져 보고, 바라보고 해야 그것을 알 수 있다. 불립문자不立文字라 했거니와, 도道는 삶 속에 있지 그것을 가리키는 글자나 문장 속에 있지 않다. 그래서 우리가 하늘을 보고 있으면 진짜 하늘 천天 자를 보고 있는 것이요, 누군가를 몹시 그리워하고 있을 땐 진짜 연戀 자를 체득하고 있는 것이며, 고뇌에 빠져 있을 땐 진짜 뇌惱 자가 되어 있는 것이다. 고로 내가 도道 속에 있지 못하면 도라는 글자를 모르는 것이요, 착함 속에 있지 못하면 선善 자를 모르는 것이며, 사람의 마음을 깊이 이해하지 못하면 심心 자를 모르는 것일 터이다.

그래서 연암은 고명한 학자에게도 이렇게 물었다. "그대는 몇 자나 알고 계십니까?" 이 가파르고 당돌한 물음의 속뜻을 알아챈 학자는, 한참을 머뭇거리고는 고작 몇 자를 알 뿐이라고 어렵게 답했다. 그렇다면 우리는 과연 몇 글자나 제대로 알고 있는가? 아마도 우리가 그것을 안다면 지知 자를 좀 더 깊이 알 수 있으리라.

7-4 물고기와 물

무릇 물고기가 물 속에서 놀지만 눈에 물이 보이지 않는 것은 왜인가? 보이는 것이 모두 물이라서 물이 없는 거나 마찬가지이기 때문이지. 그런데 지금 낙서洛瑞 자네의 책이 마룻대까지 가득하고 시렁에도 꽉 차서 앞뒤 좌우가 책 아닌 것이 없으니, 물고기가 물에 노는 거나 마찬가지일세. 비록 동중서董仲舒에게 전일專一함을 본받고, 장화張華에게 기억력을 빌리고, 동방삭東方朔에게서 암송하는 능력[1]을 빌린다 해도 장차 스스로 깨달을 수는 없을 터이니, 그래서야 되겠는가?

夫魚游水中, 目不見水者, 何也? 所見者皆水, 則猶無水也. 今洛瑞之書, 盈棟而充架, 前後左右, 無非書也, 猶魚之游水. 雖效專於董生, 助記於張君, 借誦於東方, 將無以自得矣, 其可乎?　　　　　　　　　　　　　　　「素玩亭記」

제자 이서구李書九가 '소완素玩(담박한 마음으로 완상함)'이라고 서재 이름을 짓고 글을 부탁하자 연암이 기문記文의 서두에 던진 말이다. 숲 속에 있으면 숲을 볼 수 없고, 안개 속에 있으면 안개를 볼 수 없다. 안개와 숲 속에선 눈에 보이는 게 모두 안개요 숲이기 때문이다. 그 안개와 숲은 안개와 숲 밖으로 나와야만 보인다. 눈이 제 눈은 보지 못하듯, 너무 가까워 거리가 없는 것은 볼 수가 없다. 그래서 안은 밖에서 더 잘 보이고, 존재는 부재不在 쪽

에서 더 잘 자각된다.

연암은 이어서 이렇게 말한다.

"무릇 하늘과 땅 사이에 흩어져 있는 것들은 모두가 책들의 정기이니, 진실로 바짝 가로막힌 봄으로써 한 방 가운데서 구할 수 있는 것이 아니네. 그러므로 포희씨가 문文을 관찰할 적에 '위로는 하늘을 관찰하고 아래로는 땅을 관찰했다'고 했네. 무릇 완미한다는 것이 어찌 눈으로만 보고 살피는 것이겠는가? 입으로 맛보면 그 맛을 얻고, 귀로 들으면 그 소리를 얻으며, 마음으로 맞닿으면 그 정기精氣를 얻는 것이네.(夫散在天地之間者, 皆此書之精, 則固非逼礙之觀, 而所可求之於一室之中也. 故包犧氏之觀文也, 曰, '仰而觀乎天, 俯而察乎地'. 夫玩者, 豈目視而審之哉? 口以味之, 則得其旨矣, 耳而聽之, 則得其音矣, 心以會之, 則得其精矣.)"

세상의 모든 책이란 결국 천지만물의 이야기를 문자에 옮겨 놓은 것에 지나지 않는다. 그러니 책 속에서만 책을 구하면 진정한 실체에 닿을 수 없다. 바로 천지만물이라는 원대하고 끝없는 책이 삶 속에 늘 펼쳐져 있기 때문이다. 자장면이라는 책은 그것을 맛보아야 알 수 있고, 새 소리라는 책은 그 소리를 들어야 알 수 있으며, 사랑이라는 책은 사랑을 해 봐야 그 느낌을 알 수 있다. 요는 책 속에서만 진리를 구하지 말고, 밝고 큰 눈과 살아 있는 가슴으로 삶과 세상을 깊이 있게 보고 느끼라는 것, 그것이 진짜 독서의 의미임을 알라는 데 있다.

그런데 우리가 보아야 할 것은 단지 나 밖의 외물外物에만 있지는 않을 것이다. 물고기가 물과 '거리' 없이 너무 가까이 있어 물을 보지 못하는 것처럼, 삶에서도 자기 안의 마음은 잘 보지 못한다. 마음은 내게서 너무 가까이 있기 때문이다. 그러니 그 마음 너머의 마음이랴. 사실 그것은 삶에서 가장 중요하고도 깊이 읽어야 할 책 중의 책인데도…!

---

1)동중서는 한漢나라 때 사람으로, 3년 동안 외출하지 않고 방 안에 틀어박혀 학문에만 전념했다고 한다. 장화는 동진東晉 때 사람으로, 기억력이 비상하여 온갖 일을 훤히 알았으며 수레 30대에 실린 책을 읽고서 『박물지』 400권을 지었다고 한다. 동방삭은 한漢나라 때 사람으로, 암기 능력이 탁월하여 경전과 백가의 말들뿐 아니라 야사, 전기 등 암송하는 것이 이루 헤아릴 수 없었다고 한다.

7-5 마음의 여백

방의 창이 비어 있지 않으면 밝음을 받아들이지 못하고, 돋보기가 투명하게 비어 있지 않으면 빛을 모으지 못하네. 무릇 '뜻'을 밝히는 방법은, 진실로 마음을 비우고 외물外物을 받아들이며 담박澹泊하여 사심이 없는 데 있는 것이니, 이것이 소완素玩의 방법일 것이네.

❀〜

室牖非虛, 則不能受明, 晶珠非虛, 則不能聚精. 夫明志之道, 固在於虛而受物, 澹而無私, 此其所以素玩也歟.　　　　　　　　　　　　　　「素玩亭記」

『도덕경』에 이르길, 수레바퀴의 쓰임은 바퀴 중심축의 비어 있음에 있고, 그릇의 쓰임은 그릇의 빈 곳에 있고, 방의 쓰임은 방의 비어 있음에 있으니, 그러므로 무엇이 있게 함으로 이로움을 삼고 아무것도 없게 함으로 효용을 삼는다고 했다. 만일 종이가 비어 있지 않으면 그림을 그릴 수 없을 것이요, 신발이 비어 있지 않으면 신을 신을 수 없을 것이요, 길이 비어 있지 않으면 오갈 수 없을 것이고, 허공이 비어 있지 않으면 새는 날 수 없을 것이며, 허파가 비어 있지 않으면 숨을 쉴 수 없을 것이다. 사방이 비어 있지 않으면 어찌 잠시라도 무엇을 바라볼 수 있겠는가? 비어 있음은 만물이 숨 쉬는 생명의 길이라 할 수 있다.

책을 볼 때는 무엇보다 눈이 밝고 정밀해야 한다. 그러나 마음이 산란할 때는 다른 것이 내 안에 들어오지 않으니 이는 마음의 창이 비어 있지 않아서이고, 생각이 복잡할 땐 정신이 모이지 않으니 이는 생각의 돋보기가 비어 있지 않아서이다. 깊은 계곡의 샘물도 길의 빈 곳을 따라 흐르고, 숱한 소리들도 귀의 빈 곳을 따라 들어온다. 새로 만든 음식을 맛보려면 입 안이 깨끗이 씻겨야 하듯, 마음이 담박하지 못하면 사물의 맛을 제대로 음미하기 어렵다.

율곡은 『순언醇言』[1]에서 "겉의 있음은 몸과 같고, 속의 없음은 마음과 같다(外有譬則身也, 中無譬則心也)"고 했다. 마음은 구름이 지나간 허공처럼 본디 형체가 없이 비어 있는 것이다. 모든 책이란 백지 위에 쓰인 것이듯, 무릇 글이란 마음의 빈 여백을 따라갈 때 가장 잘 흘러갈 것이 아니겠는가!

---

1)현존하는 우리나라 최초의 『도덕경』 주석서로, 본래 81장인 것을 율곡이 원문을 취사선택하여 40장으로 재편집하여 주석을 달았다.

7-6 정情과 경境

‘**어**떤 것을 정情이라 하는가?’
　　‘새가 울고 꽃이 피며 물이 맑고 산이 푸른 것이다.’
　‘어떤 것을 경境이라 하는가?’
　‘멀리 있는 물은 물결이 없고, 멀리 있는 산은 나무가 없고, 멀리 있는 사람은 눈이 없다. 손가락으로 가리키는 이는 말하는 사람이요, 팔짱을 끼고 있는 이는 듣는 사람이다.’

何如是情? 曰, "鳥啼花開, 水綠山青." 何如是境? 曰, "遠水不波, 遠山不樹, 遠人不目. 其語在指, 其聽在拱."　　　　　　　　「鐘北小選自序」

연암은 「양화洋畫」라는 글에서 이렇게 말한 바 있다.

　"무릇 그림을 그린다는 건, 겉모습은 그리나 속은 그릴 수가 없음이 자연의 세勢다. 대체로 물건이란 불거지고 오목하고, 크고 가늘고, 멀고 가까운 그 형세가 있는 법이다. 그러나 그림에 능한 자는 그 사이에 붓을 대략 몇 차례 놀려 산에는 혹 주름(皴)이 없기도 하고, 물에는 혹 파도가 없기도 하고, 나무에는 혹 가지가 없기도 하니, 이른바 이것이 '뜻'을 그리는 법이다."

정情은 사람에게만 있는 것이 아니라 천지만물 속에도 있다. 산과 바다의 정은 같지 않고, 하늘과 땅의 정도 같지 않다. 그러나 그 있는 그대로의 사물의 정이란 사람의 마음속으로 들어오면, 스펙트럼을 통과한 햇빛처럼 다양하게 굴절된다. 그렇게 마음속에서 새롭게 정비된 '미적 질서'가 바로 마음의 경(心境, 意境)이니, 그것은 어떤 뜻(의도)이 담겨 있는 것이다. 똑같은 경치를 보고도 시는 저마다 다르게 쓰듯이, 화가는 자신의 뜻에 따라 산에 주름을 넣을 수도 있고 뺄 수도 있으며, 강물에 물결을 넣을 수도 있고 뺄 수도 있다. 산에서 나무를 빼고, 인물에서 눈을 빼기도 한다. 이런 먼 풍경의 구도도 표현하고자 하는 의태意態에 따라 고원高遠, 평원平遠, 심원深遠[1] 등 여러 가지가 있다. 피카소의 말처럼 "예술이란 진리를 말하기 위해 사용되는 거짓말"인 것이다.

산수화를 보면 흔히 한 사람은 먼 산정을 손짓하고 있고, 옆에서 어떤 이는 팔짱을 끼고 이를 듣고 있다. 그들의 눈이나 표정은 안 보이지만, 동작으로 그들의 마음을 엿볼 수 있을 듯하다. 화가의 이러한 화법 속엔, 산수에 대해 느끼는 있는 그대로의 순수한 정情과 함께 그 정을 잘 표현할 수 있는 여운 있는 미적 장치인 경境이 함께 담겨져 있다. 경이란 이렇듯 예술이 빚어지는 거푸집인 것이다. 만물의 정이란 그렇게 사람의 정과 섞이어 경의 그릇에 담겨지거니, 무릇 그런 것이 시요, 그림이요, 음악인 것이다.

❊❊❊❊❊ ──────────────────────────────────

1) 중국 북송의 곽희郭熙가 그의 저서 『임천고치林泉高致』에서 설명한 것이다. 산의 정상을 아래쪽에서 쳐다보는 구도를 '고원', 앞산에서 뒤쪽의 산을 조망하는 것을 '평원', 산 앞쪽에서 산 뒤쪽을 바라보는 구성으로 중첩 효과를 내는 것을 '심원'이라고 한다. 이것은 매간매이每看每異, 매원매이每遠每異의 산수의 의태意態를 나타내려는 사상에 바탕을 둔 것으로, 청대淸代에 들어서면서 더욱 복잡해져 활원闊遠, 미원迷遠, 유원幽遠이 더해져 6원이 되었다 한다.

문심文心과 시정詩情

늙은 신하가 어린 임금에게 고할 때의 심정과, 버림받은 아들과 홀로된 여인의 사모하는 마음을 알지 못하는 자와는 함께 소리를 논할 수 없다. 글에 시를 쓰는 듯한 마음이 없으면 『시경』 국풍의 빛깔을 알 수 없는 것이다. 사람이 이별을 겪어 보지 못했거나 그림에 고원한 뜻이 없다면, 더불어 문장의 정情과 경境을 논할 수 없다. 벌레의 촉수나 꽃술에 별 관심을 두지 않는다면 도무지 문심文心이 없을 것이요, 기물器物의 형상을 음미하지 못한다면 이런 이는 비록 글자를 한 자도 모르는 사람이라고 말해도 될 것이다.

不識老臣之告幼主, 孤子寡婦之思慕者, 不可與論聲矣. 文而無詩思, 不可與知乎國風之色矣. 人無別離, 畵無遠意, 不可與論乎文章之情境矣. 不屑於蟲鬚花藥者, 都無文心矣, 不味乎器用之象者, 雖謂之不識一字可也.
「鐘北小選自序」

어느 독서 평론가는 이 글 「종북소선자서」에 대해 이렇게 이야기했다.

"진정한 글에는 소리(聲)가 있고, 빛깔(色)이 있고, 정情이 있고, 경치(境)가 있어야 한다는 것이다. 썩어 문드러진 종이 위에 까맣게 마른 먹으로 채워 간다고 해서 글이 되는 것이 아니고, 낡은 기호記號, 죽은 사상思想

이란 더 이상 중요치 않다. 다만 사물과 직접 만나 그 의미를 마음으로 읽을 수 있는 사람만이 천지사물의 이치를 깨달을 수 있다. 문심文心이란 몇 수레의 책을 읽는다고 나오는 것이 아니라 살아 있는 자연과 변화무쌍한 사물을 읽을 줄 아는 마음에서 나온다."

―조희봉

문심文心이란 사물과 세상 속에서 정情(느낌)을 키울 수 있는 마음이다. 연암은 '그런 마음이 없는 이는 한 글자도 모르는 이!'라는 파격적인 말을 쏟아 낸다. 그러나 우리가 왜 글을 읽는지를 깊이 생각해 본다면, 이것은 우리를 깨우는 의미심장한 일갈이 될 것이다. 우리는 단지 글을 읽기 위해 책을 보는 것이 아니다. 세상과 만물의 정상情狀을 읽어 삶을 좀더 풍요롭게 살기 위해서, 그 삶에서 생성되는 다양한 체험으로 마음과 영혼을 키우기 위해서 책을 읽는다. 그렇다면 글을 읽을 줄은 알되 사물의 마음과 사람의 심정을 읽지 못한다면, 어찌 찌꺼기나 그림자만 핥고 있는 격이 아니겠는가. 외로운 노신老臣이나 버려진 아들, 홀로된 여인의 목소리에서 그들의 마음을 느끼고 읽지 못한다면, 인정人情이란 무엇인지를 알지 못할 것이니, 글은 읽어서 무엇할 것인가?

"나는 떡갈나무 그늘 아래서 비를 피한다. 잎사귀의 뒷면에 작은 달팽이가 뿔을 감추고 매달려 있다. 위에서 굵은 빗방울이 떨어질 때마다 그 잎사귀가 흔들린다. 뿔 감춘 달팽이의 잠도 흔들리리라."

누가 흔들리는 '달팽이의 잠'을 보았던가? 그러나 시인의 이 놀라운 촉감은, 빗방울 떨어질 때마다 흔들리는 잎사귀, 그 잎을 따라 흔들리는 달팽이의 잠을 볼 수 있게 해 준다. 이 글은 류시화의 『삶이 내게 가르쳐 준 것들』

에 실린 산문의 일부이지만 이토록 시적이고 아름답다.

"조개의 조개껍질은 집일뿐만 아니라 인생의 기록이다. 조개껍질은 조개의 꿈과 삶과 행동이 건조된 증거인 것이다. 건조의 시각에서 보면 조개껍질은 그것의 재료의 결 자체 가운데 살아 있다." —바슐라르, 『공간의 시학』

이것은 시학 이론서에 나오는 것이지만 놀라운 시적 직관이 살아 있다. 무심한 조개껍질 하나에서 '조개의 꿈과 삶과 행동의 집적集積'을 읽어 내는 눈이란 얼마나 깊고 섬세한 것인가. 시적 감성이란 문의 바탕이려니와, 감성이 죽어 있는 삶이란 어쩜 영혼의 식물인간과도 같을 것이다.

진짜 글은 본디 천지만물과 생활 속에 있고, 진정한 독서는 그 만물과 삶을 읽는 데 있다. 사물의 이미지는 존재하는 것이 아니라 움직이는 것이다. 감성의 창조적 발견은 삶의 창조적 발견으로 이어진다. 왜냐면 우리의 삶 또한 그냥 존재하는 것이 아니라 늘 움직이는 것이며, 우리의 '마음'은 바로 그것을 이끌기 때문이다.

7-8 사서史書 읽기

그 대가 사마천司馬遷의 『사기』를 읽었다 하나, 그 글만을 읽었을 뿐 일찍이 그 마음은 읽지 못한 듯합니다. 왜냐하면 「항우본기」를 읽고서 성벽 위에서 전투를 관망하던 장면이나 생각하고, 「자객열전」을 읽고서 고점리高漸離가 축筑을 치던 장면이나 생각하니 말입니다. 이런 것들은 늙은 서생이나 하는 진부한 이야기이니, 또한 '부뚜막 아래에서 숟가락 주웠다'는 것과 무엇이 다르겠습니까?

아이가 나비 잡는 것을 보면 가히 사마천의 마음을 이해할 수 있지요. 앞다리는 반쯤 꿇고 뒷다리는 비스듬히 발꿈치를 들고서, 손가락을 집게 모양으로 해 가지고서 다가서는데, 손에 잡히는가 싶더니 나비는 그만 날아가 버립니다. 사방을 둘러보면 아무도 없고, 계면쩍어 씩 웃다가 한편 부끄럽기도 하고 화가 나기도 하니, 바로 이것이 사마천이 책을 저술할 때의 마음입니다.

足下, 讀太史公, 讀其書, 未嘗讀其心耳. 何也? 讀項羽, 思壁上觀戰, 讀刺客, 思漸離擊筑. 此老生陳談, 亦何異於廚下拾匙. 見小兒捕蝶, 可以得馬遷之心矣. 前股半跆, 後脚斜翹, 丫指以前, 手猶然疑, 蝶則去矣. 四顧無人, 哦然而笑, 將羞將怒, 此馬遷著書時也.　　　　「答京之之三」

글의 내용이 아니라, 그 속에 담긴 저자의 마음을 읽어라! 연암이 『사기』를 읽는 벗 경지京之에게 일러 준 독서법에 대한 화두다. 그는 다른 글에서도, "무릇 성인의 글을 읽으면서 능히 그 고심苦心을 터득한 이는 드물다(夫讀聖人之書, 能得其苦心者, 鮮矣)" 했거니와, 글을 읽고 그 내용을 떠올리는 것은 '부뚜막에서 숟가락을 줍는 것' 처럼 누구나 할 수 있는 것이며, 또 흔한 일에 지나지 않는다. 역사서뿐 아니라 한 편의 소설을 읽을 때도 그 서사 맥락이 보여 주는 내용이나 표현의 멋뿐 아니라, 그 이야기를 전해 주는 작가의 속마음 즉 저작 의도와 고뇌를 간파해야 진정으로 그 글을 읽었다고 할 수 있을 것이다.

나비를 잡다 놓친 아이의 마음은 '설렘과 아쉬움' 이 교차하는 사이에서 맴돈다. 항우가 진나라 군대를 무찌를 때에 그 기세에 눌려 다른 제후의 장수들은 성벽 위에서 전투를 관망하고만 있었다 하니, 어찌 승전의 설렘이 없었겠는가. 고점리는 축을 잘 치는 이였는데 진 시황 앞에 불려 와 축을 치다가 축을 던져 그를 죽이려 했으나 실패하여 피살되었으니, 어찌 아쉬움이 없었겠는가.

나비를 잡는 것은 바라는 뜻을 이루는 것이니, 저 역사 속 숱한 지사와 영웅들이 웅지를 이루려 하는 찰나의 설렘이요, 다 잡은 나비를 놓치는 것은 도모하려던 대사大事가 수포로 돌아간 순간의 아쉬움이다. 그러므로 뜻을 이루려는 마음과 그 뜻이 무너지는 순간 사이에는, 나비를 잡는 한 아이가 있는 것처럼 저 숱한 역사 속 인물들이 함께 있는 것이다.

아이가 놓친 나비처럼 영웅들이 놓친 웅지는 허망하게 역사의 뒤안길로 날아갔으니, 역사의 갈피 속으로 묻혀 간 그들의 마음은 어떠하였을까. 또 그것을 지켜보는 사마천의 마음은 어떠하였을까. 꿈의 설렘과 좌절의 아쉬움 속에 놓인 인간사 흥망성쇠興亡盛衰의 모티브 속에서 저자는 무엇을 보고자 했으며, 무엇을 후세에게 보여 주려 했던가. 그리고 우리는 그 역사의 부뚜막 아래에서 숟가락 대신 무엇을 주울 것이며, 무엇을 이야기해야 할 것인가?

7-9 독서궁리

'**독**서궁리讀書窮理' 네 글자는 늙은 서생의 진부한 말이요, 남을 권면하는 의례적인 말이네. 그러나 무릇 지금 이 속에서 실지實地에 공력을 쏟고 본령을 추구한다면, 자연히 마음에 진정되는 바가 있고, 기운이 귀의할 곳이 있을 걸세. 인의仁義가 무르익는 것은 잠깐 사이에 되는 것이 아니고, 신중히 생각하고 밝게 판단하는 것도 절로 차례가 있는 것이므로, 효과와 득실을 먼저 논할 수는 없으나, 수명을 기르고 가도家道를 온전히 하는 데 있어 반드시 이것이 '큰 실마리'가 되지 않는다고는 못할 것이네.

❋◟

讀書窮理四字, 此是老生朽譚而勉人例語. 然大抵及今下工於實地, 究竟於本領, 則自然心有所底定, 氣有所歸宿矣. 仁精義熟, 非可造次, 愼思明辨, 自有次第, 則功效得失, 未可先論, 而其爲養壽命全家道, 則未必非此爲之大端也.

「與人」

'책 읽어라'처럼 흔한 말이 없다, 허나 그 말의 생명력은 고금에 끊어지는 법이 없다. 책 속에서 이치를 구하고 길을 찾을 수 있는 까닭은 무엇일까? 나탈리 골드버그의 『뼛속까지 내려가서 써라』라는 책에는 이런 구절이 있다. "글쓰기는 안개에 싸여 있는 마음에 불을 태우는 행위이다!" 허나 이는 독서에도 그대로 적용될 수 있는 말이 아닐까 한다. 자욱한 안개 속에선 길을 찾을 수 없듯, 마음속을 그득 채우고 있는 무지의 안개들이 걷히지 않으면 길을 찾을 수 없을 것이기 때문이다. 독서는 바로 그 안개를 태워 길을 밝혀 주는 길트기다. 책은 먼저 길을 간 사람들이 혼신의 힘을 쏟아 만들어 놓은 표지이고, 수없는 체험들이 포개어져 삶의 진정성으로 난 깊고도 명확한 통로다.

그럼에도, 그 어디에도 책만큼 학습 비용이 적게 드는 것은 없다. 책은 어느 분야이든 상관없이 최고의 지성들이 들려주는 숱한 이야기들을 자유롭게 들을 수 있으며, 시공을 초월해서 무수한 삶의 진실들과 만날 수 있게 한다. 책은 10번을 읽든 100번을 읽든 많이 읽었다고 탓하지 않으며, 한 사람이 다녀가거나 천 사람 만 사람 그 배의 배가 다녀가도 전혀 닳지 않거니, 그곳은 아무리 많고 많은 사람이 들어가 있어도 조금도 비좁아지지 않는 집이다. 오히려 많이 묵을수록 더 커지는 집! 어쩜 인류의 거의 모든 문화는 그 집에서 태어났고 또 살아가는지도 모른다.

독서로 미명未明의 안개가 걷히면, 삶의 길은 좀더 또렷이 보일 것이다. 이럴진대, 왜 안개 속에서 길을 잃고 헤매일 것인가? 갈 길을 알아 마음이 안정되고 생각이 명료한 사람은, 그만큼 그 길을 편히 가는 법이다. 곤충학자 파브르는 "누구에게나 정신적으로 하나의 기원紀元을 만들어 주는 책이 있다"고 했다. 글자들의 눈빛으로 이어진 저 깊고 깊은 길을 보라. 독서란 아마도 무지의 안개를 태워, 내 안에 있는 마음의 지도와 내 밖에 있는 삶의 지도를 동시에 얻는 방법이 아닐는지!

7-10 독서와 한열寒熱

사람들은 심한 더위와 모진 추위에 어떻게 대처해야 하는지를 모르는 듯합니다. 옷을 벗거나 부채를 휘둘러도 불꽃같은 열을 이기지 못하면 더욱 덥기만 하고, 화롯불을 쪼이거나 가죽옷을 껴입어도 한기寒氣를 견디지 못하면 더욱 떨리기만 하는 것이니, 이것저것 모두가 독서에 착심着心하는 것만 못합니다. 요는 스스로의 가슴속에서 한기나 열기를 일으키지 않아야 하는 것이지요.

人於酷暑嚴沍, 不識處之之道. 脫衣揮箑, 不勝炎熱則逾熱, 炙爐襲裘, 不禁寒栗則逾冷, 不如着心讀書. 要之自家胸中, 不作寒熱.　　　　　「上宗兄」

책이라는 부채로 혹서의 날씨를 건너고, 독서라는 화롯불로 혹한의 기운을 넘어라! 연암은 책을 읽는 것으로 더위와 추위를 이겨 내라고 권한다. 무릇 책과 독서로 내면이 고요해져 자기 가슴속에 열기와 한기를 짓지 않으면 외부의 한열을 잊을 수 있기 때문이다. 그런 독서를 즐긴 이가 있었거니, 연암의 제자였던 오우아거사吾友我居士 이덕무의 글을 보자.

　"눈 온 날 새벽이나 비 내리는 저녁에 내 좋은 벗은 오질 않으니, 누구와 더불어 정다운 이야기를 나누랴? 시험 삼아 내 입으로 읽어 보니 이를

듣는 것은 나의 귀였고, 내 팔로 글씨를 쓰니 이를 감상하는 것은 내 눈이
었다. 나로써 나를 벗삼았거니, 다시 무엇을 원망하랴?"

-「선귤당농소蟬橘堂濃笑」

그는 책을 통해 내가 나를 벗하는 오우아거사吾友我居士가 되었다. 또 이
런 내용도 있다.

"내가 근래 일과로 독서를 하면서 네 가지 유익함을 깨달았으니, 지식
을 넓히고 정미하게 하거나 옛것에 통달하고 뜻과 재주에 보탬이 되는 것
을 말하는 게 아니다. 첫째, 조금 배고플 적에 읽으면 소리가 배나 낭랑하
여 그 뜻을 음미하느라 배고픈 줄도 깨닫지 못했다. 둘째, 조금 추울 때
읽으면 기운이 소리를 따라 도도하게 흘러 몸 안이 편안하게 트여 추위를
잊을 수 있다. 셋째, 근심스럽고 괴로울 적에 읽으면 눈이 글자와 맞닿아
마음이 이치와 더불어 모아지니 천만 가지 생각이 스러져 없어질 때가 있
다. 넷째, 기침을 앓을 때 읽으면 기운이 통하고 걸근거림이 없어 기침소
리가 문득 그치게 된다."

-「이목구비심서耳目口心書」

독서를 통해서 배고픔과 추위와 번뇌와 기침마저 잊었으니, 과연 진실로
독서를 사랑했다 이를 만하다. 그에게 책이란 부채와 화롯불을 넘어 몸과
마음을 보하는 영약이었고, 추위와 더위에 매이지 않게 하는 망忘의 기틀이
었다.

"기분 좋은 졸음과 자유로운 독서 사이에는 밀접한 관련이 있다. 그 어
느 경우에도 심장의 고동이 완만해지며 긴장감이 해소되어 마음이 냉정해

진다. 가장 좋은 독서법은 침대 곁에서 하는 독서이다."   —임어당

　정녕 책의 심장엔 해열과 보온 작용이 함께 들어 있는 것일까? 책의 심장
속에서 굳건히 여름과 겨울을 날 수 있었던 저들의 느리고 여백 많았던 삶
이 마냥 부럽고 그립다.

선비와 독서

무릇 선비란 아래로 농農·공工과 같은 부류에 속하나, 위로는
왕공王公과 벗이 된다. 지위로 말하면 농·공과 다를 바 없
지만, 덕으로 말하면 왕공이 평소 섬기는 존재다. 선비 한 사람이 글
을 읽으면 그 혜택이 사해四海에 미치고 그 공덕은 만세萬世에까지
남는다. 『주역』에 이르기를, "나타난 용이 밭에 있으니 온 천하가
빛나고 밝다" 했으니, 이는 글을 읽는 선비를 두고 이름인저!

夫士下列農工, 上友王公. 以位, 則無等也, 以德, 則雅事也. 一士讀書, 澤及
四海, 功垂萬世. 易曰, "見龍在田, 天下文明", 其謂讀書之士乎!　　　「原士」

'선비(士)'는 어디에 서 있는 자인가? 농공農工과 지위는 같되, 그 혜택은 사
해에 미치고 공덕은 만세에 드리우는 사람! 연암에 의하면 그러한 차이는
단지 '독서' 하나에 있다. 그러므로 선비란 독서의 나룻배를 타고 천하와
만세萬世를 건너가는 이일 것이다. 그 배가 도대체 어떤 것이기에 선비로 하
여금 왕공의 섬김을 받으며 천하에 우뚝하게 하는 것일까.

　초에 불이 켜지면 주위가 밝아지듯, '내'가 밝아지면 그 빛은 사방으로 번
지는 법이거니, 선비의 독서란 바로 세상을 위해 마음에 커다란 '빛'을 밝
히는 행위일 터이다. 책 속엔 이미 사해와 만세가 들어 있고, 또 그것을 비

추었던 빛의 원자들이 담겨 있다. 하여 책 읽는 선비란 그 빛을 자신의 마음에 옮겨 놓는 이거니, 그 빛이 크면 클수록 자신은 물론이요 세상과 후세에 그 밝은 빛을 전하게 될 것이다.

연암은 이르길, "선비의 학문은 농업·공업·상업의 이치를 다 포괄하며, 이 3가지는 반드시 선비를 기다린 후에야 이루어진다" 했거니와, 초야의 용龍인 책 읽는 선비 한 사람의 공덕이 사해와 만대에 끼치니 이 얼마나 장쾌한 일인가.

"언젠가 많은 것을 말해야 할 이는, 많은 것을 가슴속에 말없이 쌓는다. 언제인가 번개에 불을 켜야 할 이는, 오랫동안 구름으로 살아야 한다."

−니체, 『인간적인 너무나 인간적인』

초야의 구름 속에서 말없이 가슴속에 웅지를 쌓으며 천하 만세를 비출 번개를 짓는 사람! 선비는 정녕 책을 타고 세상을 건너는 사공이되, 그는 물을 건너가지 않고 만인의 마음속을 건너가리라.

7-12 독서의 문맹

군자가 종신토록 하루라도 폐해서는 안 되는 것이 있으니, 오직 글을 읽는 일일 것이다. 그러므로 선비가 하루만 글을 읽지 아니하면 얼굴(표정)이 단아하지 못하고, 말씨가 단아하지 못하고, 갈팡질팡 몸을 가누지 못하고, 두려워하면서 마음 붙일 곳이 없게 된다. 장기나 바둑을 두고 술 마시고 하는 것이 애초에 어찌 즐거워서 한 일이리오!

君子終其身, 不可一日而廢者, 其惟讀書乎. 故士一日而不讀書, 面目不雅, 語言不雅, 倀倀乎身無所依, 伈伈乎心無所適. 博奕飮酒, 初豈樂爲哉! 「原士」

존 듀이는 "교육의 참된 목적은 각자가 평생 자기의 교육을 계속할 수 있게 하는 데 있다"고 했다. 정녕 평생 자기 교육을 계속할 수 있게 하는 데 독서보다 더 좋은 스승은 없을 것이다. 책은 실로 모든 이의 스승이요, 만대에 지지 않는 불멸의 스승인 것이다.

사람의 동정動靜이란 무릇, 마음에 근심이 있으면 표정과 말씨와 행동에도 그늘이 생기게 마련이며, 마음이 욕망에 들뜨면 표정과 말씨와 행동에도 그런 기운이 내비치게 마련이다. 그렇다면 하루하루의 독서로 마음을 안착시킬 수 있고, 얼굴과 말씨가 단아해지는 이유는 무엇일까?

어떤 정치인이 선사를 만나 시간이 없어 명상을 할 수 없다고 하자 선사는 이렇게 대답했다.

"당신은 마치 두 손으로 눈을 가리고 밀림 속을 걷고 있으면서 너무 바빠서 두 손을 눈에서 뗄 수 없다고 말하는 사람과 같군요. 시간이 없어서 명상할 수 없다는 것은 변명입니다. 명상하지 못하는 진짜 이유는 '마음'이 가만히 앉아 있지 못하기 때문입니다."

-류시화, 『삶이 나에게 가르쳐 준 것들』

명상과 마찬가지로, 독서는 자기 안으로 들어가는 일인 까닭에 '마음'을 가만히 앉혀 놓아야 능히 온전한 독서가 가능하다. 누구나 그렇게 독서를 하면 할수록 자신의 내면과 조우하게 될 것이다.

연암이 "책상 위의 먼지를 털고 책들을 가지런히 바로 놓고서 단정히 앉아, 잡된 생각을 가라앉히기를 얼마쯤 한 연후에 책을 펴고 읽되, 느리게도 급하게도 읽지 말 것이며 자구를 분명히 하고 고저를 부드럽게 해서 읽는다"(「원사」)고 이야기한 것도 이런 맥락에서일 것이다.

책은 만대의 뭇 스승이 살고 있는 커다란 집이거니, 어찌 마음을 차분히 하지 않고 그 집에 들어갈 수 있으랴. 또한 그 집에 있으면 있을수록 스승의 감화에 깊이 젖게 마련이니, 어찌 얼굴과 말씨와 마음과 동정動靜이 단아해지지 않으랴. 하루하루가 쌓여 한 해가 되고 백 년이 되는 법이니, 우리의 마음을 어디에 얼마나 오래 두느냐에 따라 표정, 말씨, 눈빛, 행동은 물론이요, 우리의 인생 전체가 달라질 것이다. 책을 읽지 않는다는 것은 글을 읽을 줄 모르는 것과 별반 다를 게 없으니, 책을 읽지 않는다는 건 곧 마음이 갈 곳을 여윈 영혼의 문맹이 되는 일일 것이다.

독서와 천하

천하 사람으로 하여금 편안히 앉아 글을 읽게 한다면, 천하엔 일이 없을 것이다.

使天下之人, 安坐而讀書, 天下無事矣.　　　　　　　　　　　　　「原士」

이 문장을 보고서 문득 마음속에 파문이 일었거니, 이 사소한 문장 하나에 왜 내 마음이 못내 술렁이는 것일까. 현 인류가 1분 당 사용하는 군사비가 13억3천281만 원 정도라고 하는데, 한편 그 이면에서는 고작 1분 당 5~10명이 굶어죽는다고 한다. 1년이면 7백조 원이 넘는 돈을 해마다 서로를 겨누는 총칼에 쏟아 붓는 인류를, 어찌 미개하고 정신 나갔다고 아니하랴. 그 돈과 마음의 단 1/10만이라도 물꼬를 이쪽으로 돌려, 다들 편안히 앉아 책을 읽는다면 정녕 천하엔 일이 없지 않을까?

"이 세상의 온갖 서적으로도 너에게 행복을 가져다주지는 못한다. 그러나 서적은 남몰래 네 자신 속으로 너를 되돌아가게 한다."　－헤르만 헤세

지금 우리 시대는 가벼움이 범람하는 시대이고, 온 사방이 들뜸으로 속도만을 재촉하는 시대다. '혼자 있음의 존엄'을 잊은 지 오래고, '고요한 내면'의 의미를 잃은 지 오래다. 하지만 세상의 모든 폭력과 갈등, 부조화는

오직 자기 안에 '고요'를 상실한 데서부터 시작되는 것이다.

　　"사람은 혼자 있을 때가 인생의 가장 중요한 때다. 어떤 샘물은 우리가
　혼자 있을 때만 솟아나온다. 예술가는 창작을 위해, 작가는 사색을 위해,
　음악가는 작곡을 위해, 그리고 성자는 기도를 위해 혼자 있지 않으면 안
　된다."
-리드버그

　삶을 위해서, 우리는 저마다 혼자 있을 수 있어야 한다. 책을 통해 온 세
상 사람들이 저마다 물 속처럼 담아한 내면을 유지한다면, 7백조가 넘는 돈
은 오히려 서로의 사랑과 번영에 바쳐질 수 있을 것이다. 아아, 그러므로 천
하 사람들이 자기 안에 편안히 앉아 책을 읽는다면, 천하에 어찌 일들이 있
을 수 있겠는가!

7-14 독서와 인생

명분과 법도가 비록 좋다 해도 오래되면 폐단이 생기고, 쇠고기 돼지고기가 아무리 맛있어도 많이 먹으면 해가 생긴다. 많을수록 유익하고 오래갈수록 폐단이 없는 것은 오직 '독서' 뿐일 것이다.

名法雖好, 久則弊生, 芻豢雖美, 多則害生. 逾多而逾益, 彌久而無弊者, 其惟讀書乎.　　　　　　　　　　　　　　　　　　　　　　　　　　「原士」

연암의 독서 예찬은 참 열렬하다. 오래되어도 폐단이 생기지 않고, 많아도 탈이 되지 않는 것, 많으면 많을수록 오래면 오랠수록 더 좋은 것! 포도주도 오래될수록 좋고, 산삼도 오래될수록 좋고, 골동품도 오래될수록 좋다. 또 수확은 많을수록 좋고, 돈도 많을수록 좋고, 경험도 많을수록 좋다. 그러나 이것이 어찌 자신의 뜻대로 항상 있을 수 있는 것이리오.

그러나 독서는 내가 선택하기만 하면 언제든지 더 많을 수 있고 더 오랠 수 있다. 책은 읽지 않는 동안에는 단지 종이 위의 까만 자국에 지나지 않는다. 그러나 그것을 많이 그리고 오래도록 함께하면, 그것은 내 안에서 익어가는 포도주와 같아서 갈수록 맛이 깊어지고, 갈수록 그 향이 진해진다. 어디 그뿐인가, 그것은 또 내 영혼에 뿌리를 내리는 산삼과도 같으니, 오래될수록 정신의 수명을 길고 넓게 하며, 마음을 영묘하게 만든다.

그래서 책을 읽지 않는 인생은 세월이 가도 깊어지는 맛이 없고, 함께할 향기가 없으며, 얻을 만한 지혜가 없다. 무릇 세상에 깊은 맛을 내는 것치고 금방 이루어지는 것은 없는 법이다. 독서는 내 안에서 발효되어 찬찬히 익어 가고, 나이테를 그리며 서서히 성장해 가는 것이니, 그것은 언젠가 그대로 그 인생에 맛과 그늘을 드리울 것이다.

7-15 독서의 효용

어린애가 글을 읽으면 요망스럽지 않게 되고, 늙은이가 글을 읽으면 노망이 들지 않는다. 귀해져도 해이해지지 않고 천해져도 참람(僭濫)해지지 않는다. 어진 자라 해서 남아도는 것이 아니며, 미련한 자라 해서 도움이 아니 되는 것이 아니다. 나는 집이 가난한 이가 글읽기 좋아한다는 말은 들었어도, 부자로 잘 살면서 글읽기 좋아한다는 말은 들어 보지 못했다.

幼者, 讀書而不爲妖, 老者, 讀書而不爲耄. 貴而不替, 賤而不僭. 賢者, 不爲有餘, 不肖者, 不爲無益. 吾聞家貧好讀書, 未聞家富而好讀書者.　　「原士」

독서의 효용은 어린아이에서 노인에 이르기까지, 지혜로운 자에서 어리석은 자에 이르기까지 모두에게 도움이 된다. 때에 맞게 비가 와야 곡식이 자라듯, 때에 맞게 좋은 책을 읽어야 지식과 식견이 자라고 영혼의 줄기가 마르지 않는다. 깊은 우물에 끈이 닿으려면 끈이 길어져야 하거니, 총명한 이라고 해서 어찌 쉴 것이며, 느린 말이라도 열심히 가면 결국은 멀리까지 이르는 법이니, 어리석은 이라고 어찌 행하지 않을 수 있겠는가.

　뿌리 깊은 나무의 그늘은 비가 많이 왔다고 늘어나거나, 비가 적게 왔다고 줄어들지 않는다. 그처럼, 깊은 독서는 내 안에 정신의 균형을 이루어,

귀해져도 해이해지지 않게 하고 미천해져도 참람해지지 않게 한다. 독서의 뿌리가 온전한 정신의 수액을 계속해서 제공하기 때문이다. 자랄 때 자라지 못해서도 안 되고, 영양을 공급받아야 할 때 공급받지 못해서도 안 되거니, 사람이란 어쩌면 책을 읽어 가며 크는 영혼의 나무인지도 모르겠다

상전벽해桑田碧海라는 말이 있거니와, 빈부와 흥망이 어찌 변하지 않고 고정된 것이랴. 어느 책에선가 성공하는 이들의 공통된 특징 2가지는 '긍정적 사고와 풍부한 독서'에 있다고 하였다. 독서를 열심히 하는 이는 다듬어지고 있는 옥배玉杯이고, 독서하지 않는 인재나 부자는 밑 빠진 옥배玉杯이니, 그 언젠가는 만들어진 옥배에 술이 찰 것이요, 나머지 한쪽엔 술이 마를 것인저!

7-16 독서의 자세

비록 한 번 섭렵했다 하더라도 만약 자세히 궁구하지 않는다면, 수박 겉 핥기나 후추를 통째로 삼키기와 무엇이 다르겠느냐?

雖一次涉獵, 若不細究, 則亦何異乎, 皮舐西瓜, 全呑胡椒耶? 「廿三夜追書」

큰아들에게 보낸 편지의 일절로 독서의 태도에 대한 당부가 잘 드러나 있다. 요즘의 독서는 대개 한 번 쭉 읽는 것으로 끝난다. 10번은 고사하고, 두세 번 읽는 경우도 많지 않다. 그런 독서는 수박 겉 핥기나 후추를 빠지도 않고 통째로 삼키는 격이라고 연암은 일침을 놓고 있는 것이다. 그는 다른 곳에서도 자주 글의 뜻과 이치에 깊이 파고들어 자세히 음미하고 정밀하게 생각하는 독서를 강조했다.

우리가 독서를 하는 것은 좋은 책 속에 담긴 어떤 좋은 것을 내 것으로 만들기 위해서다. 거듭 반복해서 읽고 음미하고 반추해도 그것이 내 삶에 온전히 체득되기란 대단히 어려운 일이다. 하물며 주마간산으로 책을 한 번 읽고서 그게 가능하다면 누군들 지혜롭고 놀라운 사람이 되지 않겠는가! 많은 책을 읽는 것도 중요하지만 어쩜 한 권의 책을 제대로 읽는 것은 더 중요할지 모른다.

맑은 물은 얕은 우물에서 나오지 않거니, 책도 하나의 우물과 같아 깊이 들여다보지 않으면 그 속의 '내밀한 깊이'에 닿지 못한다. 깊은 우물에 물이 고이는 데도 시간이 필요했던 것처럼, 책 속의 정기精氣가 내 안으로 고이는 데도 시간이 필요하다. 곱씹지 않고 삼킨 음식은 소화되기 어렵듯, 곱씹고 음미하는 정심精深의 진지한 독서가 아니고는 책의 내용이 내 삶의 정신적 영양소가 되기 어렵다.

"새벽닭이 울면 잠자리에서 일어나 눈을 감고 앉아, 어제 읽은 글을 생각하며 가만히 그 이치를 다시 궁구해 본다."(『원사』) 이런 독실한 태도라면 어찌 영혼의 우물이 깊어져 나날이 그 안에 맑은 물이 고이지 않겠는가.

가벼운 독서는 가벼운 책을 부르고, 그것은 또 가벼운 영혼과 가벼운 사회를 부른다. 독서의 자세와 깊이가 곧 한 사람의 성숙도뿐 아니라, 한 사회의 문화적 성숙도를 보여 주는 것이다. 그러니 책읽기가 어찌 책읽기에 그친다고 할 수 있겠는가? 책이 한 사회의 문화적 기초라면, 독서의 자세와 깊이는 그 문화적 기초가 자라는 정신의 혈관인 것이다.

7-17 독서와 실천

부모의 명을 들으면 머뭇거리지 않을 것을 생각하고, 친구와 더불어 약속을 하면 곧바로 실천할 것을 생각하듯이, 이렇게 하는 것이 바로 글 읽는 방법이다.

如聞父母之命, 思無留行, 如與朋友信, 思無宿諾, 此讀書之道也.　　　「原士」

머뭇거리지 말 것, 곧바로 실천할 것, 이 두 가지가 연암이 제시하는 글을 읽는 방법이다. 글을 읽는다는 것은 곧 책을 통해 내 내면이 깊어지고 더 넓어져서, 그것이 내 행위와 내 삶으로 배어 나오게 하기 위한 것이다. 순자는 이르길, "군자의 학문은 눈과 귀로 들어와, 마음에 안착하므로 온몸으로 퍼져 동정動靜으로 드러난다"고 했거니와, 읽은 글이 내게서 곰삭고 체화되어 삶과 행동으로 드러나지 않는다면, 어찌 글을 읽었다고 할 수 있겠는가?

　설령 많은 책을 숱하게 읽었더라도 그 사람에게서 책들의 향기나 운치, 정신의 빛이 느껴지지 않는다면, 그는 책을 잘못 읽었거나 제대로 자기 안에서 소화하고 발효시키지 못한 것이다. 즉 책의 영양소가 자기 안으로 고스란히 흡수되지 못한 채 주마간산처럼 그냥 흘러가 버린 것이다. 점화되지 않은 불은 빛을 발할 수 없듯, 영혼과 가슴에 점화되어 정신의 빛을 발하지 않는 독서는 죽은 독서다.

"경전을 제대로 이해하려면 잘 성숙된 도덕적 감수성과 경전이 말하는 진리를 좇아서 살아 보는 경험이 있어야 한다. 오직 경전이 인도하는 바를 좇아서 살아가는 실습을 하는 자만이 그 참뜻을 해득할 수 있을 것이다."

이 말은 간디가 죽는 날 아침에도 읽었다고 하는 힌두교 경전 『바가바드 기타』에 스스로 주석을 달며 서문에서 언급한 말이다. 비단 종교 경전뿐 아니라, 모든 책읽기는 눈에서 시작되어 살아가는 삶의 동정動靜의 폭과 깊이에서 완성되는 것이 아니던가. 살아 있는 생생한 체험을 통해 그 의미를 해득하지 못하는 사람은 아직 독서가 뭔지 모르는 사람이거나, 그 뜻을 자기 안에 온전히 심지 못한 사람일 것이다.

8장 글쓰기 미학

옛것은 익혀 변할 줄 알아야 하고
새것은 법도에 맞아야 하거니,
창작의 길은 늘 그 사이에 있다.
무엇보다 자신의 가슴이 살아 있어야 하거니
글은 바로 그 살아 있는 가슴을 쓰는 일이다.

8-1 문장이란 무엇인가

문장이란 천하의 지극한 보배다. 오묘한 근원에서 정화精華를 뽑아 내고, 형적이 없는 데서 숨겨진 깊은 이치를 찾아 내어 천지 음양의 비밀을 누설하니, 귀신이 원망하고 성낼 것은 뻔한 일이다.

文章者, 天下之至寶也. 發精蘊於玄樞, 探幽隱於無形, 漏洩陰陽, 神鬼嗔怨矣.
「虞裳傳」

글이라는 것은 책을 이루는 피와 살이니, 문장이 없으면 이 세상엔 단 하나의 책도 존재할 수 없게 된다. 문장은 시대와 시대를 건너고 공간과 공간을 넘어, 세상의 수없는 지식과 무한한 삶의 지혜와 체험들을 전하는 유일한 운송수단이었다. 그것의 행로는 정녕 끝없는 길과 같았으니, 그 길에서 수없는 사람과 수없는 시대가 만나고 또 만나 삶을 키워 갔다.

  그렇게 문장이라는 장독에 어떤 것을 담아 두면 물을 건너고 산을 넘어도 쏟아지지 않고, 천 년이 지나도 그 내용물이 썩지 아니하여서 고스란히 전해지니, 이 어찌 지극히 신령한 그릇이 아니리오. 빼어난 문장이 나오면 학문과 문화를 융성시켜 나라를 번영케 하고 인류의 자산으로 남으니, 이것이 어찌 천하의 보배가 아니리오. 대문호나 큰 학자는 모두 문장으로 서는 자이니, 그들은 이로써 자신을 세우고 남을 세우며 또 세상을 세우는 기둥을 만드는 자일 것이다. '셰익스피어는 인도와도 바꾸지 않겠다'[1] 하였거니와, 대문호와 큰 학자의 가치를 어찌 경제적 가치로 쉽게 환산할 수 있으리오.

인류 문명을 발전시킨 가장 위대한 동력은 문자에 있었거니, 문장이란 곧 문명의 정수이고, 번영의 중추인 것이다. 문장이란 사물의 비의를 꿰는 감수성과 통찰력으로 이루어지는 것이니, 이는 보이지 않는 것에서 보이는 진실을 뽑아 내고, 깊이 숨어 나타나지 않는 것들을 끌어 내어 삶에 드러나게 한다. 대저 시대를 불문하고 세상을 이어 주는 끈은 문장 속에 있을 터이니, 그 끈을 잡아야 서로 연결될 수 있을 것이다. 글이 빛나야 곧 세상의 진실이 빛날 것이니, 그것은 인간 정신의 총화요, 문화의 젖줄이자, 지지 않는 영혼의 꽃이기 때문이다.

---

[1] 이 말은 인도인들의 입장에서 보면 너무나 이기적이고 오만한 침략자 영국의 일방적 감정일 뿐이다. 여기서는 다만 널리 알려진 이 말의 비유적 의미만을 차용한 것임을 언급해 둔다.

8-2 법고와 창신

아, 옛것을 본받는 사람은 낡은 자취에 구애되는 것이 병이
고, 새것을 만든다는 사람은 벼리에서 벗어나는 것이 탈이
다. 참으로 옛것을 본받되 변통할 줄 알고 새것을 만들어 내되 법도
가 있게 한다면, 지금의 글이 곧 옛 글과 같을 것이다.

❀〜

噫, 法古者, 病泥跡, 刱新者, 患不經. 苟能法古而知變, 刱新而能典, 今之文,
猶古之文也.   「楚亭集序」

창조의 길은 어디에 있는가? 그 길은 언제나 법고法古와 창신創新 사이에
있다. 법고를 하지 않으면 상도常道가 되는 벼리를 얻지 못하고, 창신을 하
지 않으면 진부한 자취에서 벗어나지 못하기 때문이다. 그렇다면 고古란 무
엇인가? '고'는 오래도록 변치 않는 원리요 벼리이며, 그 진실의 역사적 집
적일 터이다. 그래서 '고'를 꿰뚫으면 시공을 넘는 어떤 '법칙'을 얻게 되는
것이다. 그러므로 '고'를 얻는 법은 껍데기에 있지 않고, 그 안의 '내적 속
성'(象)을 깊이 캐내는 데 있다. 원리를 캐낸 다음 그것을 지금 여기 나의 상
황에 맞게 변용시킬 수 있어야 한다. 옛것에서 얻으면서도 옛것에 갇히지
않아야 '뼈대 있는' 새로운 것이 나올 수 있기 때문이다.

　　그러한 의미에서 '고'는 고정되어 있거나 완결된 것이 아니라, 오히려 늘

현재와 미래로 열려서 수없는 통로를 제시하며 새롭게 재생된다. 옛것의 정수를 본받으면 내가 '옛것' 속으로 들어가게 되고, '옛것'은 또 내 속으로 들어오게 된다. 이 쌍방의 삼투 작용으로 '옛것'은 내 안에서 새로운 '옛것'이 되니, 이것은 살아 있는 고유의 '고古'가 되고 또 '금今'이 된다. '고' 속으로 들어간 '금'이요, '금' 속으로 나온 '고'가 되는 것이다. 늘 그렇지만 이렇듯 오직 '고/금'을 얻은 것만이 시공을 넘고 권좌에 앉는다.

　세상의 모든 고전은 언제나 당대에는 '현재'였을 뿐이다. 하루 전에 나온 책이라도 그것이 고금의 벼리를 얻었다면, 법받을 고전으로서 무슨 문제가 있으랴! 요컨대 연암의 글이 기실 법고와 창신 사이에 있었고, 또 고문古文과 소품문小品文 사이에 있었으며,[1] 능전能典과 지변知變 사이에 있었으니, "오직 도를 아는 자라야 능히 사이에 잘 처할 수 있다(善處其際, 惟知道者能之)"는 그의 말처럼 그는 무엇보다 사이의 자장磁場이 뿜어 내는 에너지와 생명력, 그리고 쉼 없는 긴장의 재구성과 변화의 법칙 속에 잘 노닐 줄 알았던 것이다.

---

1)조선 후기에는 진한秦漢 이전의 근엄한 문장을 숭상하는 고문파와, 명말청초에 유행한 짧고 감성적인 소품문을 추구하는 금문파 사이에 첨예한 논쟁과 대립이 있었다. 연암은 이 둘의 장점을 모두 흡수하여 자신만의 문체를 이루었다.

8-3 글쓰기 병법 1

글을 잘 짓는 이는 병법을 아는 자이리라. 비유컨대 글자는 군사요, 글의 뜻은 장수이다. 제목은 적국敵國이요, 고사故事의 인용은 전장의 진지를 구축하는 것이다. 글자를 묶어서 구句를 만들고 구를 모아서 장章을 이루는 것은 대오를 이루어 진을 치는 것과 같고, 운韻으로 소리를 내고 멋진 말로 표현을 빛나게 하는 것은 전장의 징이나 북, 깃발과 같다. 앞뒤의 조응照應은 봉화요, 비유는 유격의 기병이다. 억양반복抑揚反復은 끝까지 싸워 섬멸하는 것이요, 파제破堤한 다음 묶어 주는 것은 성벽에 올라가 적을 사로잡는 것이다. 함축을 귀하게 여기는 것은 반백의 늙은이를 사로잡지 않는 것이요, 여음이 있게 하는 것은 군대를 정돈하여 개선하는 것과 같다.

善爲文者, 其知兵乎. 字譬則士也, 意譬則將也. 題目者, 敵國也, 掌故者, 戰場墟壘也, 束字爲句, 團句成章, 猶隊伍行陣也, 韻以聲之, 詞以耀之, 猶金鼓旌旗也. 照應者, 烽埈也, 譬喩者, 遊騎也. 抑揚反復者, 鏖戰撕殺也, 破題而結束者, 先登而擒敵也. 貴含蓄者, 不禽二毛也, 有餘音者, 振旅而凱旋也.

「騷壇赤幟引」

연암이 말하는 글쓰기 병법의 요지다. 글쓰기와 병법 사이에서 똑같은 상象 (이미지)을 읽어 내고서 주도면밀하게 그것을 하나하나의 비유로 묶어 놓았다. 병법이란 상대의 강역疆域을 얻는 것이 목적이요, 글쓰기란 읽는 이의 마음을 얻는 것이 목적이다. 그래서 글쓰기는 '글자'라는 병사로 마음의 성城을 함락시켜 독자의 '마음'을 얻어 내는 병술이라고 할 수 있다. 이 병술에 능하면, 시공을 넘어 수천수만의 무수한 사람들의 마음을 한꺼번에 얻을 수가 있고, 그 이름이 마음의 전쟁터인 사람들의 가슴에 오래도록 남는다.

글자의 병사들은 '뜻'이라는 장수가 있어야 조리 있게 잘 움직여 힘을 발휘할 수 있다. 그것은 글자들을 몰고 갈 수 있는 강력한 힘인 것이다. 제목이란 함락시켜야 할 대상이요, 적절한 인용은 유리한 고지를 얻어 내 힘을 아끼는 방법이며, 구를 만들고 문장을 짓고 단락을 만드는 것은 부대의 대오를 효과적으로 안배하여 크고 작은 힘을 조직적으로 잘 사용하는 것이며, 소리 내어 읽기 좋게 하고 표현을 멋있게 안배하는 것은 전장의 북소리와 깃발처럼 글자들의 사기와 분위기를 돋우고 기세를 잡게 하는 것이다. 봉화로 미리 알리듯 글의 의미가 앞과 뒤에서 은근히 호응해야 하며, 참신하고 적절한 비유로 기병처럼 날쌔게 뚫고 들어가 흐름과 승세를 깔끔하게 바꿔야 하며, 계속되는 공수攻守 공방攻防이 완전한 섬멸에까지 이어지듯 기세의 높고 낮음을 조절하는 억양반복으로 끝까지 호흡을 고르며, 성벽을 넘어 낱낱의 적을 사로잡듯 제목의 의미를 밝혔으면 그것의 의미를 조목조목 세세히 묶어 세워 줄 것이며, 영양가 없는 흰머리 늙은이는 잡을 필요가 없듯이 군살은 버리고 말을 줄여서 함축미를 높이고, 끝에 다다랐으면 군대를 정돈하여 아쉬운 듯 깨끗이 개선해야 하듯 글을 간결하게 다듬고 미련 없이 돌아와 여운이 남게 해야 한다.

무릇 글쓰기는 마음을 쓰는 법과 같아야 한다. 마음이란 너무 긴장되어서도 느슨해서도 안 되니, 그때그때의 흐름에 맞게 적절히 탄력에 변화를 줄 수 있어야 하고, 날카롭게 속을 간파해야 할 땐 그지없이 날카로워야 하며, 부드럽고 온화해야 할 땐 봄 물결처럼 부드럽고 섬세해야 한다. 닫아야 할 때가 있으면 열어야 할 때가 있고, 지극히 작게 모아져야 할 때가 있는가 하면 무한히 넓어야 할 때가 있으며, 곧게 흘러야 할 때가 있는가 하면 돌아서 흘러야 할 때가 있고, 격앙돼야 할 때가 있는가 하면 고요하게 좌정해야 할 때가 있다. 만물을 대하는 마음의 변화란 참으로 끝이 없는 것이다! 글쓰기 병법은 마음을 낚고자 하는 법이니, 먼저 마음 쓰는 법을 깊이 익혀야 만대에 명장이 될 수 있을 것이다.

병을 잘하는 자에게는 버릴 병졸이 없고, 글을 잘 짓는 자에게는 따로 가려 쓸 글자가 없다. 진실로 좋은 장수를 만나면 호미와 괭이, 가시랭이와 창자루로도 모두 굳세고 사나운 군사가 될 수 있고, 천을 찢어 장대 끝에 매달더라도 사뭇 정채精彩를 띤 깃발이 된다. 진실로 이치를 터득하면 가족들의 일상적인 예삿말도 학교에서 가르칠 만하고, 아이들 노래와 속담도 『이아爾雅』[1]에 넣을 수 있다. 그러므로 글이 좋지 않은 것은 글자의 탓이 아닌 것이다. 단지 자구의 우아함과 속됨만 따지고 문장의 우열만을 논하는 이들은 모두 변화의 기틀이나 임기응변을 모르는 자이다. 비유컨대 용기 없는 장수가 마음에 마련한 계책도 없어 문득 글제를 받으면 우뚝한 성벽을 만난 듯 망연한 것이니, 글쓰기의 근심은 항상 스스로 갈 길을 잃고 헤매며 요령을 얻지 못하는 데에 있다.

善爲兵者, 無可棄之卒, 善爲文者, 無可擇之字. 苟得其將, 則鉏耰棘矜, 盡化勁悍, 而裂幅揭竿, 頓新精彩矣. 苟得其理, 則家人常談, 猶列學官, 童謳里諺, 亦屬爾雅. 故文之不工, 非字之罪也. 彼評字句之雅俗, 論篇章之高下者, 皆不識合變之機, 而制勝之權者也. 譬如不勇之將, 心無定策, 猝然臨題, 屹如堅城, 其患常在於自迷蹊徑, 未得要領.　　　　　　　　　　　　「騷壇赤幟引」

같은 재료로 음식을 만들어도 요리사와 초보자가 만들면 전혀 다른 음식이 된다. 똑같은 흑백의 바둑돌이지만 어떤 이의 손에 놓이느냐에 따라 그 수의 경지는 엄청나게 다르다. 천하의 명검일지라도 꼬마아이가 쥐면 위태롭기만 하고, 밋밋한 빗자루 하나라도 고수가 쥐면 진검이나 다름없다. 이 같은 까닭은 이치를 터득했느냐 못했느냐에 달렸다. 이치를 터득하게 되면 그것에서 자유로울 수 있고 때와 형편에 따라 변화할 수 있으나, 이치를 얻지 못하면 기본적인 수에서 맴돌기에 상황에 적응하며 변화할 수 없다.

실제로, 산동의 천인이었던 진섭陳涉은 초야에서 호미자루나 창자루 같은 것을 들고 일어나 무리를 모아 진秦나라를 멸했다고 한다(가의, 「과진론過秦論」). 이처럼 어떻게 쓰느냐에 따라 호미자루의 무리가 큰 창을 든 정예의 수만 군사를 이길 수도 있는 것이다. 이순신이 그러했고, 살수대첩도 이와 같았다. 같은 바둑돌도 고수에게 가면 묘수가 되고, 흔한 재료들도 뛰어난 요리사에게 가면 묘미가 되고, 하찮은 몽당붓도 명필에게 가면 뛰어난 글씨를 써 내듯이, 같은 소재나 글자들도 이치를 터득한 이에게 가면 뛰어나고 멋진 글이 된다. 진실한 가치가 담겨 있다면 집 안에서 듣는 일상의 말도 보배로운 언어가 될 수 있고, 아이들의 노래나 속담도 천기天機가 담겨 있으면 경전 같은 말이 될 수도 있다. 요는 무엇이냐가 아니라, 그것을 어떻게 사용하느냐에 달린 것이다!

고수들은 시작할 때 이미 끝을 본다! 이치를 알기 때문이다. 헤매지 않고 자신의 길을 갈 수 있는 것은 바로 시작과 끝 사이의 전체 관망 속에서 흐름을 읽을 수 있기 때문이다. 그런 까닭에 상황에 따라 변화하며 적응할 수 있고, 또 자신이 뜻하는 바대로 이끌고 갈 수 있는 것이다. 병사가 무슨 죄이며, 글자가 무슨 죄이랴. 그것을 부린 장수의 탓인 것이다. 시작할 때 끝을 볼 수 있는 눈을 키워야 하고, 부분 속에서 전체를 관망할 수 있는 포지션을 찾아야 한다. 이치란 속을 꿰뚫어보는 눈이자, 전체 속을 흐르는 하나의 맥脈이기 때문이다.

---

1)13경의 하나로 가장 오래된 자서字書다. 천문, 지리, 음악, 기재器材, 초목, 조수 등에 관한 고금의 문자를 설명했다.

8-5 빛은 살아 있다

무릇 색깔(色)이 빛(光)을 낳고, 빛이 빛깔(輝)을 낳으며, 빛깔이 찬연함(耀)을 낳고, 찬란한 후에 비추게(照) 되니, 비춘다는 것은 광휘光輝가 색깔에 떠서 눈에 넘실거리는 것이다. 그러므로 글을 지으면서 종이와 먹을 떠나지 못한다면 아언雅言(우아한 말)이 아니고, 색깔을 논하면서 마음과 눈으로 미리 정한다면 정견正見이 아니다.

夫色生光, 光生輝, 輝生耀, 耀然後能照, 照者, 光輝之泛於色, 而溢於目者也. 故爲文而不離於紙墨者, 非雅言也, 論色而先定於心目者, 非正見也.
「孔雀館記」

고요히 흘러가는 냇물 위에 햇살이 맑게 비치는 모습을 누구나 한 번쯤은 보았을 것이다. 허나 그때의 물비늘은 어떤 색이었고, 어떤 빛이었으며, 어떤 빛깔로 어떤 찬연함을 이루며 어떻게 비추었던가? 그리고 그 물비늘에 미끄러지던 햇살은 또 어떤 색, 어떤 빛, 어떤 빛깔, 어떤 찬연함으로 어떻게 비치었던가? 또 그 둘의 일렁임은 아침엔 어떠했고, 오전과 오후 그리고 밤에는 또 어떠했던가? 구름이 흐를 땐 어떠했고, 나무 그늘이 소곳이 비칠 땐 어떠했으며, 바람이 물살을 지으며 지나갈 땐 또 어떻게 달라졌던가? 계절을 따라 물비늘과 햇살 사이에는 어떤 색이 있었고, 어떤 빛과 빛깔이 그 위에서 뛰놀았던가? 그것은 하나였던가 아니면 여럿이었던가?

　마음과 눈으로 어떤 하나의 색을 미리 정해 놓았다면, 그 찬연히 흘러가는 빛의 변주들을 어떻게 느끼고 볼 수 있겠는가? 극히 짧은 한순간의 하나의 '물결'일지라도, 그 물결에서 한가로이 고기를 낚는 이와 편안히 그림을 그리는 이, 죽음을 생각하는 이, 이들의 마음과 눈에 비친 그것은 같은 것이겠는가. 극히 짧은 한순간의 하나의 '물결'일지라도 그것은 하나의 색과 빛과 빛깔이 아니다. 소녀와 할아버지가 함께 물결을 보고 있어도 그것은 서로 다른 시간과 마음에 가서 비친다. 언제나 내 안의 마음도, 내 밖의 사물도 잠시도 머물지 않고 끊임없이 변하고 또 변화해 간다. 그래서 모든 빛은 '순간'에서만 살아간다.

　마음과 눈이 순수하게 살아 있을 때라야, 순간 속에 끊임없이 살아 움직이는 빛의 진정한 실체에 닿을 수 있다. 한 편의 글도 단지 종이와 먹 사이에서 하나의 의미 전달에만 매여 있다면 아취雅趣 없는 글이 될 것이다. 의미만 있는 글은 빛깔 없는 글이요, 숨결이 죽은 글이다. 물에 물결이 있고 빛깔이 있는 것처럼, 글에도 결이 있고 정채精彩가 있다. 물살 사이로 햇살이 내려앉듯, 문자를 넘어서는 빛의 무늬가 의미의 비늘을 영롱하게 비춰야 한다. 물비늘에 햇살이 반짝이듯이, 글의 살결에도 빛살은 내려앉는다. 마음이 빚은 빛살, 바람이 불어도 날려가지 않는 빛깔들이 눈과 가슴에 일렁이는 것이다.

8-6 옛날은 없다

창힐蒼頡이 글자를 만들 때 어떤 옛날을 모방했으며, 안연顔回은 학문을 좋아했으나 유독 저서가 없었다. 진실로 옛것을 좋아하는 자로 하여금 창힐이 글자를 만들 때를 생각하고, 안연이 펼치지 못했던 뜻을 저술하게 한다면, 문文이 비로소 바르게 될 것이다. 네가 아직 나이가 적으니, 사람들의 분노를 만나거든 공경스레 사과하며 이르길,

"제가 능히 박학하지 못하여 옛것을 다 살피지 못했습니다."

하여라. 그래도 또 물으며 노여움을 풀지 않거든 조심스레,

"『서경』, 『시경』의 글도 삼대三代 시절의 문장이요, 이사李斯나 왕희지王羲之의 글씨도 진秦과 진晉나라 당시의 시속時俗 글씨였습니다."

하여라.

❀〰

蒼頡造字, 倣於何古, 顔淵好學, 獨無著書. 苟使好古者, 思蒼頡造字之時, 著顔子未發之旨, 文始正矣. 吾子年少耳, 逢人之怒, 敬而謝之曰, "不能博學, 未攷於古矣." 問猶不止, 怒猶未解, 曉曉然答曰, "殷誥周雅, 三代之時文, 丞相右軍, 秦晉之俗筆."　　　　　　　　　　　「綠天館集序」

제자 이서구李書九가 글을 지음에 옛것에 얽매이지 않고 새로움을 추구하면 문득 사람들이 "옛것에 이것이 있는가?" 하며 물었기에, "아니요" 하면 화를 내며 "어찌 감히 이렇게 하는가?" 하며 질책했다. 이에 이서구는 "옛것에 이미 있다면 제가 왜 다시 그것을 하겠습니까? 선생님께서 진실을 가려 주십시오?" 하자, 연암이 그를 칭찬하며 들려 준 촌철살인寸鐵殺人의 논리다.

창힐은 전설 속에 최초로 문자를 만들었다고 하는 이이며, 안연은 공자가 가장 아꼈던 수제자였으나 젊어서 일찍 죽었던 탓에 저서를 남기지 못했다. '고古'를 그토록 숭상한다고 하나 계속해서 올라가면 문화라곤 전혀 없는 태허太虛의 원시시대가 나올 것이다. 아무것도 없는 것에서 인간은 문자를 만들고, 각종 문화들을 키워 왔다. 만약 옛날을 그대로 본받았다면 우리는 지금까지도 원시인으로 남아야 한다. 유가儒家들의 지나친 상고尙古주의는 이처럼 사람들로 하여금 '지금'과 '여기' 그리고 '나'를 부정하게 하는 심각한 의식의 독이었다. 『장자』「외물外物」편에 이르길, "옛날을 존중하고 지금을 낮게 보는 것은 학자들의 폐단이다. 오직 지인至人은 세상에 노닐면서도 편벽되지 아니하고, 사람을 따라 생활하면서도 자신을 잃지 않는다" 했다. 옛날과 지금은 같은 것이다(古猶今). 오늘 이 순간도 지나고 나면 다 옛날이 된다. 모든 옛날은 본디 현재였다!

『서경』이나 『시경』은 몇천 년이나 지난 지금에는 대단히 어려운 글이지만, 이는 시간이 많이 지났기에 그러할 뿐, 그것은 당시의 그들에겐 자연스레 쓰였던 문장이다. 진 시황 시절의 글씨였던 진秦나라 승상 이사李斯의 전서 글씨도, 서성書聖 왕희지의 글씨도 지금 입장에선 아주 옛날의 글씨지만, 그들에겐 당시에 통용되던 시속의 글씨였을 뿐이다. 왕희지의 「난정서蘭亭

敍」라는 글에는 다음과 같은 유명한 구절이 있다.

"후대의 사람이 지금을 보는 것은 또한 지금 사람이 옛날을 보는 것과
같으리.(後之視今, 亦猶今之視昔.)"

예전엔 손자였던 사람이 나중에는 손자를 둔 할아버지가 되며, '지금'이
라는 시간도 천 년이 지나면 천 년 전의 '옛날'이 되는 것이다.

우리가 지금 원시인이 아닌 까닭은 누군가 새로운 것을 만들었고, 그런
것들이 다시 수없이 집적되어 문화의 숲을 이루었기 때문이다. 창힐이 새
발자국을 보고서 최초로 문자를 만든 것처럼, 우리는 그들에게서 진정한 창
조의 정신을 배워야 하고, 안연이 요절함으로써 미처 쓰지 못하고 남겨 둔
'쓰이지 않은 좋은 책'을, 그런 무수한 미지의 것들을 찾아 내어 세상에 펼
쳐 놓아야 하는 것이다.

8-7 옛날은 지금부터

옛날을 기준으로 지금을 본다면 지금이 정녕 비속하겠지만, 옛사람들도 스스로를 여기길 반드시 옛스럽다고 생각하지는 않았을 것이다. 당시에 본 것 역시 그때에는 '하나의 지금'이었을 뿐이다. 그러므로 세월이 도도히 흘러감에 따라 풍요風謠도 누차 변하는 법이요, 아침에 술을 마시던 사람이 저녁에는 그 자리를 떠나고 없다. 천추만세千秋萬世도 이로써 옛날이 되어 가는 것이다. '지금'이라는 것은 '옛날'과 대비하여 일컫는 것이요, '비슷하다'는 것은 '저것'과 견주어 하는 말이다. 무릇 비슷한 것은 비슷한 것이요 저것은 저것일 뿐이니, 견준다 해도 저것이 되는 것은 아니니, 나는 이로써 저것이 되는 걸 아직껏 보지 못했다. 종이가 이미 희다 하여 먹이 이를 따라 하얗게 될 수는 없으며, 초상화가 비록 실물과 닮았다 하더라도 그림이 말을 할 수는 없는 것이다.

由古視今, 今誠卑矣, 古人自視, 未必自古. 當時觀者, 亦一今耳. 故日月滔滔, 風謠屢變, 朝而飮酒者, 夕去其帷. 千秋萬世, 從此以古矣. 然則今者對古之謂也, 似者方彼之辭也. 夫云似也似也, 彼則彼也, 方則非彼也, 吾未見其爲彼也. 紙旣白矣, 墨不可以從白, 像雖肖矣, 畵不可以爲語.　　　　「嬰妻稿序」

조선시대의 지나친 상고주의의 병폐는 중국에 대한 지독한 사대주의의 예속과 궤를 같이한다. 그들이 본받고자 하는 삶은 늘 옛날에 있었고, 옛날 중에서도 언제나 진한秦漢 이전의 '중국의 옛날'에만 있었다. 그것은 살아 있는 '현재'와 '나(조선)'를 죽은 과거와 중국으로 물들였고, 획일적으로 모든 문화의 생기와 숨통을 가로막아서, 노복이나 그림자처럼 스스로 주체가 되지 못하고 따라만 다니는 문화적 노예를 가능케 했다.

시나 글을 하나 지어도 이미 죽은 지 오래된 중국 귀신들의 글귀를 모방하는 데 정신없었고, 온갖 비평도 늘 그것에 얼마나 닮았느냐로 평가되었으니, 참으로 의식의 노예 상태였고, 문화적 피폐를 부르는 정신적 식민지와 다를 바 없었다. 그것은 도道를 못 보는 눈 뜬 장님과도 같았으니, 예속의 끈과 모방의 지팡이를 지고서 스스로의 생명력을 죽이며 갈수록 역사의 허리가 꺾이게 만들었다.

'나'란 사람은 이 무한한 우주에 단 하나뿐이다. 나의 가치란 오직 여기에 있다. 지금 이 '순간'도 영원한 시간 속에서 단 한 번뿐이다. 현재와 나의 가치란 늘 이처럼 다시없이 소중한 것이니, 그 무엇이 '나'와 같을 수 있으며, 그 무엇으로 '지금'과 같을 수가 있는가? 비슷하고자 함은 하늘을 거스르는 일이요, 자신과 지금 여기를 죽이는 일이다.

상고주의의 맹독猛毒에 젖어 있던 유가와 달리 도가적 사유는 이와 대척점에 서 있다. 『장자』 「천운」편에 이런 이야기가 있다.

"물에서 이동할 때에는 배를 쓰는 것보다 좋은 것이 없고, 육지에서 움직일 때에는 수레를 쓰는 것보다 좋은 것이 없다. 그러나 배가 물에서 잘 움직일 수 있다고 해서, 땅 위에서도 그런 식으로 밀고 가려 한다면 평생

가도 얼마 나아가지 못할 것이다. 옛날과 지금이란 물과 육지와 같은 것이 아니겠는가? 주周나라와 노魯나라는 배와 수레와 같은 것이 아니겠는가? 지금 옛 주나라의 방식을 노나라에 행하려는 것은 마치 육지 위에서 배를 밀고 가려는 것과 같으니, 수고롭지만 공은 없고 몸에 재앙만 있을 것이다."

이처럼 '고와 금을 대등하게 보는 것(古猶今)'이 장자의 제물론齊物論적 사유다.

이백과 한유가 다시 와도 결코 '이백'과 '한유'는 될 수 없으며, 그들이라고 스스로 천 년 전 옛사람이 되고자 해서 옛사람이 되었던가? 우리가 있는 '지금'도 시간이 지나면 천추만세 위의 옛적이 된다. 연암은 미몽에 빠진 당대를 계몽하고자 참으로 바빴으니, 잘 그려진 사과나무 그림에서는 끝내 사과를 딸 수 없으며, 남이 지은 집의 노복이 되어선 결코 내 집을 가진 주인이 될 수 없을 것이다.

8-9   비슷한 것

'옛'것을 모방하여 글을 짓는 것이, 거울이 형체를 비추는 것과 같으면 가히 비슷하다고 할 수 있겠는가?'

'좌우가 상반되니 어찌 비슷하다고 할 수 있겠는가.'

'그렇다면 물에 형체가 비치는 것과 같으면 가히 비슷하다고 할 수 있겠는가?'

'위와 아래가 뒤집혀 보이니 어찌 비슷하다고 하겠는가.'

'그렇다면 그림자가 형체를 따르는 것과 같으면 가히 비슷하다고 할 수 있겠는가?'

'한낮엔 난장이처럼 작아지고 저물녘엔 거인처럼 커질 것이니 어찌 비슷하다고 하겠는가.'

'그렇다면 그림이 형체를 묘사하는 것과 같으면 가히 비슷하다고 할 수 있겠는가?'

'가는 자는 움직임이 없고 말하는 이는 소리가 없으니 어찌 비슷하다고 할 수 있겠는가.'

'그렇다면 끝내 비슷함을 얻을 수 없다는 것일까?'

'정녕 어찌하여 비슷한 것을 구하리오. 비슷한 것은 가짜일 뿐이거늘.'

伋古爲文, 如鏡之照形, 可謂似也歟? 曰"左右相反, 惡得而似也." 如水之寫
形, 可謂似也歟? 曰"本末倒見, 惡得而似也." 如影之隨形, 可謂似也歟? 曰
"午陽則侏儒僬僥, 斜日則龍伯防風, 惡得而似也." 如畵之描形, 可謂似也歟?
曰"行者不動, 語者無聲, 惡得而似也." 曰"然則終不可得而似歟?" 曰"夫何求
乎似也. 求似者非眞也."

「綠天館集序」

"비슷한 것은 가짜다!" 연암이 상고주의에 빠진 고루한 당대의 문단에 던진
폭풍 같은 화두다. 지금 여기 내 안의 참된 정취情趣를 두고서 어찌하여 꼭
옛것을 모방하려 하는가? 모방은 가짜를 만들고, 나의 진실한 생명력은 진
짜를 만든다. 이백은 물 속의 달을 잡으려다 죽었다. 나르시스도 호수 속의
자기 모습에 반하여 물 속으로 들어가 죽었다. 진짜가 아닌 것을 잡으려다
그렇게 된 것이다.

시인 이상李箱이 말했던 것처럼 거울 속의 '나'와는 악수를 할 수 없으며,
수없이 많은 그림자도 빛이 없으면 금세 사라진다. 그림 속의 사람은 어떠
한 움직임도 말도 소리도 없다. 연암은 '거울, 물, 그림자, 그림' 이 네 가지
를 제시하여 비슷한 것과 실체와의 구별을 논한다. 요는 비슷한 것은 결코
'그것'이 될 수 없다는 것이다. 우주는 무한하나 세상에 존재하는 것은 지
금 이 순간의 단 하나뿐이다. 시간도 공간도 사물도 마음 한 조각도 모두 그
러하다. 그러나 이 하나는 그 하나의 생명으로 족한 것이며, 단지 하나뿐이
기에 진실로 가치가 있는 것이다.

달은 하나이지만 물에 비치는 달은 수천 수만을 넘는다. 비슷한 것은 수
천 수만을 넘을 수 있으나 진짜는 '하나'인 것이다. 옛것을 모방하는 것은
물 속 수천 수만의 달 하나가 되고자 하는 것이다. 왜 수천 수만의 비슷한

것이 되려 하는가? 하나뿐인 진짜 달이 되어서 천추千秋의 수천 수만의 물 위에 그 맑은 빛을 도도히 비추려 하지 아니하고서!

8-9 조선의 국풍國風

지금 무관(이덕무)은 조선 사람이다. 산천과 기후가 중화中華의 땅과는 다르고 언어와 풍속도 한당漢唐의 시대와 다르다. 그런데도 만약 작법을 중화에서 본뜨고 문체를 한당에서 답습한다면, 나는 단지 작법이 고상하면 할수록 그 뜻이 실로 비루해지고, 문체가 비슷하면 할수록 그 표현이 더욱 거짓됨을 볼 뿐이다.

우리나라가 바다 동쪽의 비록 구석진 나라이기는 하나 이 역시 천승千乘의 나라요, 신라와 고려가 비록 검박儉朴하기는 했지만 민간에 아름다운 풍속이 많았으니, 그 방언을 문자로 적고 그 민요에다 운韻을 달면 자연히 문장이 되어 그 속에서 '참다운 이치(眞機)'가 발현될 것이다. 답습을 일삼지 않고 빌려 오지도 않으며, 차분히 현재에 임하여 눈앞의 삼라만상을 마주대하니, 오직 이 시가 바로 그러하다.

今懋官, 朝鮮人也. 山川風氣, 地異中華, 言語謠俗, 世非漢唐. 若乃效法於中華, 襲體於漢唐, 則吾徒見其法益高而意實卑, 體益似而言益僞耳. 左海雖僻國, 亦千乘, 羅麗雖儉, 民多美俗, 則字其方言, 韻其民謠, 自然成章, 眞機發現. 不事沿襲, 無相假貸, 從容現在, 即事森羅, 惟此詩爲然.　　「嬰處稿序」

이 시란 곧 조선의 국풍國風을 의미하거니, 『시경』엔 각 제후국의 민요를 모아 국풍이라 했다. 국풍이란 바로 그 나라의 문화와 성정을 살필 수 있는, 그 나라만의 개성을 띤 노래라 할 수 있다. 그것은 비슷한 것을 구한 데서 나온 것이 아니요, 천연天然인 그 나라의 풍속과 성정에서 나온 자연스런 노래다. 그래서 국풍에는 참된 기틀(眞機)이 담겨 있는 것이다.

홍대용도 일찍이 「대동풍요서大東風謠序」에서 이렇게 말했다.

"노래란 그 정情을 말하는 것이다. 정이 말에 움직이고 말이 글에 이루어지는 것을 노래라 한다. 교졸巧拙을 버리고 선악善惡을 잊으며 자연을 따르고 천기天機를 발하는 것은 노래의 우수한 것이다. 『시경』에서 이른 풍風이라는 것도 본디 풍속을 노래한 보통 말이었다. 그렇다면 그 당시에 듣던 자도 지금 사람이 지금 사람의 노래를 듣는 것처럼 아니했으리라는 것을 어찌 알겠는가. 오직 그 입에서 나오는 대로 노래가 이루어진다 하더라도 말이 마음에서 우러나오고, 혹 곡조에 알맞게 되지 못했다 하더라도 천진天眞이 드러나면 초동樵童과 농부農夫의 노래라 할지라도 또한 자연에서 나온 것이니, 말은 비록 옛것이나 그 천기를 깎아 없애 이것저것 주워 모아 애써 지은 사대부의 것보다는 도리어 나을 것이다."

이 글들에는 중국중심주의의 중세적 사유를 전복시켜 조선을 새로운 주체로 인식하고자 하는 혁신적인 정신의 '빛'이 살아 있다. 세상의 어느 곳이 중심이며, 어느 시대가 중심인가? 중심은 언제나 상대적인 것일 뿐이요 한쪽의 시선일 뿐, 천지 사이에 늘 편재遍在되어 있는 것이다. 나무하는 아이와 농부에게도 하늘이 부여한 천기天機가 있고, 하늘 아래 모든 나라의 삶 속, 누구에게나 그것은 똑같이 들어 있다. 시뿐 아니라 삶의 모든 면에서 그러하거니, 우리가 찾아야 하는 것은 서로의 우열優劣이 아니라, 스스로의 참됨을 찾는 데 있을 것이다. 참된 '나의 풍(我風)'을 찾으면 누구나 천하의 중심일 것인저!

8-10 자기 자신의 글

문장에 고古와 금今의 구별이 따로 있는 것이 아니다. 한유韓愈와 구양수歐陽脩를 모방하고, 반고班固와 사마천司馬遷을 본떴다고 해서, 우쭐해하며 스스로 대단히 여겨 지금 사람을 하찮게 보아서는 안 될 것이다. 오직 스스로 자기 자신의 글을 써야 할 따름이니, 귀로 듣고 눈으로 본 바에 따라 그 형상과 소리를 곡진히 표현하고, 그 정상情狀을 지극히 궁구했다면 문장의 도는 이로써 지극할 것이다.

文無古無今. 不必模楷韓歐, 步趣馬班, 矜壯自大, 低視今人也. 惟自爲吾文而已, 擧耳目之所睹聞, 而無不能曲盡其形聲, 畢究其情狀, 則文之道 極矣.

『過庭錄』

한유와 구양수는 당과 송의 문장가이고, 사마천은 『사기史記』, 반고는 『한서漢書』의 저자다. 이들은 모두 한문시대 최고의 문장가들이었고, 또 그들의 글은 역대로 문장의 전범이 되었던 명문이었다. 그래서 옛사람들은 그들을 무던히도 추앙했고, 또 본받고자 했다. 그러나 진정한 본받음이란 그들의 진수를 얻고서, 자신의 색깔과 숨결로써 또 다른 '진수'를 여는 데 있지, 모방에 있지 않을 것이다. 그럼에도 많은 이들이 '옛것 숭상'의 눈 먼 늪에 지나치게 빠져서 모방을 마치 '득의得意'처럼 여겼다.

중요한 것은 오직 '자기 자신의 글'을 쓰는 데 있을 것이다. 자신의 것이 아니면 진정眞情이 아닐 것이니, 그런 글은 써서 무엇하겠는가. 그 무엇보다 글 속에 '내 영혼'이 살아 있고, 내가 눈과 귀로 접한 사물들이 살아 있고, 내가 살아 숨 쉬는 '지금, 여기'의 생의 표정이 살아 있어야만 '살아 있는 글'이다. 그런 글들에는 혼의 떨림이 살아 있다. 생명력이 '살아 있는 글'이기에 그것은 시간을 넘고서 고전으로 살아남는다. 그래서 진정한 고古란 단지 진정한 '지금(今)'에만 있을 터이다.

진실한 정情을 다하고, 내 마음의 곡진함으로 내 눈과 귀를 열어 사물과 생의 비의를 꿰뚫었다면, 그리하여 정녕 내 혼의 떨림이 생생히 살아 숨 쉰다면 그것은 이미 문장의 지극한 도를 꿴 것이니, 잉크가 마르자마자 하나의 고문古文이자 하나의 금문今文이 될 것이다. 그 옛날 모든 명문들의 태생이 그러했던 것처럼!

8-11 살아 있는 글쓰기

옛사람들은 흉금이 넓고 학문이 깊어 글을 지을 때 다만 명료하고 유창하여 법도 있고 아담하기만을 구했을 뿐, 안배에 그다지 신경을 쓰지 않았으나 자연스럽게 문장의 묘가 이루어졌다. 고문을 배우려는 자는 마땅히 자연스럽게 문장의 마디와 결이 이루어짐을 구해야 하거니, 자기 스스로가 이룬 언어로부터 나와야지 옛사람의 언어를 표절하여 주어진 틀에 메워 넣으려 해서는 안 된다. 글이 어려운가 쉬운가의 차이는 여기에서 생기며, 진짜인가 가짜인가도 따라서 결정된다. 고정된 하나의 틀로 천만 편의 똑같은 글을 찍어 내는 게 바로 오늘날의 과문科文이다.

古人, 有許大心胸, 許大學問, 發言吐辭, 只要明暢典雅, 不是用意安排, 而自然有成章之妙. 學古文者, 當求自然層節, 生出在自家文字, 不宜竊古人言語去填寫格子上耳. 難易之分, 於是乎在, 而眞贋之辨, 隨而定焉. 留下一副格子, 千篇萬篇, 一範楊出者, 其唯今人科體文字乎. 『過庭錄』

고문古文이란 고전 문장의 '에센스'를 말한다. 이것은 옛 선비들에게 문장 학습의 모델이었다. 그러나 그 모델은 좋은 본보기일 뿐이지, 그와 똑같아야 됨을 의미하는 것은 아니다. 말하자면 그것은 문장의 갈 길을 알려 주는 문의 북극성과 같아서, 거쳐야 할 통로이고, 소화시켜야 할 좋은 양식일 뿐

글쓰기 미학 · 273

이다. 그런데도 단지 하나의 고정된 '옛 틀'에 벽돌 찍어 내듯 고정된 문장을 찍어 내니 참된 문장은 볼 수 없고, 나라의 문풍은 '죽은 옛글' 속에 꽁꽁 얼어붙어 버렸다.

과문科文뿐만이 아니다. 연암은 "비문碑文은 대개 판에 박은 듯하여 한 편의 글을 여러 사람에게 써먹을 수 있다. 그러니 대체 돌아가신 분의 정신과 모습을 어디서 떠올릴 수 있으랴. 옛글의 정신과 이치는 터득하지 못한 채 거칠게 겉 자취만 배워 종이 가득히 진부한 말과 죽은 구절만 채워 넣고 있다"고 비판했다. 비문은 세상을 떠난 한 개인에 대해서 쓴 글인데도, 글마다 얼마나 비슷했던지 누구누구를 따질 것 없이 써먹을 수 있다는 얘기다. 글쓰는 이의 정신과 가슴의 생기가 죽었으니, 죽은 글밖에 더 나오겠는가?

옛글의 진수가 깊은 흉중과 두터운 학문이 무르익어서 저절로 자연스레 나온 글이라면, 그 겉모습이 아니라 그러한 속성의 '작동 원리'를 이해하고 체득해야 할 것이다. 물이 차면 넘치게 되어 있듯, 내 안에 문기文氣가 그득 차면 그것은 절로 밖으로 나오게 되어 있다. 그렇게 나온 글은 하나하나 내 가슴의 무늬요, 내 영혼의 결이 되어 흔들림 없이 좌정한다.

그렇듯 내 안에 고전의 옛 법이 있으나 그 법을 놓아야 내 길을 갈 수 있다! 법 밖에 있으면서도 법 테두리에서 벗어나지 않는 것, 그 역설의 자장이 바로 문의 북극성인 것이다. 그래서 절로 자신만의 문의 마디와 결을 이룬 글은 '별'처럼 오래도록 빛나는 것이다. 혹 지금 우리의 논술이나 기타 글쓰기 교육도 저 벽돌 같은 과문이나 비문 같지는 않은지 모르겠다.

8-12 결구와 울림

문장을 짓는 법은 결론 부분의 말이 전환되는 곳에 깔끔하고 신중하게 글자를 써야 한다. 그런 후에야 글의 울림이 그윽하고 글의 조리가 명쾌해진다. 예로부터 좋은 작품은 글의 울림 역시 좋게 마련이니, 비단 시만이 글의 울림을 중요시하는 게 아니라, 산문 역시 마찬가지다.

爲文之法, 於結句轉語處, 用字整重. 然後, 音響暢而文理明. 古來, 好文字, 音響亦皆好, 不獨詩尙音響, 文亦然矣.　　　　　　　　『過庭錄』

끝이 좋아야 모든 것이 좋다는 이야기가 있다. 한 편의 소설을 읽거나, 영화를 보거나 혹은 어떤 일을 하거나 과정도 물론 중요하지만 '끝마무리'를 어떻게 하느냐는 지나온 전체의 이미지에 상당한 영향을 미친다. 고수들이 두는 한판의 바둑도 마지막 수에 따라 승패가 좌우되고, 요리사가 만드는 음식도 마지막 간에 따라 맛의 향방이 틀려지며, 스포츠의 묘미도 아슬아슬한 막판 뒤집기에 있는 경우가 많다. 인생도 끝이 좋아야 그 이름이 아름다워진다. 결국 그것들은 끝의 포지션을 보기 위해 달려 온 것이다. 그래서 '끝'은 바로 과정의 전체 이미지에 종지부를 찍는 심장부인 셈이다.

그럼 글의 끝은 어떠해야 하는가? 문장의 고수 연암은 산문의 '울림(音

響'론을 내세운다. 시에만 울림이 있는 게 아니라, 산문 또한 깊은 울림이 있어야 한다! 그렇다, 울림이란 속눈썹을 흔드는 작은 바람처럼 부드러운 떨림이요, 다 채우지 않아서 오히려 은은히 남는 여백의 미이며, 서로 다른 두 마음이 하나로 포개어질 때 나는 가슴의 메아리인 것이다. 한 편의 글로써 다른 이의 가슴에 감동의 진폭振幅을 만들어 낼 수 있는 글이란 얼마나 멋지고 아름다운가. 자고로 울림이 있는 글은 좋은 찻잎의 은근한 맛과 같아서 금방 시들지 아니한다.

글의 결구가 선사하는 울림이 크고 깊다면, 그 가슴을 두드리는 진폭 또한 크고 깊은 자리로 남을 것이니, 글은 본디 그 '자리'를 위해 쓰는 게 아니겠는가. 무엇이든 제게 맞는 자리에 있어야 아름답다고 한다. 바둑의 고수는 마지막 돌을 놓을 때까지, 요리의 고수는 마지막 간을 끝낼 때까지, 그리고 산문의 고수는 마지막 글자를 놓을 때까지, 오직 그 '울림'을 글자의 행간 속으로 데려오기 위해 고심하고 또 고심하는 것이렷다. 아마도 그러한 마음이 바로 진정한 장인의 자리이며, 또 하나의 '울림'이 놓이는 자리일 것이다.

8-13 마음을 긁어 주는 글

남을 아프게 하지도 가렵게 하지도 못하고, 구절마다 범범하고 데면데면하여 우유부단하기만 하다면 이런 글을 어디에 쓰겠는가?

不痛不癢句節, 汗漫優游不斷, 將焉用哉?　　　　　　　　　　『過庭錄』

좋은 글은 삶의 깊이에서 나온다. 그래서 좋은 글을 쓰려면 우선 삶의 진실함부터 키워야 하고, 좋은 마음들을 많이 맛보아야 한다. 삶의 진실이 있는 자리가 글과 우리 마음이 돌아갈 자리이기 때문이다. 그러기 위해선 또 한편 사람의 다양한 감정을 알아야 하고, 인생의 숱한 희로애락喜怒哀樂의 맛을 깊이 체험해야 한다. 기뻐 보지 않고서 어찌 기쁨의 세계를 알 것이며, 아파 보지 않고서 어찌 타인의 아픔을 알 것인가. 사람의 가려운 곳이 어디이며, 아픈 곳이 어디이고, 또 울고 싶은 곳과 웃고 싶은 곳, 높이 격양되고 싶은 곳과 고요히 쉬고 싶은 곳이 어디인지 알아야 아픈 곳을 아프게 하고, 가려운 곳을 가렵게 하고, 울고 싶은 곳을 울게 하고, 웃고 싶은 곳을 웃게 만든다.

　음이 높아지면 낮아지기도 해야 하고, 빠를 때가 있으면 느려지기도 해야 하고, 밀물처럼 기세가 들어올 때가 있으면 빠질 때도 있어야 한다. 무릇 생동감과 생명력이란 리듬에서 태어나는 것이다. 단조롭거나 덤덤한 것은 눈썹 위에 잠을 얹어 놓거나, 시선을 마음 밖으로 밀어 내게 만든다. 왜냐면 가려운 곳을 가렵게 하지 못하고, 아픈 곳을 아프게 하지 못하는 까닭에, 무심한 바람처럼 그냥 지나쳐 버리기 때문이다. 덤덤한 글은 파도 없는 바다와 같고, 굴곡 없는 계곡과 같거니, 마디 없는 대나무는 운치가 없고, 소리 없이 흐르는 샘물은 귀를 적시지 못한다.

닫혀 있는 가슴의 문을 열려면, 그 가슴에 담긴 것들을 꺼내어 진동하게 해야 한다. 삶이란 얼마나 많은 온갖 감정들이 나이테처럼 켜켜이 들어앉아 있던가! 그것들은 단지 자신들을 알아줄 때에만 '함께 진동한다(共鳴)'. 그 진동의 폭이 공감이며, 감동의 밑길인 것이다. 내 마음을 긁어 주거나 '울리게(鳴)' 하지 못한다면 그런 글을 어디에다 쓰겠는가!

8-14 참된 저술

무릇 저술하는 이에겐 네 가지 어려움이 있다. 첫째 근본이 되는 학문을 갖추기가 어렵고, 둘째 공정하고 밝은 안목을 갖추는 게 어려우며, 셋째 자료를 총괄하는 역량을 갖추기가 어렵고, 넷째 마름하는 분명하고 명쾌한 판단력을 갖추는 게 어렵다. 그래서 재주, 학문, 식견 이 셋 가운데 하나라도 결여되면 제대로 된 저술을 할 수가 없거니, 이렇게 본다면 저술하는 재주는 참으로 얻기 어렵다 하겠다.

大凡, 著書家, 有四難. 有本領學問難, 有公明眼目難, 有包擧力量難, 有裁制剛斷難. 此所謂才學與識, 闕一不可, 以此而論, 著書之才, 實難得也.

『過庭錄』

연암은 학문적인 저술에 필요한 덕목을 이렇게 제시했다. 학문의 내공, 밝은 안목, 총괄하는 능력, 마름하는 판단력. 이것은 지금의 우리에게도 여전히 전용되는 저술의 핵심 요건이 아닐까 한다. 책을 쓰려면 제일 먼저 쓸 것에 대한 학문적 깊이가 있어야 한다. 그것이 있어야 책에 담길 내용이 생성될 수 있다. 그 내용은 또 좋은 눈이 있어야 '대상'의 본질까지 꿰뚫어볼 수 있다. 또 그렇게 본 것을 하나하나 주제별로 모으고 정리할 수 있는 역량이 있어야 하고, 그렇게 정리되고 모인 것을 최종적인 선택으로 모양새를 제대로 낼 수 있도록 다듬고 고칠 수 있는 명석한 판단력도 아울러 지니고 있어야 한다. 결국 재주와 학문, 식견 이 3박자가 맞아야만 좋은 저서를 만들 수 있다.

연암은 백성들을 위해 농사 교본이랄 수 있는 『과농소초課農小抄』라는 책을 썼는데, '문체반정文體反正'으로 연암을 그렇게 혼낸 정조로부터 크게 칭찬을 들은 바 있다. 연암의 저술에 그가 언급하지 않은 또 하나의 속성이 있으니, 저술의 4가지 어려움과 함께 그가 추구한 저술의 본질은 무엇일까? 그가 쓴 저서들이나 글들에서 우리는 그 힌트를 엿볼 수 있다. 그가 말하는 '학문의 본령'이란 바로 '널리 세상을 이롭게 하는 참된 지식'을 나누는 데 있을 것이다. 그의 여러 글에는 늘 세상의 아픔에 대해 고뇌하는 경세적 자세를 도처에서 찾아볼 수 있다.

그러므로 연암이 말하는 저술의 3박자인 재주와 학문, 식견의 근본 바탕에는 세상을 걱정하는 깊은 마음이 밑바탕으로 늘 깔려 있다는 것을 인지해야 할 것이다. 그런 마음까지 온전히 더해져야, 그 저술에 피를 돌리는 뜨거운 심장이 튼실하게 장착될 것이기 때문이다. 정녕, 그렇게 마르지 않는 뜨거운 심장 하나쯤은 들어 있어야 좋은 저술이 아니겠는가!

8-15 좋은 글감

말(글)이란 반드시 거창할 필요가 없거니, 도道는 호리毫釐에서 나누어진다. 말할 만한 것이라면 기와나 벽돌인들 어찌 버리리오! 고로 '도올'은 사악한 짐승이지만 초나라 역사책 이름으로 취했고, 사람을 몽둥이로 쳐서 묻어 죽이는 자는 극악한 도적이지만 사마천과 반고는 이에 대해 기록했으니, 글을 짓는 것은 오직 참됨에 있을 뿐이다.

❀〜

語不必大, 道分毫釐. 所可道也, 瓦礫何棄! 故檮杌惡獸, 楚史取名, 椎埋劇盜,
遷固是敍, 爲文者, 惟其眞而已矣.　　　　　　　　　　　　「孔雀館文稿自序」

무엇이 좋은 글의 소재가 되는 것일까? 거창하고 아름답고 멋있고 심오한 것들이 좋은 소재일까 아니면 그 반대일까? 도는 아주 미세한 것에서 차이가 난다. 중요한 것은 무엇이냐가 아니라, 그 속에 어떤 것이 얼마나 담겼느냐에 따라 결정된다. 진실한 정情이 얼마나 담겼느냐, 참됨이 얼마나 절실히 포진되었느냐에 따라 길이 달라지는 것이다. 그래서 좋은 글감이란 따로 있는 게 아니라, 단지 내가 표현하려 하는 '진眞'의 농도가 어떠한가에 따라 결정되는 것이다.

'도올'은 아주 흉악한 짐승 이름인데, 초나라는 '악한 것을 기록하여 후세에 경계한다'는 뜻에서 자신들의 역사책을 『도올』이라고 이름 붙였다. 『사기』를 쓴 사마천이나 『한서』를 쓴 반고는 역사책에 선현군자뿐 아니라 온갖 악인들의 행적에 대해서도 날카로운 붓끝으로 새겨 놓았다. 잘못을 만대에 밝혀 진실과 대의大義를 천명하고자 했기 때문이다. 그러니 이름 없는 저 기왓장이나 벽돌이 어찌 좋은 소재가 안 된다고 할 수 있겠는가? 장자는 기왓장으로 이런 비유를 했다. "비록 화를 잘 내는 사람이라도 날아온 기왓장에게 화를 내지는 않는다." 율곡도 이 표와瓢瓦의 모티브를 이용해, "날아온 기와에 상처를 입어도 그 기왓장에게 화를 내지 않는 건, 그 기와의 죄가 아니기 때문이다" 했거니와, 기와를 현상과 작용 주체의 차이를 표현하는 인상적인 비유의 소재로 사용했다.

진달래꽃은 흔하디흔한 소재에 지나지 않지만 김소월은 이를 이용해 「진달래꽃」이라는 불후의 명시를 남겼다. 별은 누구나 노래하는 것이지만 유독 윤동주의 「서시」는 그렇게도 많은 이의 가슴속에서 오늘밤에도 바람을 맞으며 반짝인다. 괴테는 실연으로 『젊은 베르테르의 슬픔』을 쓸 수 있었고, 톨스토이는 전쟁의 비극을 통해 『전쟁과 평화』를 쓸 수 있었다. 내가 말하고자 하는 것은 무엇이고, 말할 만한 것은 무엇인가? 또 그 속에 얼마만큼의 진실함이 담겨 있는가?

누가 장자에게 도란 어디에 있는지를 묻자 장자는, "없는 데가 없다. 땅강아지나 개미에게도 있고, 가리지풀이나 피에도 있고, 기와나 벽돌에도 있고, 똥이나 오줌에도 있다"고 했다. 어디 이뿐이랴. 붓다는 한 알의 먼지 속에 화엄의 종지를 담았고, 예수는 한 알의 겨자씨 속에 천국을 담았다. 글에도 좋은 소재란 없는 데가 없는 것이다.

8-16 담는 그릇에 따라

지금 그대가 서민들의 천근한 이야기를 조사하고, 사회의 구석진 곳에서 일어나는 일들을 수집했으니, 평범한 남녀들의 가벼운 웃음거리와 차 마시며 일상으로 하는 이야기들이 어느 것 하나 눈앞에 실제로 일어난 일이 아닌 것이 없으니, 눈이 시도록 보고 귀로 실컷 들어서 성城 쌓는 노역들도 진실로 그렇다고 여기는 것들이네. 허나 '묵은 장醬이라도 그릇을 바꾸어 담으면 입맛이 새로워지듯, 늘 보던 것도 장소가 달라지면 마음과 보는 눈이 달라지는 법이지'.

❀❁

今吾子, 察言於鄙邇, 摭事於側陋, 愚夫愚婦, 淺笑常茶, 無非卽事, 則目酸耳飫, 城朝庸奴, 固其然也. 雖然, 宿醬換器, 口齒生新, 恒情殊境, 心目俱遷.
「旬稗序」

소천암小川菴이라는 이가 우리나라의 민요와 민속, 방언方言과 속기俗技 등 여항 구석구석의 실태와 풍속을 기록하여 책으로 엮었는데, 연암이 이에 서문을 써 주면서 한 말이다.

흔히 이르길 '같은 음식도 담는 그릇에 따라 격조와 맛이 틀려진다'고 하지 않던가. 밥그릇에 맥주를 담아 먹으면 무슨 맛이랴. 하찮은 음식도 정갈한 그릇과 품위 있는 식단에 오르면 고급 음식같이 느껴진다. 시의 표현 기법에도 '낯설게 하기'가 있지 않던가? 일상의 흔한 소재지만 낯설게 느껴지도록 표현하면, 매우 참신하고 새로운 의미가 부여된 사물의 이미지로 재생된다.

추사의 제자였던 서화가 조희룡趙熙龍도 이렇게 말한 바 있다.

"처음 글자가 만들어진 이래로 천하의 온갖 이치가 옛사람들에 의해 다 말해졌으니, 뒷사람들이 비록 힘을 쓰고 생각을 쏟아 옛사람이 말하지 않은 것을 말하고자 해도 끝내 옛사람이 이미 말한 것에 지나지 않는다. 섭석림葉石林이 '세상에 어찌 문장이 있겠는가? 다만 글자를 줄이거나 바꾸는 법만이 있을 뿐'이라 한 것이 바로 이것이다. 그러나 글자를 줄이거나 교체하는 가운데 문장의 경계가 새롭게 전환되는 것이니, 옛사람이 이미 말했던 것을 마치 말하지 않았던 것처럼 하는 것, 이것이 바로 묘체이다."

–「석우망년록石友忘年錄」

연암은 이 글에서 이덕무의 말을 인용해 이렇게 말했다.

"석양 아래 작은 돛단배가 갈대 숲 속에 살짝 가려지면, 사공과 어부가 모두 텁수룩한 수염에 구레나룻이 험상궂은 사람이라 하더라도, 저 건너 물가에서 바라보면 그가 곧 강호자연江湖自然에 묻힌 고사가 아닌가 심히 의심하게 된다."

이것을 그리는 화가나 시인이 있다면, 초야의 흔한 어부를 소재로 강호에 묻힌 고고한 은자를 그려 낼 것이니, 보잘것없는 더벅머리 사공이나 어부도 어떠한 '그릇'에 담기느냐에 따라, 그 운치가 현격하게 달라질 수 있는 것이다.

아, 그러나 이것이 어찌 예술이나 저술에만 국한된 일이리오. 우리 일상의 뭇 일들은 물론이요, 자기 마음속에 있다가 밖으로 나오는 모든 것들이 또한 그러하지 않겠는가? 속담 '말은 할 탓이요, 길은 갈 탓이다' 도 그래서 생긴 말일 것이다.

8-17 이명耳鳴과 코골기

아! 자기가 홀로 아는 것은 늘 남이 알아주지 않는 게 걱정이면서, 자기가 미처 깨닫지 못한 것은 남이 먼저 아는 걸 미워하니, 어찌 다만 이명耳鳴과 코골기에만 이 같은 병통이 있겠는가? 문장 또한 이보다 더 심함이 있거니, 이명은 병인데도 남이 알아주지 않는다고 걱정하니, 하물며 병이 아닌 것에서랴! 코골기는 병이 아닌데도 남이 일깨워 주는 것에 그리 성을 내니, 하물며 그 병인 것에서랴! 그러므로 스스로의 이명을 듣지 않고 내 코골기를 깨닫는다면 작가의 뜻에 거의 가까워질 것이다.

❈

嗟乎, 己所獨知者, 常患人之不知, 己所未悟者, 惡人先覺, 豈獨鼻耳有是病哉? 文章亦有甚焉耳, 耳鳴病也, 閔人之不知, 況其不病者乎! 鼻齁非病也, 怒人之提醒, 況其病者乎! 故毋聽耳鳴醒我鼻齁, 則庶乎作者之意也.

『孔雀館文稿自序』

어린아이가 마당에서 놀고 있었는데 문득 귀가 울렸다. 옆에 있는 아이에게 말했으나 그는 들을 수 없었다. 아이는 그 소리를 남이 알아주지 못함을 한탄했다. 시골에 어떤 사람이 코를 심하게 골았는데, 남이 흔들어 깨우자 "내가 언제 코를 골았는가?" 하며 인정하지 않았다. 귀가 울리는 이명耳鳴은 병이고 단점인데도 장점인 줄 알고 남이 알아주지 않음을 한탄하고, 코골기는 자기가 한 것임에도 자신은 알지 못하고 남이 이를 지적하니 화를 낸다. 이명은 나는 듣지만 남은 끝내 듣지 못하는 것이고, 코골기는 다른 사람은 듣는데 나는 정작 듣지 못하는 것으로 대對를 이룬다.

글쓰기도 이와 같다. 자기 홀로 착각에 빠져 좋다고 여기지만 실상 다른 이가 보면 그렇지 않은 것이 있고, 내가 보지 못하는 내 단점을 다른 이는 또렷이 보는 경우가 있는 것이다. 아이가 귀울림증이 병임에도 홀로 좋은 것으로 알듯, 자기 홀로 좋은 것이라 자랑하고 싶어하나 사실은 문제점이나 오버일 수 있다. 내가 듣지 못한 내 코골기처럼, 스스로는 익숙해서 자각하지 못하지만 다른 사람 눈엔 금방 거슬림이 발견되는 부분이 있다. 그래서 작가는 무릇 이명耳鳴의 착각에 빠지지 말아야 하고, 코골기같이 스스로 알기 어려운 자신의 단점을 다른 이의 지적을 통해 자각해서 고칠 수 있어야 한다.

이명은 '착각'에 있고, 코골기는 '무지'에 있는 것이니, 우리 삶에는 또 얼마나 많은 이명이 있고 얼마나 많은 코골기가 있겠는가? 독선獨善이라는 이명이 그렇고, 아집我執이라는 코골기가 그렇다. 자기 홀로 옳다고 하나 실상 그것은 자기 귀에만 울리는 병증일 뿐이고, 자기 고집에 빠져 자신은 편할지 모르나 다른 사람은 불편해지니 정신의 코골기와 같을 것이다. 이명이든 코골기든 다른 이가 보면 금방 알 수 있다. 이명과 코골기가 없는 작가는 좋은 글을 쓸 수 있을 것이요, 이명과 코골기가 없는 삶은 좋은 인격을 만들어 낼 수 있을 것이다.

8-18 글의 후광

중 열仲說(박은朴闓)은 연산군의 조정에서 간하다가 죽었는데, 그 시가 많지 않은 게 아니지만 사람들은 오히려 적음을 아쉬워한다. 지금 그 시를 읽어 보면 늠름하여 그 우뚝한 기상을 상상케 한다. 남곤南袞은 기묘사화己卯士禍를 일으켜 바른 사람들을 참살했는데, 남곤이 장차 죽을 적에 스스로 자신의 글을 다 불태우면서 이르길, "이 글을 후세에 전한다 하더라도 누가 기꺼이 보려 하겠는가!" 했다. 이로써 보건대 문장이나 특별한 교유도 진실로 한 여사餘事일 따름이니, 어찌 그 사람의 어질고 어질지 못함과 관계되는 것이겠는가? 그러나 군자인 경우는 뒷사람이 그 자취를 사모하여 후세에 전하는 작품이 많지 않음을 한스러워하며, 소인인 경우는 오히려 자기 스스로도 버리기에 바빴으니 하물며 다른 이들에게 있어서랴!

❀

仲說, 諫死於燕山之朝, 而其爲詩也, 不爲不多, 然尙恨其少. 至今讀其詩, 凜凜乎想有以立也. 袞, 啓禍北門, 斬艾正類, 而袞之將死, 悉焚其藁曰, "使藁傳者, 孰肯觀之哉!" 由是觀之, 文章奇遊, 信一餘事爾, 何與於其人之賢不肖? 而在君子, 則來者慕其迹, 後世尙恨其傳之不多也, 而在小人, 則猶且自削之不暇也, 而況於他人乎!　　　　　　　　　　　　　　　　「大隱菴唱酬詩序」

박은과 남곤은 젊어서 절친한 친구 사이였으나, 둘의 운명은 갑사사화甲子士禍와 기묘사화로 판이하게 달라진다. 박은은 유자광을 탄핵하다가 연산군의 갑자사화로 26세에 죽었고, 살아 남은 남곤은 중종 때 그 유명한 주초위왕走肖爲王(조씨가 왕이 된다)의 모반을 일으킨 주인공으로, 일생 부귀영화를 누렸지만 사후에 간신의 오명으로 누누이 욕을 먹었다. 박은은 일찍 죽었으므로 사실 남아 있는 그의 시가 많지 않다. 그러나 훗날 선비들은 그의 시를 아주 높이 여겨 최고의 시인으로 숭상했다. 반면 남곤은 문장에 뛰어났으나 조광조를 모살한 간신으로서 만년에 자신의 죄를 회고하며 그 스스로 자신의 문집을 불태웠다. 그래서 연암은 이 둘을 비교하며 문학의 재능이 어찌 꼭 그 사람의 '인간됨'과 관계된 것이겠는가, 하고 말했던 것이다.

그러나 재능과 인간됨이 꼭 하나로 움직이는 것은 아니라 하지만, 훗날 박은의 시는 그토록 추앙되었으되, 남곤의 문장은 그 스스로가 미리 알고서 불태웠던 것처럼 후세에 조금의 관심이나 기림도 받지 못했다. 사람들의 가슴에 남는 글이란 어떤 것인지 역사가 그 생생한 진실을 보여 주고 있는 것이다.

무릇 글이란 그 작품성만으로 논의되어야 하는 것이지만, 그 글을 쓴 이가 어떤 삶을 살았느냐에 따라 그 '글'의 위상이 사뭇 달라지기도 한다. 글과 글쓴이의 삶이 일치하지 않을 때, 누가 그 글의 진실성을 인정하고 사랑하겠는가? 자신이 쓴 글처럼 삶 또한 그러할 때 그 글은 진정으로 빛날 것이다. 아마도 진정한 작가 정신이란 이런 데 있을 것이다.

피천득 선생의 수필 「반사적 광영」엔 이런 내용이 나온다. 도산 안창호 선생을 모실 수 있었던 그는 도산이 짚으시던 단장과 거의 비슷한 것을 하나 구했는데, 친구에게 선생이 주신 것이라 거짓 뽐냈더니 애원애원하며 한턱을 단단히 쓰고 그 단장을 가져갔다. 흔한 지팡이 하나가 도산의 후광 덕에 아주 의미 있는 귀한 물건이 된 것이다. 만약 지금 백범 김구 선생이 짚으시던 진짜 지팡이가 있다 해도 서로 가지려고 야단일 것이다. 지팡이 하나도 이토록 그 인물의 후광을 입는데, 한 사람의 정신세계와 영혼을 담은 글이야 오죽하겠는가! 작품은 작품으로 '빛'을 얻어야 하지만, 인지상정이 발하는 그 엄청난 후광 또한 무시할 수 없는 것이다.

8-19 집 짓는 마음

목수는 비록 나무 깎는 걸 맡았지만,
일찍이 대장장이를 배척하지 않았거니,
미장이는 스스로 흙손을 잡고,
기와장이는 스스로 기와를 이네.
비록 그들이 방법은 같지 않지만,
서로 바라는 바는 큰 집을 이루는 것!
성을 잘 내면 사람이 안 붙고,
깔끔이 지나치면 복 받기 어렵거니,
바라건대 그대는 현빈玄牝(현묘한 골짜기)을 지키고,
아무쪼록 기모氣母(우주의 원기)를 호흡하기를!

❊〜

梓人雖司斲, 未曾斥鐵冶, 圬者自操鏝, 蓋匠自治瓦. 彼雖不同道, 所期成大廈.
悻悻人不附, 潔潔難受瑕, 願君守玄牝, 願君服氣姐.　　　　　　　「贈左蘇山人」

서유본徐有本이라는 이에게 문장론을 담아서 써 준 장시長詩의 마지막 부분
이다. 이 시에는 연암 문장론의 핵심 골자들이 다양한 비유 속에 모두 담겨
있다. 특히 끝부분의 이 내용은 그것의 최종 결론이라고 볼 수 있다. 장자적
사유를 기본 배경으로 깔고 있는 이 글은 문장론을 넘어 삶의 총체적인

'도'를 이야기하는 듯하다. 여러 사람이 저마다 맡은 직분을 다해서 함께 짓는 큰 집이란, 아마도 궁극적 '도道'를 말할 것이다. 그것은 현빈玄牝이나 기모氣母에서도 뚜렷하게 암시된다.

'현빈玄牝' 즉 '현묘한 골짜기'는 『도덕경』 6장에 나오는 말로, 비어 있어서 만물을 생성하는 신비로운 근원의 자리를 가리킨다. 기모氣母는 우주의 원기로 『장자』 「대종사」에, "복희씨는 도를 얻어 기모를 배합했다"고 했으니 도를 얻어야만 기모를 호흡할 수 있을 것이다.

그렇다면 도는 어디에 있는 것일까? 연암은 이미 그것에 대한 답을 내놓았다. 도는 목수에게 있고, 대장장이에게 있으며, 미장이와 기와 이는 이에게 있다. 그들이 한 명이라도 빠지면 집은 지어질 수가 없다. 한글에서 모음 하나만 빠져도 우리는 글을 쓸 수가 없다. 이들은 하나로 연결되어 있다. 그래서 이들은 부분이면서 전체와 대등하다.

바로 이런 만유제등萬有齊等의 사유 속에 도의 집이 있다. 그것은 부분도 전체도 어느 쪽도 서로 죽이지 않고 모든 생명의 자리를 가치 있게 살려 낸다. 그것은 어느 쪽으로 치우치지 않으면서 생명력 있는 하나의 균형을 유지한다. 대통령과 청소부를, 학자와 장사꾼을, 예술가와 노동자를 같은 눈으로 바라볼 수 있을 때, 우리는 진정으로 겸손할 수 있고, 진정으로 자신을 사랑할 수 있으며, 또 서로를 소통할 수 있다. 그런 눈이 살아 있는 세상은 아름다운 세상이다. 이런 하나의 눈이 '현빈' 속에 있는 눈이요, 우주의 원기를 호흡할 수 있는 통로다.

글쓰기이든 삶의 문제이든 '나'의 생명력과 가치가 오롯이 살아 있어야 한다. 또한 그런 것이 조화의 자장磁場 속에서 하나로 모아질 때, 세상이라는 아름답고 큰 집이 반듯하게 지어질 것이다!

  나는 연암의 글 중에서 유독 내용이 재미있어서 거듭 반복해서 읽는 글이
있다.

  장석匠石(돌을 다듬는 사람)이 기궐씨剞劂氏(돌에 글씨를 새기는 사람)에게 이르
기를,

  "무릇 천하의 물건 가운데 돌보다 단단한 것은 없다. 그렇게 단단한 것
을 베어 내어 자르고 깎고 하여 이수螭首와 귀부龜趺를 만들어 무덤 길목
에 세우고 영원히 없어지지 않도록 하는 것은 바로 나의 공이다."
하니, 기궐씨가 이렇게 말했다.

  "오래도록 닳아 없어지지 않기로는 글자를 새기는 것보다 더 오래가는
것이 없다. 훌륭한 인물의 행적에 대하여 군자가 비명碑銘을 짓는다 하더
라도 나의 공력이 들어가지 않으면 장차 그 빗돌을 어디에다 쓰겠는가."

  그렇게 다투다가 마침내 마렵자馬鬣子(무덤)에게 함께 가서 시비를 가리
려 했으나, 마렵자는 아무런 소리도 없이 조용히 있기만 할 뿐 세 번을 불
러도 세 번 다 대답이 없었다. 이때 옆에 있던 석옹중石翁仲(무덤 앞에 세워
놓은 석인石人)이 껄껄대고 웃으면서 말했다.

  "그대들은 천하에서 가장 단단한 것으로 돌보다 더한 것이 없고, 오래
도록 닳아 없어지지 않는 것으로 글자를 새기는 것보다 더 오래가는 것이
없다고 했지. 비록 그러하나 돌이 정말 단단하다면 어떻게 깎아서 빗돌을
만들 수 있겠으며, 닳아지지 않는다면 어떻게 글자를 새길 수 있겠는가?
그것을 깎아서 새길 수 있는 이상 부엌을 만드는 사람이 가져다가 솥을

앉히는 고임돌로 쓰지 않으리라는 걸 어찌 알겠는가?"

양자운揚子雲(양웅揚雄)은 옛것을 좋아하는 사람으로서 기자奇字를 많이 알았다. 한창 『태현경太玄經』을 저술하다가 이 말을 듣고 근심스레 얼굴빛이 변하더니, 개연히 크게 탄식하기를,

"아! 어찌 그것을 알리오? 석옹중의 풍자를 들은 사람들이 장차 이 『태현경』을 장독의 덮개로 쓰겠구나!"

하니, 듣고 있던 사람들이 모두 크게 웃었다. 봄날에 『영재집』에다 쓴다.

유득공柳得恭의 문집에 써 준 「영재집서冷齋集序」다. 이 또한 『장자』의 영향을 받아 우화적 상상으로 쓴 글이거니와, 서문으로서는 형식도 매우 파격적일 뿐 아니라, 내용도 아주 독특한 뉘앙스를 풍기는 묘한 글이다. 왜 하필 서문에 이런 글을 써 주었을까? 한나라 때 양웅은 자신의 저서가 장독 덮개가 될 것을 걱정했지만, 훗날 그 책은 아주 유명한 책이 되었다. 무릇 사물이든 사람이든 그것의 가치를 제대로 알아주는 이를 만나야 그 가치가 온전히 살아 나는 법이다. 그러니, 만나는 사람을 따라 정성 들여 만든 귀한 비석과 귀부도 부뚜막의 고임돌이 될 수 있고, 저자가 힘들여 쓴 저서가 하찮은 장독 덮개로 전락할 수도 있는 것이다.

말똥구리에게 말똥이 소중하고 용에게 여의주가 소중한 것처럼, 나에겐 온 마음을 쏟아 빚은 이 글이 나의 말똥이요 여의주일 것이다. 그러나 훗날 나의 이 글이 장독 덮개가 될지 말지 어떻게 알리오?

그러므로 나는 내가 굴려서 만든 나의 이 말똥 위에서 좌망坐忘을 터득해야 하리라. 무심無心 속에서 나를 잊고, 내 말똥을 잊고, 삶의 흐름에 절로 편안해야 하거늘, 어떤 이는 이것을 말똥으로 보고, 또 어떤 이는 여의주로

본들 내가 장차 무엇을 상관하리오. 여의주도 말똥구리에게 가면 무용지물일 뿐이요, 말똥도 말똥구리에게 가면 보물인 것처럼, 이 글이 장독 덮개로 쓰일지, 아니면 누군가의 영혼 덮개로 쓰일지 내가 어찌 알겠는가. 나는 다만 내 말똥의 운명에 맡길 뿐인 것을!

    "너는 순순히 받아들이고 순순히 보내어라. 내가 60년 동안 세상을 보니 머물러 있는 것은 아무것도 없어 넘실넘실 흐르는 강물처럼 도도하게 흘러가나니, 해와 달은 가고 또 가서 잠시도 그 바퀴를 멈추지 않거늘 내일의 해는 오늘의 해가 아니란다."

—「관재집서」

연암이 나와 동시대에 태어나 지금의 나와 같은 연배가 되었다면 그는 어떤 생각을 하며, 어떤 글을 쓰고, 어떻게 세상을 바라볼까? 그런 생각을 하면서 나는 이 글을 썼다. 그의 정신과 장점들을 닮아 보고자 하는 마음으로. 우리 시대에도 그와 같은 사람은 필요하겠거니, 아마도 그의 후신이 있다면 더욱 좋은 글을 썼으리라.

연암은 시대를 가르는 최고 문장가의 한 사람이요, 나는 아직 한 시대의 천재 문장가도 아닌 사람이 이 글을 썼으니 연암께서 보신다면 이를 못내 섭섭해하실까, 아니면 기뻐하실까? 그것은 아마도 먼 훗날 지하에 가서 물어야 하리라…